ロミオとジュリエットと
三人の魔女

Yoshinobu Kadoi
門井慶喜

講談社

ロミオとジュリエットと三人の魔女

目次

登場人物

ウィリアム・シェイクスピア……イングランドの俳優
オーシーノ……公爵、イリリアの統治者
ヴァイオラ……公爵夫人
セバスチャン……伯爵、ヴァイオラの双子の兄
オリヴィア……伯爵夫人
ロミオ……旅行者
ジュリエット……同右
ロレンス……名高い神父
乳母《うば》……ジュリエットに仕える
サー・ジョン・フォルスタッフ……イングランドの逃亡兵
パック……妖精
イアーゴ……分隊長
シャイロック……ヴェネツィアの高利貸し
キューリオ……公爵家の廷臣
フェステ……道化師

そのほか、フォルスタッフの部下たち、公爵家の召使いたち、イアーゴの部下たち、観客たち、伯爵家の執事、艀《はしけ》人夫、など。

場面

イリリア

ロミオと
ジュリエットと
三人の魔女

世界は舞台、
人間は役者、
登場しては退場し、
舞台の上でさまざまな役を演じる。

――『お気に召すまま』

プロローグ

時代《とき》は一五八八年、
この物語の主人公にして、
のちの偉大な劇作家、
ウィリアム・シェイクスピアが、
しかしまだ一篇の戯曲をも書いていないころ。

場所《ところ》はイリリア、
ヨーロッパの南のはしっこ、
アドリア海に浮かぶ小さな島国。

この年、
ヨーロッパじゅうを驚嘆させる事件が起きました。
最強を誇るはずのスペインの無敵艦隊《アルマダ》が、
新興国イングランドの海軍に敗れたのです、
それも完膚《かんぷ》なきまでに。

だからと言ってスペイン帝国そのものが死んだわけではありません、
名誉挽回、
捲土重来《けんどちょうらい》、
みごと雪辱《せつじょく》を果たすべく、
お金の力にものを言わせ、
着々として軍備をととのえ直しているところ。

いっぽうのイングランド王国も、
負けてはならじと、
女王陛下の号令のもと、
戦艦をつくり、
火薬を集め、

戦いに臨む姿勢にすこしの弛《ゆる》みも見せません。

世界がこんなに剣呑《けんのん》になれば、
南の小さな島国といえども、
無関係では済まされません。
対立する両大国のはざまに置かれ、
あっちを立てればこっちの不満、
こっちを立てればあっちの憤懣《ふんまん》、
夜もおちおち眠れぬほどの悩みよう。
もとより腕力では太刀《たち》うちできませんから、
何とか知力で、頭脳の力で、
うまく立ちまわるしか生きのこる方法はありません。

そして若きウィリアム・シェイクスピアも、
やはり無関係では済まされませんでした。
何しろ彼はイングランド人、
ほかならぬ紛争当事国の出身なのですし、
おまけにそのとき、

何たる運命、
ほかならぬイリリアに滞在していたのですから。

悪天候にもかかわらず、
ここまで足をお運びくださった、
どれほど感謝しても足りない皆さんに、
伏してお願い申し上げます。
どうか、
どうか最後まで、
お見捨てなきよう、
席をお立ちにならないよう。
その辛抱づよさに見合うものは、
我ら一同、
憚《はばか》りながら、
これからご披露いたします五幕のうちに、
じゅうぶんご用意しているつもりでございます。

それではどうぞ本篇を。

北国《きたぐに》出身の主人公が、
南の国のたっぷりとした夏の太陽の光にあてられ、
犬のように舌を出し、
犬のようにしどけなく、
日陰《ひかげ》にべたりと座っております場面から。

第一幕

ロミオとジュリエットの到着。公爵夫人ヴァイオラの出むかえ。公爵家での晩餐《ばんさん》。私の本名、職業、および旅の目的。オーシーノ公爵の懊悩《おうのう》。イングランドとスペインの確執。無敵艦隊《アルマダ》に対する勝利。イングランド兵の漂着。スペイン兵の上陸。与えられた密命。

私は、二十四歳になった。

二十四歳という年齢が、幼年や少年ではないにしろ、青年ないし壮年の域に属していることは確かだろう。実際のところ、これまで一度もそれを疑うことはなかった。しかしどうやらそれが誤《あやま》りらしいことを、少なくとも北方の国においてしか成立しない真理であるらしいことを、私はいま痛感しつつあるところだ。何しろアドリア海に浮かぶこの島では、二十四歳の男などはすっかり中年者《もの》の仲間なのだから。事によると老年とすら見なされるのではないだろうか？　いや、僻《ひが》みっぽく聞こえるとしたらお許し願いたい。この土地の人々は――ことに女性たちは、みな成熟の度合いがたいそう早いものだから、ついそんなふうに考えてしまうのだ。民族の違いというよりはむしろ、太陽の光がまるでオレンジの果汁のように豊かに滴るのを思うさま浴びるせいなのだろう。

　太陽の光。

　私の故郷はそれを知らない。イングランドで夏と言えば、軟弱でお座なりでどんよりとした三日間のことを指すに過ぎないのに対し、ここでの同じ言葉は、過激で華やかでむやみと騒々しい三か月への呼称として用いられている。それはしばしば人をして、良識とか道徳とかを忘れさせるだろう。現に私も忘れていた。と言っても、お酒を飲んで夜どおし乱痴気《らんちき》さわぎをしたわけでもなければ、通りを歩く女性にかたっぱしから声をかけてベッドに連れ込もうとしたわけでもない。そういうのは地元の洒落者《しゃれもの》たちに任せることにして、私はもっと野暮《やぼ》ったく南国の夏を味わっていた。すなわち、耐えがたい暑さから逃れるため、たまたま目についた日陰にもぐりこみ、赤土《あかつち》の上にぐったりと座りこんで、真昼のひとときを遣《や》り過《す》ごしていたのだ。

『この根性なしめ、他人の目にとまったら恥ずかしいとは思わんのか？』

　という理性の声はぜんぜん聞こえなかった。もしかしたら犬のように舌さえ出していたかもしれない。どうにでもなれ。イングランド人の良識はどこかへ飛んでいってしまったのだ。

　せっかくヨーロッパの南の果てまで来たというのに、私はもう、街のにぎわいを眺めようとも、教会へ礼拝に行こうとも、古戦場を見に行こうともする気が起こらなかった。それどころか、身を寄せていた公爵の広壮な屋敷から一歩どこかへ踏み出そうとすら考えられなかった。屋敷の敷地は、白い石を積んだ低い塀《へい》でぐるりと囲われているのだが、いろいろ試した結果、いちばん涼しい場所は、その塀のちょうど真南《まみなみ》にひらかれた正門の内側だと分かったから、私はその図太《ずぶと》い門柱のつくる広やかな日陰のなかへ尻をついて、空をあおぎ、ちぎれ雲のひらひらと流れるのを眺めつつ、ぼんやり考えごとに耽《ふけ》っていたというわけだ。

　と、門のそとから、

「名誉を汚《けが》されたのに黙って耐えろと言うのか？」

「無意味な名誉のために死ぬのは愚かだわ」

　若い男女の言いあらそう声が聞こえてきた。声が小さく、耳を澄ませないと聞き取れないのは、彼らがまだ遠くを歩いているからに違いない。男のほうが勢いこんで、

「死ぬ？　僕が決闘して負けるというのか？」

　と問いただすと、女も負けじと反論して、

「負けるに決まってるじゃない。相手はあんなに大勢なのよ」

「心配するな」

「心配してない。私を巻きこんでほしくないだけ」

　声がだんだん近づくにつれ、彼らがじつはかなり大きな声を投げあっていることが分かる。

「あいつらはこの島にしばらく滞在するのに違いない」

　男が何やら決意を込めた口ぶりでそうつぶやくのを聞くと、

「ちょっと！　やめてよ」

「こんど会ったら決着をつけてやる」

「やめてって言ってるでしょう。どうしていつも人の言うことを聞かないの？」

この時点ですでに女はそうとう激していたが、男がさらに、

「僕の判断のほうが正しいからだ。僕は僕だ」

という身勝手な一言《ひとこと》を発するに至ってついに我慢できなくなったらしく、

「もう！」

と叫ぶととつぜん駆けだし、伝道者ペテロとパウロの像をいただいたローマふうの門を靴音《くつおと》高くくぐり抜けてきて、男のほうを振り返った。それがつまり、彼女のすがたを見た最初ということになる。

息をのむほど美しかった。

襞襟《ひだえり》のない上衣《ローブ》に、長い木綿《もめん》のスカートという簡素な身なりをしていたのは、道中、盗賊などの邪心を刺激しないようにとの配慮からだろうけれど、内なる輝きがまったく減じられていない以上、それは残念ながら思惑はずれと言うほかない。金色《きんいろ》の前髪がふんわりと風にそよぐ様子はまるで処女神アルテミスの息吹を受けたかのようだし、その奥にくっきりと煌《きら》めくふたつの目はあたかも地中海をまるごと閉じこめたみたいに碧《あお》かった。頬《ほお》にさしたわずかな紅《あか》みがあどけなさを感じさせるのもいっそ愛らしい。

『十六歳前後だろう』

と見た。が、あとから聞いたところでは十三歳なのだそうだ。十三歳！　南の国の女性たちの

成熟の早さときたら！　彼女は踵《きびす》を返し、取り残してきた喧嘩《けんか》相手のほうへ相《あい》対して仁王立ちになり、両手をきつく握りしめ、悔しくて仕方がないとでも言いたげに足をひとつ踏み鳴らすと、

「どうしてあなたはロミオなの？」

いいせりふだ。旅装の男がつづいて駆けこんできて、右手でみずからの胸を示し、

「ロミオはロミオだ、生まれたときから。理由なんかない」

「あればよかったのに！　そうすれば私はその理由を見つけだして徹底的に破壊することができたでしょうから。そうしてあなたをもっと冷静で頭のいい若者にしてあげられたでしょうから。ああ。お父様はかわいいジュリエットをどうしてこんな男へ嫁がせようとするのかしら？」

そう嘆《なげ》いて天をあおごうとした瞬間、私のすがたに目をとめ、つかつかと歩み寄ってきて、

「立ちなさい」

私が言われたとおりにすると、彼女はいきなり腕をからませ、身体《からだ》を密着させてから、ロミオに向かって言い放った。

「あなたのお嫁さんになるくらいなら道化と結婚したほうがまし」

私もすぐに笑顔を浮かべてうなずき、ジュリエットに向かって、

「では教会へ行きますかな。神の前での契《ちぎ》りを交わしに」

「ええ。名前は？」

私は答えた。

「フェステ。道化師フェステ」

「卑《いや》しい名前だ！」

ロミオが頭ごなしに決めつけた。

「祭り《フェスタ》だと！　ふん。見ていたぞ。善良な市民たちが日々の仕事に精出《せいだ》しているというのに、お前は豚のように惰眠《だみん》をむさぼっていたんだ。しかも、場所もあろうに、イリリア一の貴族であられるオーシーノ公爵のお屋敷の門に、その汚い背中をべったりと凭《もた》れさせて。どうせ昨夜はどこぞの街角で浴びるほど酒を食らい、歌ったり踊ったりして過ごしたのだろう？　フェステ。人の役にも立たないぐうたら者にいかにも似つかわしい名前だ」

「名前がそんなに大切なものですか？　薔薇《ばら》と呼ばれる花がたとえそれ以外の名前で呼ばれようとも、あの甘い香りはそのままではありませんかね？」

「花と人間をいっしょにするな。人間はみなその人格にふさわしい名前を持つものなのだ。高潔な人間は高潔な名前を。卑しい人間は卑しい名前を」

「あれ？」

私はわざと大げさに首をかしげて見せ、

「いま仰言《おっしゃ》ったばかりじゃありませんか、ロミオはロミオだ、理由なんかないって」

ジュリエットが声を立てて笑った。相手は言葉につまり、すぐさま、言葉につまったことを打ち消そうとするみたいに、

「道化の言葉あそびに附合《つきあ》っている暇はない。これをやるから去れ」

財布から一枚の金貨をとりだして突き出した。私はうやうやしく受け取りながら、

「ありがとう。じつはフェステじゃないんだ」

「何？」

「本名はパンダラスってんだ。トロイアの王子トロイラス様はいい男だから、わが美しき姪《めい》のクレシダをぜひとも紹介してやりたいと思ってるところさ」

「何を言ってるんだ？」

　とロミオが聞き返すと、ジュリエットが鼻を鳴らし、

「これしきの謎《なぞ》かけも分からないの？」

　と言いながら財布を出し、金貨をとりだして私の手のひらに載せてから、勝ち誇ったように、

「この人は『もう一枚くれ』って言ったのよ。ね？」

「さすがだね。近ごろは男よりも女のほうがよっぽど話がはやい」

　私はこれ見よがしにジュリエットの肩を抱いて頬にキスした。

「貴様！」

　ロミオは顔をまっ赤にして詰め寄ってきた。私はちょっと引きさがり、ふざけた口調で、

「怒《いか》りなさんな、若い人。失敗は成功への投資だと思えばいい」

「失敗だと？　この僕が？」

　剣の柄《つか》に手をかけている。

「抜けるもんなら抜いてごらん」

　と私が雀躍《こおど》りしながら挑発すると、ジュリエットも、ロミオ本人ではなくその剣に向かって、

「この胸がお前の鞘《さや》よ」

と歌でも歌うみたいにけしかける。ロミオは剣の柄をつよく握り、唇《くちびる》をぎゅっと嚙《か》みしめている。頰がぴりぴりと引《ひ》き攣《つ》れていた。

『すこし調子に乗りすぎたか』

と思った。血気ざかりの年ごろの男（あとで聞いたら十四歳だった）を意味もなく煽《あお》りたてるのは大人の態度ではないし、たとえ年齢を考慮のそとに置くとしても、この少年は、先ほどのジュリエットとの応酬から察するところ、名誉を守るためなら大勢の人間を敵にまわしての決闘さえ辞さないという逸《はや》り気《ぎ》の持ちぬしなのだ。あんまり怒らせるのは得策ではない。

「いや、悪かったよ」

雀躍りをやめて両手をあげ、素直にそう謝ったのはしかし、じつはそんな反省からばかりではない。屋敷のほうから女性がひとり、落ち着いた足どりで歩いてくるのが見えたせいでもあった。私はロミオに小声で教えてやった。

「公爵夫人のお出ましだぞ」

ロミオは私を睨《にら》みつけ、やはり小さな声で、

「いつか心からの謝罪をさせてやるぞ」

と脅しをかけてから、振り返って一礼し、

「はじめまして。ヴェローナの街から参りましたモンタギュー家の嫡男《ちゃくなん》、ロミオと申します。こちらに控えますのは」

そう言って右手をひろげたときには、ジュリエットもすでに私のもとを去り、彼のとなりで膝《ひざ》を折りまげており、

「キャピュレット家の長女にしてロミオの婚約者、ジュリエットと申します」

その口上をロミオが引き取って、

「オーシーノ公爵夫人にはご機嫌うるわしく――」

と言いかけるのを夫人は手で制し、

「堅苦しい挨拶《あいさつ》はやめにしない？　私だってまだ二十一歳なのよ。何ならヴァイオラって呼んでくれても構わないから」

美しい。ジュリエットに劣らず美しい。夏のオリーヴの実のように鮮やかなグリーンの目には、少女の活発さと淑女の優雅さが二つながら湛《たた》えられているし、口もとに絶えず浮かぶ微笑《ほほえ》みは、じゅうぶん親しみを感じさせつつしかも馴れ馴れしげでない。何しろ人妻なのだから処女神アルテミスというわけにはいかないけれど、少なくとも、ユリシーズの妻ペネロペに擬したところで過褒《かほう》にはならないはずだ。もっともペネロペでさえ、自分のことを名前で呼んでいいとまでは言わないのではないか？　案《あん》の定《じょう》、ジュリエットが驚いて、

「そのようなご無礼は――」

と遠慮しようとしたので、今度はそれを私が遮《さえぎ》ってやった。

「こんにちは、ヴァイオラ！」

ロミオとジュリエットが唖然《あぜん》として私を見た。ヴァイオラはあたたかな視線をこちらに向ける

と、

「こんにちは、口の減らない道化師さん。ずいぶん嬉しそうな顔をしてるわね。どうやらアントニーにクレオパトラを取り持つことに成功したみたい」

「今日はトロイラスとクレシダでした」

「その調子で、明日はロミオとジュリエットの仲を取り持ってくれないかしら？　喧嘩なんかしないように」

「お断りです。お金にならない」

「なるわよ。あなたはジュリエットと結婚しなくて済むから、婚礼にかかる費用が浮くわ」

「取り持ちに失敗したら？」

「失敗は成功への投資じゃなかった？」

「これだもんなあ」

　私は両手をひろげて天をあおぎ、

「この人にとっちゃ言葉なんか手袋みたいなもんなんだ、すぐにひっくり返しちまう。こっちの商売あがったり」

　冗談めかして嘆いたけれど、実際、心からそう思っている。ご覧のとおり、機知の縦横、会話の即妙はちょっと恐ろしいほどで、貴族の奥方にありがちな猫かぶりやお体裁《ていさい》ぶりがこの人には無縁であることをよく表している。どんな伊達《だて》男《おとこ》でも彼女以上に気のきいたことは言えないだろうし、どんな老練な代言人でも彼女から失言を引っぱり出すのは不可能だろう。おお、神様。

もしもヴァイオラの失言を聞くことができたなら、私はその貴重な宝石を永遠に頭脳のなかへ閉じこめるべく、自らの耳にパンをぎっしり詰めることを誓います。けれどもせっかく誓ったのに、ヴァイオラは、

「あら、フェステ。取り持ち役はやっぱり要《い》らない」

とあっさり前言をひるがえすと、門のむこうを指さし、

「本来それを果たすべき人もどうやらご到着のようだから」

私たちはいっせいに指さされたほうを見た。外部から門へと向かってくる道はやや傾斜のきつい登り坂になっているのだが、その坂を、

「お嬢様！」

大声をあげながら登ってきたのは、中年のでっぷり太った女だった。歩きかたがきわめて不自然だった——人間はふつう坂を登るときには前かがみになるものなのに、彼女の身体はうしろのほうへ傾いていたのだ。うしろへ傾きながら、しかし両脚《あし》はちゃんと交互に土を踏みつけて、まがりなりにも巨軀《きょく》をすこしずつ前方へと運んでいる。白い頭巾《ずきん》をぐるりと巻いて顎《あご》の下で結んでいるところから見ても、あるいはその危なっかしい足どりをジュリエットに、

「ばあや！　大丈夫なの？」

と批評されたところから見ても、中年の女はジュリエットの乳母《うば》であるに違いない。乳母は息をきらしつつ、

「大丈夫ですよ。こんな坂、若いころはお嬢様よりもよっぽど速く駆けあがったものです。憚り

ながら、ヴェローナの駿馬《しゅんめ》と言えばこの私のことですよ」

大口を叩いた。ロミオがそれを見て、

「あれ？　神父様はどちらに？」

と声をかけると、乳母の背後からひょっこり顔を出した中年の男が、大きな声で、

「ここにおるぞ、ロミオ」

それで諒解した。男がぐいぐい乳母の背中を押してやっていたのだ。どうやらヴェローナでは、他人の力を借りて走る馬のことを駿馬と呼ぶらしい。

「神父様、ありがとう」

ようやく門柱のあいだを通り抜けて屋敷へたどり着いたところで、乳母がほがらかに言った。そうして、胸の前ですばやく十字を切りながら、

「あなたが支えてくれなかったら、私、あおむけに倒れちまうところでしたよ」

「かまわんよ。こんなときのために身体を鍛えておるのだ」

神父はそう気安げに応じた。改めてよく見てみると、鯨《くじら》のような体軀を押しあげても平然としているだけあって、頑健な筋肉がみっしりと息づいているのが僧衣の上からでも明確に看取《かんしゅ》される。乳母が唇をゆがめて笑い、

「何ならお礼に、神父様、今夜はベッドであおむけに倒れてさしあげましょうかね？」

いいせりふだ。ジュリエットが飛びあがって驚き、

「ちょっと、ばあや！　ロレンス様に何てこと言うの？」

ほう、この人が、と私は思った。神父ロレンスの令名ならば、この旅行中、何度か耳にしたことがある。宗教家としてはヴェローナ市中のフランシスコ会派を束《たば》ね、ローマ法王シクストゥス五世の信頼もたいへん篤《あつ》いそうだし、おまけに学者としても、ことに本草学《ほんぞうがく》において素晴らしい業績を挙げており、難病を退治する茎《くき》、焼いた牛肉を美味にする葉、煎《せん》じて飲むと体内の血のめぐりを良くする花びらなど、さまざまな有用植物を発見しては人々のために役立ててきたとか。

会話の文脈から察するに、たぶん神父は、いわば付添人ないし後見人としてロミオに同道して来たのだろう。ロミオはやっぱり御曹司《おんぞうし》なのだ。

「さて。これで本日のご来客がみなお揃いになりました」

ヴァイオラがそう宣言し、ぽんぽんと手を叩いて、

「ジュリエットの大理石のような美しいお肌に、イリリアの烈《はげ》しい陽《ひ》ざしをあまりたくさん浴びせるのは、風流を解さない態度です。さあさあ、どうぞ屋敷のなかへ。脚の疲れを癒《い》やしたら、ぜひとも、旅の途中で出会ったためずらしい人物や風景についてお聞かせ下さいな」

くるりと体の向きを変えて足を踏み出すと、つづいてロミオとジュリエット、およびその付添人たちが歩きはじめる。あわせて五枚の背中たちを見送りながら、私は、

「旅物語のエピローグにはちゃんとこの道化師フェステも登場させてくれよな！」

誰もふりむかなかった。やれやれ、私はこれからしばらくのあいだ、あんな無作法な連中といっしょに寝泊まりするわけだ。

『厄介《やっかい》だなあ』

太陽の光から身を隠すべくふたたび門柱の陰にもぐりこみつつ、正直なところそう思ったが、しかし後《あと》になって考えてみると、このときの私はまだまだ呑気だったと言わざるを得ない。何しろ私は知らなかったのだ――ロミオの脅し文句よりも、ご一行様の無作法よりも、はるかに厄介かつ重大な事件がそのころこの国に上陸していたことを。それは国家のひとつくらい簡単に吹き飛ばしかねないほど荒々しくて、しかも同時にこの上なく微妙な扱いを要する性質の事件だということを。そして何より、政治むきの話にはまるで興味もかかわりも持ったことのなかった私が、いきなりその事件の第一級の当事者になるのだということを。

　事件をはじめて知ったのは、その日の夕刻、晩餐の席でのことだった。

「改めて皆さんを歓迎いたします。ようこそ当屋敷へ。このイリリアは田舎《いなか》だけれど素晴らしい島。ご滞在中はどうぞのんびりお過ごし下さい」

　大きなテーブルに並べられた食事のかずかずに手をつけるに先立って、ヴァイオラが席から立ちあがり、そう挨拶した。本来ならばこんな口上を述べるのはむろん彼女ではなく、この屋敷の当主、オーシーノ公爵その人であるべきなのだが、しかし公爵はどうしても延ばすことのできない緊急会議をひらいている最中なので、妻が代役をつとめたというわけだ。したがって、夫の非礼をお詫《わ》びする旨《むね》の言辞がそのあとに付け加えられたことはもちろんだし、それを受けてロミオが起立し、それを詫びるには及ばないこと、および自分たちをこころよく迎え入れてくれた厚意に深く感謝することを礼儀正しく述べたことも言うまでもない。こんな形式的なやりとりを終えてしまうと、ヴァイオラはいきなり口調をくずし、大げさに肩をすくめて見せ、

「ありがとう。でも、あんまり気にされるとかえって戸惑うわ。この島には貴族の家がふたつしかないんだもの」
と言って部屋じゅうを小波《さざなみ》のような笑いで満たした。このあたり、場の空気をコントロールする技術もまことに堂に入っている。現に、この一言によってロミオとジュリエットはすっかり緊張をといたのだし、神父と乳母は（そして私も）ごく自然なしぐさで料理に手をのばすことを得たのだった。

料理もやはり女主人の社交術と同様、すばらしく調理されており、舌をよろこばせて間然するところがない。スパイスをまぶして焼いた豚肉や、オリーヴ・オイルで揚げた卵や、獲《と》れたばかりのカサゴやスズキをたっぷりの野菜といっしょに煮こんだスープ仕立ての料理などを、私は夢中で口に運んだ。

いや、実際、この美味はかならずしも調理技術のせいばかりではなく、別のところにも理由があるのだけれど、それを説明するためには、そもそも私のいまの記述が厳密には誤りだということから出発しなければならない。私たちがテーブルを囲んで食事と雑談をたのしんでいる場所はじつは部屋のなかではないのだ。かと言ってまったくの野外というわけでもない。

私たちは中庭で食事をしていたのだ。

一般の邸宅なら、客人をまじえての宴《うたげ》はもちろん天井つきの大広間でもよおすのが通例だけれど、この公爵家においては敢《あ》えてそのやりかたを採らず、雨ふりの日とか真冬のたいそう寒い日とかでなければ、かならず中庭でおこなうのが一種の名物になっていた。というのも、そこは美術的な観点から見た場合、この屋敷でいちばん瞠目《どうもく》に値する空間だからであり、オーシーノ公爵自身もそれをことさら自慢にしていたからだ。

「まるでローマ帝国の皇帝になったみたいな気分だ」

と、昨夜までここに滞在していたデンマークの王子が溜息《ためいき》をつきつつ嘆じたのを私は記憶している。

なるほど、王子の讃辞はまんざら誇張のしすぎとも言えないに違いない。真四角《ましかく》のかたちに切り取られたその土地には、桃色がかった灰色の石が、きれいな幾何学模様を描くように敷きつめられており、客人たちはそのまんなかに置かれた木製の食卓を囲んで腰かけることになる。腰かけて見まわすと、四方をぐるりと回廊によって取り囲まれている、ということはつまり白《しろ》大理石の列柱によって取り囲まれていることになる。列柱は、正方形の土地の一辺につき十二本ずつ立てられており、上部でゆるやかに結ばれて十一のアーチをつくり出している。アーチのそれぞれに頭像《とうぞう》や花綱《はなづな》かざりなどの彫刻がたくみに施されていることは贅《ぜい》するまでもないだろう。これと同じような列柱とアーチの層がもう一段、積木《つみき》を重ねるように重なっているのは、もちろん屋敷全体が二階建てになっているせいだけれど、その高さにもかかわらず、石壺《いしつぼ》の底から見上げるような閉塞感をすこしも感じさせないのは不思議と言うほかない。

以上の要素から総体として受ける印象は、おかしな言いかたを許してもらえるならば、優雅な迫力、ないしは軽やかな豊饒《ほうじょう》とでも評すべきものだった。いったいに公爵はわけへだてのない人で、たとえば漁師の大将のごとき下賤《げせん》の者がやって来たとしても、屋敷へ招じ入れることを躊躇したりはしないのだが、しかしこの中庭に限っては、どんな事情があろうとも、選ばれざる人間には決して足を踏み入れさせないのだと聞く。しかり、いったんこの美しさを知ってしまうと、この締出《しめだ》しの方針をあながち狭量と責めることはできないに違いない。

しかしながら、私はロミオたちとは異なり、昨夜すでに一食、ご馳走になっているので、公爵がここでの食事を勧めるのがただ美術的な利点からだけではないことを知っている。

味覚的な利点からでもあるのだ。およそ屋外で食べる食事というものが、たとえパンとチーズだけでさえ、屋外で食べるというただそれだけの理由で一段も二段もうまくなるのは誰でも知っている事実だろうが、ましてやこの小さな島においては、微風《そよかぜ》はいつもかすかな潮《しお》の味を帯びている。料理の味がいっそう引き立つのはむしろ当然だし、そうである以上、今夕はじめて同じテーブルを囲んだ私たちが、故郷の名物を紹介したり、旅の途中のちょっとした失敗談を披露したり、明日の空もようを案じたりと、総じて和やかな雰囲気のうちに時間をすごすことができたのも、まったく納得のいくことだった。

と、そんな雰囲気の仲間に入れてくれとばかりに、

「ようこそ当屋敷へ。音楽でおもてなしできないのが残念だが」

大きな声でそう言いながらオーシーノ公爵が入ってきた。足をとめずに、早口で、

「遅れて申し訳ない、本来ならば皆さんが到着し次第、ご挨拶すべきところだったのだが。ようこそ、モンタギュー家のロミオ殿、およびキャピュレット家のジュリエット殿。おお、ロレンス神父も。ご高名はこの田舎の島にもちゃんと届いておりますぞ。おや？　ジュリエットは乳母殿

もお連れなのだな？　いや、構わん構わん。ちゃんとヴェローナの父上から書状を頂戴しておる。乳母といえどもお嬢様と同様のおもてなしをさせてもらおう」

　とひとりひとりに言葉をかけると、そのまま着席してしまったので、私はみずからの顔を指さし、

「道化師へのお言葉はないので？」

　公爵はその精悍《せいかん》な顔をにやりとさせて、

「昨夜のこの時間にみな出してしまったよ」

「昨夜のこの時間にみな腹へおさめてしまったはずのお料理は、しかし今夜もこうしてテーブルに並んでおりますよ？」

　言葉につまる公爵。よしよし。けれども夫人がすかさず助けぶねを出して、

「昨夜のこの時間、あなたの正面に美しいジュリエットは座っていなかったわ。今夜は昨夜とは違うのよ」

　私はあっさり戦意を失い、

「同じですな、あなたの舌のなめらかさは。昨夜も今夜も」

　と言って天をあおぎ、夕焼け色にふっくらと染められた空をつかのま眺めてから、ふたたび視線を戻した。ジュリエットが正面でくすくす笑っている。先ほど出会ったときの簡素な旅装とは異なり、いまは髪も結《ゆ》いなおしているし、服もちゃんと選びなおしていた。夏むけに薄手《うすで》に仕立てた絹の下衣《ローブ》をつけ、その上に、この地方でヴェスティートと呼ばれる繻子《しゅす》の外衣をまとってい

るのは格別めずらしくはないけれど、どちらも淡い水色で統一されているのは目に鮮やかだし、飾りつけの刺繍《ししゅう》がごくあっさりなのもかえって好感が持てる。素敵なドレスだ。

『ドレスの下はどうなっているのだろう？』

とも思った。いや、誤解してもらっては困るのだが、私はこのとき決して、淫《みだ》らな欲望を抱いたわけではないのである。この土地の女性がたいそう早く成熟することについてはすでに幾度か触れてきたが、それが果たして肉体的に――いやいや、生物学的に正しいのかどうか、確かめたいと感じただけなのだ。いわば純粋なる学問的興味の発露にすぎないのだ。劣情ではない。断じてない。

「いつまでジュリエットを見つめてるんだ？」

ロミオが挑むように言った。彼はジュリエットのとなりに座を占めている。私があわてて視線をそらし、弁解しようとすると、私よりも先にジュリエットが口をひらいて、

「余計なこと言わないでよ、ロミオ。私はあなたの所有物じゃないんだから」

ロミオが呆《あき》れて、

「僕はいま君を助けたんだぞ？」

「婚約者っていう体面を保つためだけにでしょう？」

「そりゃあそうさ。そうでなければ、誰がみずから好んで君なんかに気を遣うか」

「お気遣いは無用でございます」

「そうか。ならいい」

「やめんか、ふたりとも。公爵の前だぞ」

と小声でたしなめたのは私のとなりのロレンス神父だった。若いふたりはまるで先生に叱《しか》られたグラマー・スクールの生徒みたいに口を閉じ、姿勢をただしてうつむいた。神父はすぐに公爵夫妻のほうを向いて、

「お見苦しいところを。どうかお許しください」

と謝ってから、今度は私のほうを向き、

「あんたも不埒《ふらち》な視線を送るのは慎《つつし》んでもらいたい」

「不埒だって？」

私がまっ赤になって立ちあがり、反論しようとすると、公爵が手をのばして私をかばう。

「まあまあ、神父殿。それは誤解というものです。ご覧なさい、彼の着ている粗末なまだら服を。頭からすっぽりと被《かぶ》った大きな麻布《あさぬの》には、青、赤、緑……色とりどりの水玉模様がこれ見よがしに散らされている。とりわけ左の脇腹のへんの特大の赤いやつの不恰好さときたら。それが道化師のいわば制服のようなものとはいえ、あんな襤褸《らんる》にいつも袖《そで》を通していれば、それにひきかえ今夜のジュリエットのお召しものがどれほど美しいことかと、つい見惚《みほ》れてしまうのも無理はないだろう」

そうして愉快げに口ひげを撫《な》でつつ、しかし今しがた遣《や》り込《こ》められた仕返しとばかりに前言をひるがえして、

「まんざら誤解でもないかもしれんな、やはり。神父殿、その男はじつは、本心を隠すのがあま

り得意ではないのだよ」

嫌なことを言う、と思って私が顔をしかめたとたん、一座のあいだを微妙なさざめきが走りわたった。小声で相談しあうような、含み笑いを交わすような波立ち。それは私に直感させた。自分の知らない何かをみんなが知っている、ということを。

「何です?」

ふたたび椅子に腰かけ、目をきょろきょろさせながら誰とはなしに尋《たず》ねると、オーシーノ公爵は口ひげを撫でる手をとめ、ちょっと言いよどんでから、となりの席のヴァイオラに、

「あいつに関しては、もう……いいだろうな?」

ヴァイオラがうなずくと、次はロミオとジュリエットに、

「構いませんかな?」

「構いません」

ふたりが答えた。このときばかりは仲よく声をそろえて。公爵はこんどはロレンス神父へおなじように質問し、そうしてジュリエットの乳母にまで伺いを立ててから、私の顔をまっすぐに見て、

「道化師フェステを名乗る者よ。私はこうしてすべての列席者の了承をとりつけた上で尋ねるのだが」

「道化師フェステは了承してませんがね」

「その必要はないんだ」

「どうして？　いったい何を尋ねたいんです？」

公爵はワインをひとくち口に運んでから、杯《さかずき》を置き、

「あなたの本当のお名前、および本当のご職業」

「何ですって？」

私は目をまるくして、

「だから以前にも申し上げたじゃありませんか、パンダラスという者だと。若い男女のとりもち役です。トロイアの王子トロイラス様はいい男だから、わが美しき姪のクレシダをぜひとも……」

と言いかけるのを公爵は手で制して、

「もういい。私がこの中庭をひじょうに大切に扱っていることは知っているだろう？」

「ええ」

「なら聞くが、その私がどうして、イングランドから旅してきた道化師などという訳のわからない人間をここへ招待すると思うのだ？」

あ。

私は口をあけたまま言葉を失った。何となく、自分に限っては入《はい》れるのが当然だと思い込んでいたのだけれど、そう改めて問われると確かにどうして入れたのかよく分からない。今度はヴァイオラが夫のあとを引き継いで、

「本業が道化師でないことは最初から分かっておりましたわ。道化師にしては物腰が下品ではな

いし、言葉の選びかたにも品があるし。だから私たちは敢えてあなたに泊まるための部屋を与え、その上こうして、ヴェローナからの立派なお客人たちと同席することを認めたのです」

「公爵ご夫妻だけではない。僕たちもはじめから気づいていたよ。ぜんぜん道化師らしくないんだもの」

　とロミオが得意そうに打ち明け、ロレンス神父が、

「だいたい、本物の道化師なら、神父に不埒と責められたくらいで、立ちあがってまっ赤になって怒りはしないだろ？　むしろ逆に、生臭《なまぐさ》坊主のふだんの生活のほうがよっぽど不埒だ、くらいのことは言い返せんのかね？」

　とからかうように疑義を呈すと、それに和してジュリエットまでが、

「要するに、ここにいる全員が気づいていたってわけ。驚きましたか？　私としては、むしろご本人が気づかないことのほうが驚きですけど」

　東西南北をすべて敵にかこまれた敗軍の将みたいな気分になってきた。ヴァイオラがふたたび口をひらいて、

「けれども本当はどんな方なのか、そこまで私たちは存じません。貴族の出か、教育者か――少なくとも、大都会のひじょうに洗練された場所にしばしば出入りする方であることだけは間違いなさそうだ、と察するくらいです。さあ、教えてちょうだい。あなたの本当の職業は何なの、下手《へた》くそな演技者さん？」

『はじめての失言だ』

と思った。老練な代言人でさえ引っぱり出せないようなヴァイオラの失言を、ほかならぬこの私がさそい出してしまったのは手ひどい皮肉だった。ヴェネツィア製の色つきガラスで作られた杯になみなみと赤ワインを注ぎ、一気にあおってから、私はぶっきらぼうに答えた。

「役者です」

ヴァイオラがうわずった声で、

「あ、あら」

それきり場がしんとなった。おお、神様。あなたへの願いは聞きとどけられたのですね。私はやはり、目の前のテーブルに置いてあるパンを耳にぎっしり詰め込むべきなのでしょうか？

「ごめんなさいね。そうとは知らなかったものだから」

ようやくヴァイオラが言葉を継いだので、私はうつむきながら、

「いいんです。私はどうせ下手くそな演技者なのです」

「本名は？」

「ウィリアムです」

私は答えた。今度こそ正真正銘、本当の名前を。

「ウィリアム・シェイクスピア」

私はストラトフォードという町で生まれた。

いちおう商業都市ということになっているし、教会と市役所くらいは備えているけれど、市街から一歩でも踏み出せばあとはもう森や野原がひろがるばかりという緑濃《みどりこ》いのどかな町だ。父

はそこでなめし革職人として一家を成した人であり、町長にも選ばれた人なのだから、私はまあ名士の息子ということになるに違いない。しかも長男だった。となれば普通なら、父親を佐《たす》け、あとを継ぎ、事業に励みつつ家を守って暮らすのが常識的な生きかただろうし、実際、両親もそれを望んでいたのだと思う。ところが私はまるで期待はずれの少年で、子供のころから碌《ろく》なことをしなかった。親父の眼鏡《めがね》を売りとばしたり、商売とはぜんぜん関係のない物語本を読みふけったり、下院議員の荘園から鹿を盗んだり、雨で増水したエイヴォン川へと友達をつき落としたり。挙句《あげく》のはてに、アンという農家の娘に軽い気持ちで手を出し、うっかり妊娠させてしまった。

『万事は休した』

と結婚にしぶしぶ同意したのがわずか十八歳のとき。おまけに結婚してはじめて、相手が八歳年上だということを知ったのだった。

それでも当初のうちは——結婚から半年ほどして健《すこ》やかな女の子を授かったころまでは、まだ父親としての自覚をちゃんと持っていたのだ。

『俺ももう少年じゃないんだ、これからは田舎の町でまじめに暮らそう』

けれどもやはり少年だったと言わざるを得ない。なぜなら、二年後にふたたび子供が生まれ、いっきに三人の父親になってみると（双生児《ふたご》だったのだ）、俺の人生はこれでいいのか、子供たちに吸い取られるだけの人生でほんとうに満足なのかと甘ったれたことを考えるようになったのだから。しかも、それが甘ったれた考えであることを知っていたにもかかわらず、それに対する答えは明白だった。

否。

満足ではない。

ならば自分はいったい何によって満足を得られるのだろう？

五歳のころの出来事がしきりに思い出された。父親がちょうど町長を務めていたころ、巡業中の一座がわが家にやって来たことがあった。何しろただの旅芸人ではなく、ウスター伯ウィリアム・サマセット卿を庇護者《パトロン》とする超一流の劇団だから、これを迎えて盛大にもてなすのも町長の仕事だったのだ。

私はそこで、生まれてはじめて俳優というものを見た。

驚くべき体験だった。彼らがブルータスや、詩人ガワーや、ジョン失地王《しっちおう》を演じると、私の小さな身体はそれに応じて涙を流し、笑いを放ち、怒りを発した——私の意思とは関係なしに。嵐に揉《も》まれる小舟みたいな気分だった。どういう仕掛けでそんなふうに簡単にひとりの人間を操ることができるのか（自分自身がやるよりも簡単に！）不思議でたまらなかった。そうして同時に、五歳の子供は、

『いつか自分も、ああして観客の感情を思うさま操作してみたいものだ』

と考えていた。漠然とではあるけれど、確かにそう考えていた。そして、それから十数年がたち、三児の父となった私がもうひとつ不思議でたまらなかったのは、

『どうして今さらそんなことを思い出すのか？』

答えはやはり明白だった。というわけで、ある払暁《ふつぎょう》、私はついに決意し、家を出て、偉大なる首都ロンドンへ出発したというわけだ。紙きれ一枚を残されたきりで亭主に去られた妻のほうこそ哀れと言うべきだろう。その書置きのなかで私は、

「きっとロンドンで一旗《ひとはた》あげてみせる、俳優として舞台に立ち、有名になり、劇団の株主になり、いずれはニュー・プレイスの豪邸に住まわせてやる、だから期待して待っていろ」

などと大風呂敷をひろげたものだ。むろん、妻を安心させるつもりでそう記したのだが、いま考えると、むしろ絶望させる役にしか立たなかったに違いない。大口を叩いて故郷を捨てた人間のどれほど多くがけっきょくは食いつめ者となることか、そうしてテムズ川の橋の下でひっそり野垂死《のたれじ》にすることか。

ただし何の計画もなしに夜逃げしたわけではない。むかしアーデンの森でいっしょに虫とりをして遊んだ三歳年上の幼なじみ、リチャード・フィールドがそのころ首都へ出ており、印刷業者としてほぼ独り立ちしていたから、それを頼るつもりだったのだ。ロンドンに着いてみると、幼なじみは予想していたよりもずっと出世しており、親方とともにプルタルコス『英雄伝』の英語訳を出版してみごと成功したのは同慶の至りだったが、それよりも喜ばしいのは、彼らがゆくゆく戯曲も手がけるつもりで、いくつかの一座と交わりを持っていたことだった。私はいろいろ人を紹介してもらった末、何といきなり、海軍大臣一座に入ることを許された。海軍大臣チャールズ・ハワード卿をパトロンとするロンドン随一の劇団だ。まことに幸運と言うほかないが、しかしいま考えてみると、その一員となることを得たのは、運ばかりのせいではなく、父親の威名が

ものを言ったところも少しはあったのだろう。没落していたとはいえ、やはり元町長であることに変わりはないのだから。

けれどももちろん、私はいきなり役者として採用されたわけではない。入団した当初はほとんど雑用をこなすばかりの毎日だったけれど、馬小屋の番人をしたり、絞首台の修理（もちろん舞台用の）をしたりしながら練習を重ねるうちに、ようやく幹部の興行師フィリップ・ヘンズロウ氏に声をかけられたのだ。新しい劇場「薔薇座《ローズ》」が完成したのに伴う抜擢《ばってき》だった。はじめて舞台に立ったときの感激は忘れられない。たとえそれが、洞窟のなかで英雄ヘラクレスにあっさり撲殺されるライオンの役だったとしても。俳優ウィリアム・シェイクスピアはそのとき誕生したのだ。

と、私がそこまで話したところで、オーシーノ公爵が、

「演劇関係者とはうれしいな」

身をのりだし、目をかがやかせた。

「私もじつは大いに観劇を楽しんだものなのだ、ピサに留学していたころは。しかしイリリアに戻ってみると、何しろ田舎の島のことだから劇団はないし、劇場はないし、さびしいかぎりだよ。実際のところ、ここまで脚を伸ばしてくれる一座があるなら、私はよろこんで迎えるんだがな。貴族の庇護つきでなくとも」

異様な発言と言うべきだった。ジュリエットが目を大きく見ひらいて、

「では公爵様は、役者をお卑しみにはならないのですね？」

「とんでもない。劇場が風紀紊乱《びんらん》の温床になっているという説など、私に言わせれば、古ぼけた人間の古ぼけた誤解か、そうでなければ一部の過激な新教徒たちの粗雑なスローガンにすぎない」

と決めつけてから、公爵はロミオのほうに顔を向け、

「あなたは役者を卑しいと思うかな？」

十四歳の若者はちらりと私のほうを盗み見てから、

「卑しめ、と父には教えられました。しかし僕はまだ役者というものをこの目で見たことがないので、正直なところ、態度を決めかねています」

公爵が満足そうに口ひげを撫でて、

「立派だぞ、ロミオ。ちょうどいい機会だ、このウィリアムの行状をとっくり拝んでから決めるといい。しかし少なくとも私は、ウィリアムを改めて当屋敷にお迎えしたいと思う。道化師への揶揄《やゆ》ではなく、友人としての尊敬とともに」

私はすっくと立ちあがり、背すじを伸ばして深々とお辞儀してから、朗々と、

「心強いお言葉にこの身かぎりの感謝の意を表します。それと、私は深くお詫びしなければなりません。公爵様をはじめ、この席についておいでの皆さんにこれまで幾多の無礼をはたらいたことに対して」

そう。もはや素《す》の自分を隠す必要はないのだ。不良少年だったとはいえ、そうして大学までは出ていないとはいえ、まがりなりにも商業都市ストラトフォードでいちばん高等な教育を受けて

きた男のありのままの姿を。私のこんな豹変に接すると、ヴァイオラが、

「まあまあ、そんな堅苦しくしないでちょうだい。主人の言うことはお世辞《せじ》でも何でもない、正真正銘の真実なんだから」

と笑顔で口をはさんだ。そうして、いたずらっぽい目で公爵の顔を見ながら、

「何しろ自分でも書くくらいなの」

「戯曲を？」

「ええ」

「本当ですか？」

と言いつつ公爵を見ると、公爵はちょっと照れたような表情をした。そうして右手を宙にさしあげ、ペンを握ってさらさらと文字を記すしぐさをして見せてから、

「イリリアで上演できないのが残念だがな」

　これはかなりの愛好者だぞ、と思わざるを得なかった。言うまでもないだろうが、戯曲、つまり舞台むけの台本を書くというのはひじょうに特殊な技術を必要とする作業だし、技術をいくら身につけたところで才能を欠いてはどうしようもない。まあ、才能の問題は話をいろいろ複雑にするからしばらく措《お》くことにするけれど、少なくとも、上演の予定もないくせにそういう難しい作業に手をそめること自体、もうすでに、公爵のはげしい没入ぶりをうかがわせるに充分だ。これまで幾多の台本に目を通してきた私ですら、それを自ら書こうなどという蛮勇は一度たりとも持ったことはなかったのに。今後も持つことはないだろうのに。さすがは大学出の才子だ。

「公爵のような方に出会えたことを、心からうれしく思います」

だから私がそう返事したのもお世辞ではなかったわけだ。公爵はそれを聞くと、ありがとう、私もまったく同じ思いだぞと請《う》けあってから、

「しかし不思議なのだが、ウィリアム、それならこの旅行の目的はいったい何なのだ？　憧《あこが》れの演劇の都から身を遠ざけて来たのだ、それなりの理由があるのだろう？」

私は口をつぐんだ。胸が痛んだ。

「まさかひとりで海外巡業でもあるまい？」

「違います」

「疫病でも流行したのか？」

「いいえ」

溜息をついた。仕方がない。私はそれに対する答えを明らかにすべく、公爵から目をそらし、その夫人に向かって、

「ヴァイオラ、あなたは私のことを『下手くそな演技者』と呼んだ」

「そんなに根に持たないで」

「持ってません。じつは、そう呼ばれたのは二度目なのです――以前、ロンドンで同じことを仰言った女性がいたのですから。今のあなたよりももっと厳しい口調で」

「ひどいわ。叱ってやりたい。どんな女？」

「女王陛下エリザベス」

ヴァイオラは肩をすくめて、

「また失言だわ」

初舞台は踏んだものの、私という俳優の芽はそれからいっこう伸びなかった。二言《ふたこと》、三言《みこと》しゃべっただけで観客にきっちりとした印象を与えることのできる者も少なくないというのに、私ときたら、鋳掛《いか》け屋、薬屋、王の小姓、歩兵、口上役《コーラス》……どんな役を演じたところで誰にも褒《ほ》めてもらえなかったし、そもそも誰かの注意ぶかい一瞥《いちべつ》すら得ることができなかった。自分はこれで大丈夫だろうか、才能に欠けるんじゃないだろうかと落ちこんだところへ、いわば止《とど》めを刺したのが女王陛下だったのだ。一座がある喜劇をお見せしたときのこと、恐れ多くも私をじきじきに指さして、

「あれほど下手くそな演技者は見たことがない」

さらにつづけて、

「あれなら主人公の連れている犬のほうがよっぽど上手ね」

その場であれこれ取りなしてくれたヘンズロウ氏は、芝居が終わったあとで私をこっそり呼び出し、

「今夜はとりわけ機嫌がお悪い。ただそれだけのことさ。玉座にお就《つ》きとはいえ、しょせんは女の言うことだ、気にすることはない」

と肩を叩いて慰《なぐさ》めてくれたけれど、しかし女王にあんなにはっきりと不快感を表明されては、興行師がそれを無視するわけにいかないのは当然だ。私はだんだんいい役がつかなくなり、せり

ふの数を減らされるようになった。そうしてついに、舞台のすみでひたすら立ちつくすだけの衛兵の役でさえ、私の頭上をとびこして、新入りの若造にあてがわれるに至り、

『まずい。このままじゃ俳優としての登録すら抹消されかねない』

だから機先を制して、

「外国で修業してきます」

と宣言し、ロンドンを飛び出したというわけだ。

しかしながら、これは決して一時休業のためのいいかげんな口実ではない。私はウィリアム・ケンプのことを思い浮かべていたのだから。ケンプはもともと大した役者ではなかったけれど、レスター伯一座の連中といっしょにオランダへと渡ったのをきっかけにして開眼し、帰国後、喜劇役者として大躍進をとげ、あっという間に、

「道化師をやらせればロンドン一」

と噂《うわさ》されるまでに登りつめたのだ。私はケンプとは直接の面識はないし、人気も実力もぜんぜん及ばないけれど、少なくともその例に倣《なら》って海外へ出れば、もしかしたら、

『何かに、出会えるかも』

そう考えてヘンズロウ氏をむりやり説得し、出発の許可を得たのだった。井戸のなかの蛙は無知から脱することはできない。

「よく納得したな」

オーシーノ公爵が首をかしげた。

「え？」

「その興行師はなかなか有能のようだ。その有能な男が、そうそう簡単にひとりの団員の休業を認めるとは思えないんだが？」

鋭い質問だ。私はうなずいて、

「たぶん私の本意は別のところにあると誤解したのでしょう」

「別のところ？」

「徴兵のがれです」

公爵が目を剝《む》いた。

「私はもちろん、そんな卑怯《ひきょう》な計算をしていたわけではないのですが」

「……どういうことだ？」

私はつづけた。

「そのころロンドンは、徴兵がさかんだったのです。そして徴兵となれば、私などはその対象となる可能性がきわめて高かった。何しろ所属していたのが海軍大臣一座なのですから。ということはつまり、来《きた》るべきスペインとの海戦では、ほかならぬ庇護者《パトロン》のハワード卿がその総指揮を執《と》ることになるのですから」

「待ってくれ」

と公爵はあわてて話をとめ、

「来るべきスペインとの海戦というのは、つまり？」

『何だと？』

わざわざ尋ねるまでもないじゃないか。いったい公爵はどうしたというのだ？　そう心のなかで眉をひそめながらも、私はいちおう丁寧に、

「無敵艦隊《アルマダ》との戦いです」

「やはり！」

公爵は天をあおいだ。そうして、

「じつはその無敵艦隊こそが、わが友ウィリアムよ、まさにあなたの正体を暴かざるを得ない理由なのだ」

「どういうことです？」

公爵はいったん口をつぐみ、となりの夫人とちょっと視線を交わすと、ふたたび口をひらいて、

「実際のところ、私たちは、あなたの本当の名前や職業など気にするつもりはなかった。どういうわけで道化師を演じているかは知らないが、そのように扱われたいならそう扱おう、敢えてその由来を追及することは控えようと決めていたのだ――昨夜の時点では。しかし今日になって事情が急変した。いまやあなたの協力をぜひとも仰がなければならない事態に立ち至ってしまったのだ。だからこそ、無礼を承知した上で、このように個人的なことを根ほり葉ほり尋ねさせてもらったというわけなのだ。どうか許してほしい」

私は呆気《あっけ》にとられて、

「許すも許さないも……率直に言って、私はそもそも公爵がいったい何についてお話しになっているのか理解できません」

　公爵はうなずくと、だしぬけに居ずまいを正して、私だけでなく全員に対して、

「皆さん、これから私の話すことを真剣に聞いてもらいたい。旅でお疲れのところをたいへん申し訳ないとは思うのだが、しかしこのことを告げずにイリリアに滞在させるのはかえって危険と思われるのだ。じつは今日のお昼ごろ、ひじょうに重大、かつ微妙な扱いを要する人物が、この島に漂着したのだから。下手をすると政治的な問題に発展しかねない……というより、すでに発展してしまっている」

「どんな問題なんですか？」

　ロミオが尋ねると、公爵は苦しげに顔をゆがめて、

「晩餐のテーブルへ着くのが遅れたのもそのせいなのだ。廷臣たちと対策を協議していた」

　と答えにならない答えを返したきり、右手を顎にあて、視線をぼんやり中空へ向けて何ごとかを考えはじめた。重苦しい沈黙がその場を支配した。かと思うと公爵は、先ほどまで大皿に盛りつけてあった洋梨のパイ（サフランで美しく色づけされていた）がいまやほとんど姿を消したのに目をとめ、だしぬけに起立し、

「食事も終わったようだ。皆さん、よければ前庭《まえにわ》に出ませんか？」

　と誘いの言葉を発すると、私たちが同意するのも待たずにさっさと歩きだしてしまった。もっとも、私たちのほうもそれに反対する理由を持つわけではないので、椅子から立ちあがって公爵

のあとにつづき、回廊を横ぎり、玄関を抜け、前庭へと出る。

　前庭と言っても、広々とした土地いちめんに緑の芝生《しばふ》を敷きつめただけの素気《そっけ》ない造りで、植えこみとか、噴水とか、毛氈《もうせん》花壇《かだん》とか、大理石の像とかいう小道具がどこにも設《しつら》えられていないのはいっそ無愛想と呼びたいくらいだけれど、その無愛想さがこの場合、むしろ最上の選択であることは、誰にもすぐに察せられるに違いない。なぜなら、オーシーノ公爵の屋敷は、山の中腹のなだらかな斜面の上に建てられており、したがってその庭からは素晴らしい眺望を得ることができるのだもの。見るがいい。眼下の風景はイリリア島のじつに四分の一にも相当する地域をすっかり収めて興趣に富んでいるし、その向こうには母なるアドリアの海がゆったりと広がっているし、そのさらに向こう、水平線に霞《かす》むあたりには、イタリア半島の山なみがまるでドラゴンの背中のようにながながと横たわっているではないか。この絶景の前にあっては、噴水やら花壇やらいう人工物など、どんな名匠の手になるものだとしても、しょせん目に飛びこんだ砂つぶの域を脱することはできない。ただ邪魔なだけなのだ。

　もっとも、太陽はもうほとんど沈んでしまっており、ごく衰えた光の糸をやわやわと垂れ流しているにすぎないから、いまはもう遠くの風景がはっきりと見わたせるわけではない。そのことを惜しみつつ、私たちは手近な四阿《あずまや》へぞろぞろ入った。召使いが三人ばかり現れて、ベンチに大きな麻布とクッションを敷くのを待ってから、めいめい好きなところへ腰をおろした。話のなりゆきを考えて、私は遠慮なく公爵夫妻のとなりに座を占めさせてもらうことにした。涼しい微風《そよかぜ》がふんわりと頬を撫でるのが何とも心地いい。

「皆さん」

と公爵はしかし、絶景や微風などどれほどの役にも立ちはしないと言わんばかりの険しい顔つきで客人たちの注意を促すと、

「あそこを」

と言って指さした。全員がその方向へいっせいに目を向けた。私もおなじように見おろした。ちょうど海岸線のあたりだった。ここからだとミニチュアの玩具《おもちゃ》みたいに見える桟橋《さんばし》がひょいと島から突き出ており、そのまわりには、やはりミニチュアの玩具みたいな舟が幾艘《いくそう》となく寄り集まっている。

「港ですね」

と私がつぶやくと、オーシーノ公爵はうなずいて、

「この島に上陸するためのただひとつの港だ。あなたの同郷人はあそこに漂着したのだよ、ウィリアム」

「イングランドの人間が？」

「そう。イングランドの海兵が、三人」

その場のすべての人間を戦慄させるに足る一言だった。

そうか。

そういうことだったのか。

イングランドの海兵となれば、誰とどこで交戦してきたかは火を見るよりも明らかだし、先ほ

どの話ともうまく連絡をつけることができる。

無敵艦隊《アルマダ》。

それは世界最強国スペインの誇る、まぎれもなく世界最強の艦隊だった。いや、いまでもやはり最強だと思っている人はかなり多いのではないだろうか？　正直なところ、私もそう思う。その無敵艦隊と、彼らは戦って来たのに違いない。

そもそも数年前から、スペイン帝国とわがイングランド王国との関係はひじょうに悪かった。スペインの海軍は、本格的な侵略のための艦隊建設を隠そうともしなかったし、イングランドの騎士《ナイト》は、はるばるインディアスまで出向いてスペイン植民地の焼討《やきう》ちを敢行した。お互いのあいだで民間の商船をとつぜん拿捕《だほ》したりとか、あるいはそのあとで公式にののしりあったりとか、そういう小競《こぜ》りあいは旅券の発行とおなじような日常業務と化していた。戦争のはじまるのは時間の問題だったというより、実質的にはすでに開始されていたに等しかった。三年前にイングランドが軍事介入をはじめて以来、ネーデルラントの独立戦争はほとんど両国の代理戦争のおもむきを呈していたから。

どうしてこんなに仲が悪くなってしまったのか？

事情がいろいろ錯綜《さくそう》するので説明するのは骨が折れるのだが、ここは政治論の場ではないので肝心なところだけを述べるなら、何と言ってもスペインが旧教国であり、イングランドが新教国であるという違いが大きい。何しろスペインという国は、イスラム教徒に対する国土回復運動《レコンキスタ》によって完成したという成立事情もあり、あるいは国王フェリペ二世の個人的な好みもあって、旧教に対する帰依心がほとんど病的と呼べるほど深いのだ。みずからカトリックの守護者を名乗ってあちこちで新教徒を弾圧するあたりなど、国家あげての異端審問という感じがする。そんな国から見たなら、イングランドなどはもう、

「許しがたき裏切り者、きびしく処罰すべき背教者」

としか考えられないに違いない。先代女王メアリのころはせっかく敬虔《けいけん》な旧教国だったのに、その次に即位したエリザベスとかいう女王（あのカトリック世界にたてついた色ぼけの大うつけ者、ヘンリー八世の愛娘！）は、身のほど知らずにも国家をだんだん新教のほうへと導いてきたのだから。

余談だが、こんな不快感を抱いたのは必ずしもスペインだけではないらしく、噂によれば、カトリックの宗主すなわちローマ法王が、腹立ちのあまり、

「エリザベスを暗殺した者には祝福を与える」

とまで宣言したそうな。暗殺者に祝福を！　いやはや、本当だとしたらものすごい世の中になったものだ。こんな乱暴なせりふ、少なくともイエス・キリストの口からは決して発せられはしなかったろうし、そのかわりと言っては何だけれど、キリストを迫害した野蛮なローマ兵の口からならば、いくらでも聞くことができたに違いない。これでは与太者の親分とおなじではないか。

以上のような緊張のなか、スペイン帝国はついに行動を開始した。リスボン港を発した百隻《せき》以上の大艦隊は、ブリテン島へと侵攻すべくゆるやかに北上し、イングランドの艦隊は、それを何

としても阻止すべく英仏海峡でむかえ撃った。こうして史上最大の海戦の端《たん》がひらかれたのだった。先月の末のことだ。

どちらが勝つか？

はっきり言って、誰もがスペインのほうの勝利を確信していたと思う。イングランド国民でさえ、自信過剰の副司令官フランシス・ドレイク卿を除けばみんながそう思っていたに違いない――もちろん口には出さなかったけれど。何しろ相手が相手なのだから。八年前にポルトガルを併合して以来というもの、広大なイベリア半島をひとり占めにしているだけでなく、インディアスにおいても大規模きわまる植民地を経営し、そこから無限に銀を水揚《みずあ》げしては惜しみなく散じることのできる「太陽の沈まない帝国」なのだから。

それに対してわがほうの貧弱ぶりと来たらどうだろう。女王陛下の臣民としてはあまり言いたくないのだが、小さなブリテン島につつましく肩を寄せあうばかりか、その島でさえ南半分しか領有できず、もちろん海外に植民地など持たないため、お金を稼ぎたければ自国産の毛織物をちまちまと売りさばくよりほかに方法がないという北方の三等国にすぎないのだ。いや、植民地どころではない、

「これがうちの艦隊です」

と他国に向けて示すに足るような海軍すら持っていなかった。持っていたとしてもそれはおよそ軍などと呼べるものではなく、せいぜいが海賊船にちょっとばかり色をつけたような代物でしかなかった。

そんなわけだから、数年前、これでもう戦争は避けられないと決まったころから、国内がまるでお湯をぐらぐら沸かしたみたいな大騒ぎに陥ったのは当たり前だろう。急いで船をつくり、火薬をとりよせ、徴兵につぐ徴兵をもって兵力を増強し（繰り返すが私がロンドンを離れたのはそれを逃れるためではない）、実質的には海軍を一からつくり上げたも同然だった。

「よくもまあ努めたものだ」

と自国のことながら感心するけれども、やはり超大国を相手にしてはこんな生兵法《なまびょうほう》が通用するとも思えない。鰐《わに》と小魚とが戦うようなものなのだ。どんなに頑張《がんば》っても、小魚のほうが呑み込まれるに決まっているではないか。

……などと暗い気持ちに沈んでいたら、何と、近ごろ耳に入ってくる噂はどれもこれもみなイングランドの勝利を伝えるではないか！　小魚が鰐をみごと撃退したのだ。それも奇勝や辛勝ではなく、どうやら史上まれに見るほどの完勝らしい。フェリペ二世はあの豪壮を謳《うた》われるエル・エスコリアル宮でどれほど地団駄《じだんだ》ふんでいるだろう。

どうして勝てたのか？

これについてもいろいろ耳にした。風むきが有利に働いたらしいとか、あるいはイングランドの軍艦のほうが大砲の射程が長かったのだとか、あるいは、スペイン船に乗組んだある砲術師がべつの海兵に妻を寝とられた悔しさのあまり蠟燭《ろうそく》に火をつけて火薬樽にほうりこんで自爆したからだとか。どれもそれなりに真実らしいけれど（最後のはどうかと思うが）、しかし翻《ひるがえ》って考えれば、起きて間もない戦争についての、それも転瞬のあいだにヨーロッパじゅうを駆けめぐった風聞などというものに、いったいどれほどの信頼を置いていいものか。いずれにしても確実なのは、イングランド海軍が無敵艦隊に勝利したということであり、そしてその海戦に参加した三人のイングランド兵が、このイリリアへ流れ着いたということなのだ。

「厄介だとは思わないか、ウィリアム？」

私にそう水を向けると、オーシーノ公爵はふうと溜息をついた。私は率直に、

「思います」

「同郷なのに？」

とヴァイオラが眉をひそめたので、

「いや、もちろん歓迎したいと思うのです、個人的には。何と言っても故国を勝利にみちびいた英雄なんですから。けれどもそのいっぽう、いくら同じイングランド人とはいえ、そんな火薬くさい連中がこの平和な島ではあまり歓迎されないだろうことは察せざるを得ません。もともとここは、今回の戦争には何の関係もない土地なのですし」

「公平だな。北国の人々はつねに中庸《ちゅうよう》を重んじるというが、本当らしい」

と公爵はちょっと笑って見せてから、

「しかし私の憂鬱の原因はそれだけではないんだ」

「まだ何か？」

「彼らのあとを追ってスペイン軍も到着したのだ」

「何と！」

恥ずかしながら声をあげてしまった。面倒の上にさらに特大の面倒を重ねられるようなものではないか。公爵はつづけて、

「やはり今日のお昼すぎのことなのだが、ふたりの使者がとつぜんこの屋敷にあらわれ、フェリペ二世じきじきに署名した書簡を見せつけながら口上を述べたのだ。いわく、英仏海峡において卑劣きわまる策略を弄《ろう》し、栄光あるスペイン艦隊に大きな被害を与えた許しがたきイングランド兵が、逃亡の末、この島へひそかに潜入したとの確かな情報を得たので、彼らを見つけだして連行するために、複数のスペイン兵がこの島に上陸すること、および島内において捜索活動を展開することを許可してほしい、と」

「公爵はどうお答えになったのです？」

「上陸はとりあえず許可しよう。しかし捜索活動のほうについては、上陸するスペイン兵の責任者とじかにお会いして、話をよく伺ったのちに結論を出したい。こう答えると、使者たちは素直に応じて船へと帰っていったよ。まあ、このあたりは定石《じょうせき》どおりの外交手順だからな、双方にとって」

「ということは、複数のスペイン兵がすでに上陸を終え、この島に滞在しているのですね？」

　公爵はうなずいて、

「今夜はエレファント亭に投宿するそうだ」

　震えが身体じゅうを駆けぬけた。あまり街で出くわしたくない連中だ。私はまったくの民間人なのだから、たとえ出くわしても危害を加えられることはないというのは甘い考えかただろう。

昨今の両国民がお互いに対してひどく感情的になっていることを考えれば、あるいは今日《こんにち》この日がちょうど戦争直後という非常の時期にあたることを考えれば、接触を避けるに越したことはない。

「どこですか、その宿屋は？」

「あのへんだわ。ほら」

公爵夫人がそう言って指さしたほうを見おろすと、なるほど、市街のまんなかを大きく占める広場《ピアッツァ》から海のほうへとまっすぐ延びる大きな道に沿ったところに建物がひとつ置いてあり、光の点をひときわたくさん集めているのが認められる。たぶん宿屋が居酒屋をも兼ねているのだろう。その華々しい明るさからも、内部《なか》のにぎやかな様子がよく伝わってくるようだ。了解。今後あそこに近づくのはやめよう。そう心決めしてから、私はもうひとつ気になることを尋ねた。

「スペイン兵は何人？」

「それなのだ」

と公爵はうつむき、

「申し訳ない。じつは使者たちを引見したとき、正確な人数を確認するのをうっかり忘れてしまったのだ。複数と聞いただけで分かったような気になってしまってな。私もそうとう動揺していたのだよ。こんな大事《おおごと》を捌《さば》くのははじめてだから……いや、弁解は見苦しいな。失策はやはり失策だ」

「二十四人です」

ジュリエットがとつぜん断言した。公爵が顔をあげて、

「ほう？」

全員のまなざしが十三歳の少女に釘づけになった。意外だった。何しろ私たちがこの四阿のベンチに腰かけてから話しあってきたのは、もっぱら、お嬢様そだちの少女の関心をあまり惹《ひ》くとは思えないような生ぐさい事件についてばかりだったし、彼女のほうでも、やはり黙々として耳を傾けていたものだから、私たちはこんなところで口をはさまれるとは思わなかったのだ。

それどころか私など、正直に言うと、彼女の存在すらいつの間にかすっかり忘れていたほどだった。けれどもジュリエットはいまや自信満々の笑顔をこちらに見せつけ、みんなの驚きぶりを楽しむような風情すら窺《うかが》わせている。

「どうして知っているのだ？」

公爵がやさしく尋ねたのをきっかけにして、ジュリエットは謎ときを始めた。自分もみんなの役に立てることが嬉しくて仕方ない、とでもいうみたいに朗《ほが》らかな口ぶりで。

「私たち、お昼ごはんをまさにそのエレファント亭で取ったんです、このお屋敷に到着する前に。ところが食べていると、むさくるしい男どもがいきなり剣を抜いて乱入してきて、何やら訳の分からないことを怒鳴りちらしながらお客さんを追い出して、食堂を占領しちゃったんです。恐かったわ」

「当然だ」

「いえ、公爵、恐かったのは彼らじゃありません。そのときのロミオの行動なんです。ロミオっ

たら、名誉をけがされた、決闘を申しこんでやる、なんて言い出して手袋を投げつけようとするものだから、私もばあやも神父様ももうびっくりして、あわててロミオの口をふさいで、むりやり引きずって出たんです。危ないところだったわ」

「そんな話をここでする必要はないだろ？」

とロミオが苛立《いらだ》たしげに割り込んだころには、私もすっかり思い出している。今日のお昼すぎ、門柱の陰にべったりと尻をついて暑さをしのいでいたときに耳にした彼らの口げんかの内容を。ジュリエットは素早く婚約者のほうを睨みつけ、

「黙っててちょうだい」

ぴしゃりと決めつけると、ふたたび全員に向かって、

「あの食堂にはテーブルが六卓ありました。三卓ずつ、二列になって並んでましたから。そしてテーブルは一卓につき四人がけ。ということは、食堂をいっぱいに埋める人数は二十四人というわけです。ね、簡単な算数でしょう？　隊長みたいな人が『これで全員だな！』って言ってたから他の店とかに行った人はいないはず。もっとも、何しろ咄嗟《とっさ》のことだったから、二、三名くらいの差はあるかもしれないけど」

「いや、重要な情報をありがとう、ジュリエット。心からお礼を言うぞ」

と公爵に褒められて、十三歳の少女はほとんど有頂天になりながら、

「お礼ならぜひ、神父様とばあやにも。何と言っても、駄馬みたいに逸《はや》るロミオを連れ出したのですから。私、お話をうかがっていて恐ろしさを新たにしましたわ。もしロミオがほんとうに果

たし合いなんか始めていたら……」

「僕は負けない」

「あなたの勝ち負けなんかどうでもいいのよ。イリリア全体のことを考えなさい。ここで自国兵の血が流されでもしたら、スペインがさらにたくさんの兵を送りこんできてこの島を制圧してしまう、その可能性がどうして考えられないの？」

　まったく彼女の言うとおりだ。この瞬間、ロミオ以外のすべての人間がひそかに安堵《あんど》の溜息をついていたと思う。名誉などというつまらない拘泥《こだわり》が他人にどれほど迷惑を及ぼすものか、ロミオにはこれを機にぜひ学んでもらいたいと思ったが、しかし遺憾《いかん》ながら、当人はひとり頬をふくらまし、相変わらず、

「スペインなど恐れるに足りないさ。その証拠を見せるため、僕はむしろ、その三人のイングランド兵のほうの味方をしてやりたいくらいだ」

　などと勇ましいことを口走っている。やれやれ。百年戦争のころのフランスの乙女《おとめ》ジャンヌじゃあるまいし。さすがにロレンス神父が顔をしかめて、

「滅多なことを言うもんじゃない」

　とたしなめてから、

「だいいち味方すると言っても、いったい彼らをどうやって見つけるつもりだ？　森のなかを歩きまわって、野宿しているところを探そうとでもいうのか？」

「野宿はしていない」

公爵がぽつりと言った。私は瞠目して、

「三人のいどころをすでにご存じだと？」

公爵ははっきり首を縦にふってから、

「妻から聞いたと思うが、この島には貴族の家はふたつしかない。ひとつはこのオーシーノ公爵家。もうひとつは、セバスチャンという爽《さわ》やかな若者をあるじとする伯爵家だ。セバスチャンが住んでいるのは、この山の、ここからやや北側へまわったところに建てられた邸宅なのだが、三人はたまたまそこへ逃げこんだらしいのだ。執事からの伝言によれば、セバスチャンとしては、今夜はとりあえず黙って寝泊まりさせることにするが、明日以降の処置については、爵位が上であるこの私に一任する意向だそうだ。これが何を意味するか分かるだろう、ウィリアム？」

「三人の命のあるなしは公爵のお考えひとつで決まる、ということですね？」

そう。もしも公爵が、

「よろしい、逃亡者どもをよろこんで引き渡しましょう」

とスペインの責任者に向かって明言するならば、それはすなわち哀れな海兵たちの死を意味する。ただちに新都マドリードへ拘引《こういん》され、一方的かつ形式的な裁判にかけられた挙句、さっさと縛り首にされるに決まっているからだ。しかしそのいっぽう、公爵がもし命を助けてやりたいと考えるならば、三人をそのまま伯爵家の地下蔵《ちかぐら》にでも隠しておきつつ、スペイン側に対しては、

「いやいや、彼らがどこへ逃げこんだのかは皆目わかりません。どうぞ思うぞんぶんお捜《さが》し下さい」

と嘯《うそぶ》いて知らんぷりするという手もあり得るだろう。

「そのとおり。簡単な二者択一だ」

「どちらを選ぶおつもりで？」

そう問いかけながらも、しかし私にはもう答えの予想がついている。

前者だ。三人を見殺しにするほうだ。

なぜならスペインの連中は、憎きイングランド兵どもを発見しないうちは決してこの島を出ていかないだろうから。いつまでも隠し通せるとは思えないし、かりに上手に隠したとしても、いずれスペイン兵のほうで、

『逃亡者はイリリアの統治者によって匿《かくま》われているのではないか？』

と疑いはじめるに違いない。それは危険きわまりない疑いなのだ。

考えてもみるがいい。何度も言うようだがスペインは世界最強の帝国なのだ。いくら無敵艦隊が破られたといっても、それは帝国そのものが破られたことを意味するわけではない。ちょっとばかり威信が傷ついたというただそれだけのことなのだ。

それに対してイリリアはどうだろう？

まるでお話にならないではないか。喩《たと》えて言うならばスペインは鰐、イングランドは小魚、イリリアはそれよりも数段ちっぽけな海の藻屑《もくず》でしかない。何しろ、形式上はいちおう独立国ということになっているけれど、しょせんは人口わずか三百人ほどを擁するヒヨコ豆ほどの大きさの島にすぎないのだから。行政的にはヴェネツィア共和国からの影響をきわめて大きく受けており

（地理的に近いため）、宗教的にはローマ法王庁からの掣肘《せいちゅう》をひじょうに強く受けており（旧教国であるため）、そのくせ軍事的にはどこの大国からも援助を仰いでいない（要衝《ようしょう》でないため）というこの弱小国の統治者が、白刃をひらめかせて乗りこんできた超大国の不興をみずから買うような真似《まね》を、どうしてすることができるだろう？

そう。薄情なようだが、招きもしないのに勝手に漂着してきたイングランド兵など、笑顔でさっさと引き渡してしまうに限るのだ。そうしてスペインの方々には気持ちよくお引き取りいただくに限るのだ。そうしなければこの島は、ジュリエットの言うような追加の派兵などなくとも、上陸をすでに済ませたというその二十四人の手勢だけであっさりと征服されてしまうに違いない。

対して、イングランドは遠国である。残念だが、公爵に迷いはないはずだ。

「迷っている」

耳を疑った。おそるおそる、

「失礼ながら、もし私へのお気づかいからそう仰言るのでしたら……」

「違うのだ、ウィリアム。ほんとうに決めかねているのだ」

公爵はひどく沈痛なおもちでそう答えた。あんまり意外だったので、かえって疑念の言葉がすらすらと口をついて出た。

「どうしてですか？」

「流れ着いた三人のうちのひとりが、宮廷の要人らしい」

絶句した。公爵はつづけて、

「エリザベス女王の寵愛《ちょうあい》も篤いらしく、何でも、女王じきじきにお書きになった親書をこれ見よがしに持ち歩いているとか。親書には、とりわけお気に入りの廷臣ゆえ、すべての国のすべての人間がよしなに扱ってくださるよう切望する、という内容が記されてあるそうだ」

「本当なのでしょうか？」

真先《まっさき》にそれを疑わしく感じた。よくは分からないが、捕らえられそうになった兵士というのは、たいていそういう嘘《うそ》をついて保護を求めようとするものなのではないか？　案の定、公爵はすぐさま、

「嘘だろう、十中八九」

と断言してから、

「何でもひどく戯《たわ》けた老人らしいのだ。太鼓腹《たいこばら》をぶくぶく波打たせ、卑猥《ひわい》な冗談をたえず銅鑼声《どらごえ》でわめき散らし、昼間から酒のにおいをぷんぷん漂わせ、女と見れば伯爵夫人だろうが庭師の女房だろうがお構いなく、尻や胸に手をのばすのだとか。そんな輩《やから》が、貴国の女王のお眼鏡にかなうとはとても思えん」

「はあ」

生《なま》返事しつつ、しかし私はふとした予感を抱いている。ひとりだけ、ただひとりだけ、そういう人物がたしかにあの宮廷に出入りしており、女王陛下にたいそう気に入られているのを知っているからだ。

『まさか？』

もしそうなら、神はいったい事態をどこまで複雑にすれば気がすむのだろう。けれどもその反面、いくら何でもあの男がこのたびの海戦に参加したとは考えられないし（参加しても役に立つはずがない）、それにそもそもロンドンには、酒のみで女好きのぶくぶく太った老人など、塩漬けにしてアイルランドに送りつけてやりたいほどたくさん存在するのだ。そう。人ちがいに決まっている。などと考えをめぐらしつつも、公爵にきっぱり、

「親書うんぬんが嘘なら嘘でかまわない。そうであれば、もはや何の気がねもなしにスペイン側にさしだせるのだから。あとは処刑されようが何されようが関知するところではない」

などと言われると、あわてて口をはさんで、

「万一ほんとうだとしたら？」

「そこなのだ。そうだとしたら、いくら何でも引き渡すことはできないだろう。公式に通達を発し、国際上のしかるべき手続きによって処遇を決めなければならないからな。ヴェネツィアにも伺《うかが》いを立てなければならないし。というわけで、ウィリアム」

「はい」

「じつは私はこの点であなたにご協力ねがいたいのだ」

分かってきたぞ。ようやく私の役割が明らかになろうとしている。公爵はつづけて言った。

「上陸したスペイン兵の責任者とは、明日のお昼すぎ、正式に面会することになっている。私はそれまでに真実の見きわめをつけておきたい。漂着したイングランド人がじつはただの兵卒にす

ぎないのか、それとも金無垢《きんむく》の寵臣なのか、その見きわめをな。だから明朝、あなたには伯爵の屋敷へひそかに足を運んでほしいのだ。そこで彼らに会った上、印象を聞かせてほしい。それは私が下すべき判断にとってきわめて有益な情報となるだろう。どうだ？」

　太陽はもう水平線の奥への退場をすっかり済ませており、イリリアの街も、砂浜も、山も、森も、天から降りそそぐ葡萄《ぶどう》色の粉にしっとりと覆われつくしている。昨晩もそうだったが、北国出身の私にぎこちない感じを抱かせる瞬間だ。たぶん、故郷にくらべてここの太陽はずいぶん早く沈んでしまうんだなあという惜しいような感じと、それにもかかわらず気温はとても暖かいんだなあという頼もしいような感じとのあいだの齟齬《そご》のせいだろう。そんな薄暗《うすくら》がりのなかだから判然とはしないけれど、公爵の目はたしかにこちらを射ているし、そのとなりに腰かけているヴァイオラのグリーンの目もまっすぐ私を見つめている。二組の瞳《ひとみ》がまったくおなじ分量だけの困惑や、心配や、希望や、信頼や、気づかいや、その他のこまごまとした感情を、まったくおなじ割合で含んでいることが否応《いやおう》なく見てとれる。

『いい夫婦だ』

　と思った。故郷の妻はいまごろ何をしているのだろう。

「わかりました」

「ありがたい」

　公爵はがっちりと私の手を握ると、

「セバスチャンにはさっそく手紙を書こう。あとで渡すから、持っていってくれ」

と指示を与えてから、膝をぽんと打ち、

「肝心なことを言うのを忘れていた。セバスチャンは伯爵だが、同時に、私にとって義兄にあたる。ヴァイオラの実の兄なのだ」

「心に傷をお持ちなのですね」

と私はわざと大げさに溜息をついて見せ、

「幼いころはさぞ妹君《ぎみ》にいじめられたでしょうから」

ともすれば重苦しくなりがちだったその場の空気を、この冗談はずいぶん軽くする効果があったと思う。ヴァイオラはくすくす笑いながら、からかうように、

「兄に対してはくれぐれも失礼な間違いを犯さないように」

私は頭のうしろを掻《か》いて、

「困ったなあ。謹厳実直なんですね？」

「ぜんぜん。さっぱりした人よ」

「じゃあなぜ？」

「会えば分かるわ」

「とにかく、わが友ウィリアム・シェイクスピアよ」

と公爵はもういちど私の手をしっかりと握りしめながら、

「一刻もはやく情報がほしいのだ」

私はうなずいて、

「それでは約束しましょう。明日の朝、太陽がふたたび東の空にその薔薇色の姿をあらわすのと同時に、ここを出発することを」

「頼むぞ」

第二幕

未明の出発。まだら服の焼却。ロミオとの和解。妖精パックの奸計《かんけい》。恋の薬のつくりかた。伯爵家への訪問。ジョン・フォルスタッフとの再会。公爵の変わらぬ懊悩。ユダヤ人金融業者からの報告。スペイン兵代表者の到着。ジュリエットの愛。妖精パックとの再会。

しかし私は、次の朝、太陽の出るのを待たずに出発してしまった。なぜか？　むろん、スペイン兵の目にとまる可能性をわずかなりとも低めようという配慮の故《ゆえ》でもあるけれど、それより何より、一刻も早く、道化師用のまだら服を処分したかったのだ。忌《い》まわしい遺物をこの世から永遠に消してしまったあとで、気持ちよく伯爵家へと足を向けたかったのだ。違約と言えば違約だけれども、時間を遅らせるわけではないのだから、公爵もまあ咎《とが》め立てはしないだろう。

というわけで私は、星あかりと、西の空にほんのり残《のこ》り香《が》をただよわせる月の光と、目の高さにかざしたカンテラの灯とを頼りにして、海岸へ降りる小径《こみち》を注意ぶかく辿《たど》っていたのだが、辿

りながら、

『やはり役者には向いていないのだろうか？』

などと苦い自問をくりかえしている。

向いていない。

そのことは素直に認めるべきなのかもしれない。何と言っても、本当は道化師ではないことをあんなに簡単に見やぶられたほどなのだもの。けれどもそのいっぽう、いまさら認めるわけにはいかないところまで来てしまったのもまた事実だ。ここで俳優として脱皮できないのなら、どうせ故郷に帰ったところで馬小屋の番人に逆戻りするほかないのだから。ウィリアムよ、前を向け、弱気の虫など打ち殺せ——それにしてもがっかりした。公爵や公爵夫人ならまだしも、世間知らずで子供じみたあのロミオにさえ気づかれたとは！

「誰だって気づきますよ」

ロミオがそう得意げにうそぶいたのを思い出す。昨夕、あの四阿で公爵の悩みを聞いたあと、私たちは屋敷に帰り、めいめい割り当てられた部屋へと引き取ったのだが、そののち私はふたたび部屋を出てロミオのところを訪れたのだった。ロミオはつづけてこう言ったものだ。

「もっとも、最初のうちは気づきませんでしたけどね。門柱のところであなたとジュリエットにさんざん揶揄されたときは、僕もそうとう逆上してたから」

「すまない」

頭を下げると、

「ほら、それだ。素直に謝る道化師なんか、どこにいます？」

「あ、すまん」

ついまた謝ってしまった。ロミオはひょいとベッドに飛び乗り、手を叩いて、

「感無量だな。これで予告どおり、あなたに心から謝罪させることができたわけだ」

私たちはいっしょに笑い声をあげ、つまりはそれが和解の合図となったのだった。単なるわがままなお坊ちゃんと思っていたけれど、どうして、ちゃんと道理をわきまえた若者じゃないか。

「ロレンス神父は？」

笑いを収めたあと、私はそう尋ねながら室内を見まわした。神父もこの部屋で寝泊まりすると聞いていたのに、姿がどこにも見えなかったからだ。ロミオは答えた。

「隣のジュリエットの部屋におられます。彼女たちに、就寝前のお祈りに関する注意を与えているところです」

「となると、神父ご自身にもお祈りが必要だな。あの乳母《ばあや》に、ベッドであおむけになって誘われずにすむように」

軽口を叩いたけれど、ロミオはちょっと肩をすくめてうつむいたきり、何の返事もよこさない。ははあ、と思いあたった。これは悪いことをした。こんな冗談はきっと、童貞の少年にとってひどくばつが悪いのに違いない。自分がひどく年老いたような気分にとらわれつつ、私は気をつかって、話題を変えてやるべく、

「この旅行の目的は？」

と尋ねた。ロミオは下を向いたまま、

「ジュリエット」

と答えにならない答えを返す。私はどうにか話をつづけさせようとして、

「羨《うらや》ましいよ、素晴らしい婚約者に恵まれて」

ロミオはそこできゅうに顔をあげ、剣で切りつけるみたいに、

「献上しましょうか？」

「おいおい」

「彼女がほんとに素晴らしく見えるなら、ウィリアム、あなたはぜひ僕の故郷ヴェローナへも足を運ぶべきだ。そこには数千倍も魅力的な女性がそれこそ星の数ほどいるんだから。たとえば同じキャピュレット家の出身でも、彼女の従姉妹《いとこ》のロザラインときたら、美しいし、聡明だし、男を立てる分別もちゃんと持ち合わせてる。そうなんだ。ロザラインみたいな女性こそ僕には真にふさわしいんだ。なのに父上はよりによって、あの粗暴で軽はずみで口やかましい女をあてがった！　わが子の貴重な一生をじゃじゃ馬ならしに費消させようとでもいうのか？」

最後のほうのつぶやきはもっぱら、話し相手の私でなく、ロミオ自身へと向けられている。やれやれ、親どうしが決めた結婚というわけか。金持ちの家に生まれるのも楽じゃないな。だがそれにしても、

「どうしてそれが旅行の目的に？」

私がもういちど尋ねると、ロミオはいったん口をつぐみ、ちょっと考えてから説明しはじめ

た。

彼の故郷、ヴェローナの街には、モンタギュー家とキャピュレット家というふたつの大きな家があり、商業、農業、工業、教育、芸術など、政治以外のあらゆる面において勢力を二分していた。こんな両家なら、激しい競争のあまり犬猿の仲になるものと相場が決まっているのだが、しかし珍しいことに、彼らはたいそう仲の良いことで有名で、デラ・スカラ家の統治のころから数えて約三百年のあいだというもの、小者《こもの》どうしの揉みあいさえ一度もないほどだという。そんな良好な関係はいまに至るも変わらず、変わらないどころか、現当主たちは、両家をますます発展させるためと称して、

「お互いの長男と長女をぜひとも結婚させよう」

という話までどちらからともなく提案したことだった。

「ちょうどいい具合にほぼおなじ年齢でもあることだし」

そのちょうどいい長男と長女というのが、そう、すなわちロミオとジュリエットにほかならなかったのだ。

話がとんとん進んだのは当然だろう。何と言ってもむかしから勝手を知りつくした家どうしなのだから、それに反対する人間はどちらの一族にもいるはずがなかった——本人たちを除いては！　家をあげての祝祭ムードにもかかわらず、肝心のふたりは事あるごとに喧嘩し、応戦し、

「あんな女と結婚するくらいなら毒薬をあおって死ぬ」

「あんな男と結婚するくらいなら短剣で胸を刺して死ぬ」

公言しあって憚らない。何という罰《ばち》あたりなことを言うのだ？　世の中にはな、どんなに深く愛しあっていても家どうしの憎しみのために決して結ばれないという哀れな男女もたくさんいるんだぞ。それに比べて自分がどれだけ幸福か、お前たちは分かっているのか？　そう両親にこんこんと諭《さと》されても彼らはもちろん承知しない。そこで当主たちは一計を案じ、

「ふたりで旅をともにせよ」

　と命じたのだった。旅という非日常の連続においては何かと相談したり協力したりしなければならないし、それを怠《おこた》れば快適さどころか身の安全すら保証されないのだから、そんな日時をいっしょに過ごせば、いかに反撥《はんぱつ》しあうふたりでも、いずれお互いの人格をすこしずつ理解するに違いない。そういう魂胆だった。というわけでロミオとジュリエットは嫌々ながらも故郷を発《た》ち、あちこちを見物しながら半島を南へ南へと下がり、バーリの街で聖《サン》ニコラにお参りしたのち、船に乗り、このイリリアへたどり着いたのだという。そして彼らの旅の、

「いわば後見人として、ロレンス神父とあのばあやが同行しているわけだね？」

　私がそう尋ねると、ロミオがうなずいた。推測のとおりだ。若い男女にあやまちが起きないよう見守るために違いない。むしろ監視人と呼ぶべきか。ヴェローナの街で帰りを待つ両親たちとしては、いくら何でも結婚前にそこまで深く理解しあってもらっては困るということなのだろう。しかしながら、この推測には我ながらひとつ腑《ふ》に落ちないところがある。昼間にもちょっと感じたことだが、

「ジュリエットにあのばあやが付添うのは分かるとしても、ロミオ、どうして君には、ロレンス

神父のような偉い人がわざわざ同道してきたんだい？　いや、誤解しないでほしい、君がそれに値しないというわけじゃないんだ。私の言いたいのは、あれほどの高僧だ、修道院をしばらく留守にするだけでも故郷の街にいろいろ差しさわりが生じるんじゃないか、ということなんだ」

「その通りです。だから神父もずいぶん渋っておられたとか。それを父上がむりやり頼みこみ、寄付をはずんで……どうしてなのか、僕もふしぎに思ってるんですが」

「神父こそ最適任者だという判断なのかな、君とジュリエットを説得するための？」

　といちおう口に出してはみたけれど、出しながらも私はあまり釈然としていない。結婚しろ仲よくしろと説得するだけなら、何も高僧でなくてもいいからだ。いや、分別くさい大人などより、むしろ身近な同年代の友達の助言のほうによほど心を動かされるのがこの年ごろの男の子なのだもの、もし説得役を選ぶのなら、そんな友達のなかから口のうまいのをひとり選んで同道させたほうがずっといい効果を期待できるのではないか（あとで聞いたらマキューシオというまさに打ってつけの親友をロミオは持っているそうだ）。しかしまあ、こんなふうにいろいろ考えても結局のところは他人ごとにすぎない。外野があまり深く追及すべきではないだろう。君子の交わりは淡きこと水のごとし。それがイングランド流のつきあいだ。

「いずれにしても」

　とひとつ咳《せき》ばらいしてから、

「君とジュリエットの会話を拝聴するかぎり、ご両親はちょっとばかり期待外れだったみたいだね」

「長旅させればどうにかなるという魂胆自体があさはかなんですよ。疲れました」

「あ」

私はあわてて腰を浮かし、

「申し訳ない。君がずっと旅してきたことも忘れてしまって、つい長々と話しこんでしまった。さぞ眠りに就きたいだろうに」

ロミオもすぐに立ちあがって、

「とんでもない。そんなつもりで言ったんじゃないんです」

「いや、今夜はもう失礼したほうがいい」

「そうですか」

「おやすみ。話せてよかった」

「僕のほうこそ。楽しい時間をありがとう」

握手をかたく交わしてから、いままでロミオが座っていたところを指さして、

「寝心地がいいと思うよ。何しろデンマークの王子様をお泊めしたベッドだ」

「ほう?」

興味を示したようなので、

「名前はハムレット。エルシノア城の城主の長男だったんだ」

手短に話した。冗談好きで、女好きで、ちょっとマザコンの気配もあるけれどずいぶん楽しい男が、前夜までここで過ごしていたこと。ヴィッテンベルク大学の学生と名乗っていたけれど、

ただの学生にしては立居振舞《たちいふるまい》がとても優雅だし、そのうえ憶《おぼ》えにくい名前のふたりの学友（ひとりはたしかローゼン何某《なにがし》といった）を引《ひ》き具《ぐ》して子分みたいに扱っているから、本当はそうとう名のある家の子弟に違いないと踏んだこと。本人に尋ねてみたらやっぱりその通りだったこと。

「一目《ひとめ》だけでも会いたかったなあ」

とロミオが言ったので、

「急使が来なければ会えたんだけど」

「急使？」

「お城で父王が急死したんだ」

「急死？」

ロミオの顔がけわしくなった。私はつづけて、

「どうやら暗殺らしい。昼寝していたら毒薬を耳に流しこまれたんだってさ。それで旅行もおしまい、留学もおしまい。王子はあわてて帰国したってわけだ。かわいそうに、あれほど陽気だった男が、報《しら》せを聞いたとたん、生きるか死ぬかみたいな憂愁にみちた顔になってしまったよ。まあ、私たちにはどうすることもできないんだが」

「その人が、この部屋へ」

「そう。君はつまり王子様とおなじ待遇ってわけだ。実際、すばらしい」

私はぐるりと見まわしてから、

「家具調度もいいのが揃ってるし、窓からの見晴らしも最高だ。私もこんな部屋に通されるよう

な身分になりたいよ」

「最悪だな」

「え？」

「何と縁起の悪い」

「何が？」

「オーシーノ公爵もどうかしてる。殺された王の息子の部屋なんかに泊まらせるとは」

ちょっと待て。私はいそいで手をつきだして、

「べつに王子様自身がこのベッドに横たわって服毒自殺したわけじゃないんだぞ？」

しかしこんな常識的な論法など、いったん混乱におちいった十四歳の子供には通じない。すぐに替えてもらおう、替えるべきだと言って聞かないので、根負けして、

「わかった、わかったよ。私と交換しようじゃないか」

ロミオはひどくまじめな顔で、

「ぜひそうして下さい」

「望むところだ」

「さっそく公爵にお断りしよう。そうだ、ロレンス神父にも言わなくちゃ。荷物を移すのを手伝ってもらうんだ」

部屋をとびだしてしまった。私は天をあおいだ。やれやれ、恐《こわ》いなら恐いと正直に言えばいいのに。やっぱりロミオはただのわがままなお坊ちゃんだった。

というわけで、前夜は薄手のドア、無地の絨毯《じゅうたん》、むきだしの硬いベッド、壁にねじ込んだだけの真鍮《しんちゅう》の燭台《しょくだい》、などしか用意されていない空間にちんまりと寝せられていた私は、今夜はうって変わって、分厚いドア、つづれ織りの絨毯、天蓋《てんがい》つきの柔らかなベッド、天井から吊り下げられた手の込んだオイル・ランプ、などを完備した部屋でゆったりと眠ることを得たのだった。

『王侯気分だったな』

部屋の様子をあらためて思い返してそんな感想を抱きながら、私は、星あかりのもと、道化師用のまだら服がぱちぱち音を立てて燃えるのを見おろしている。浜辺の砂のよく乾いたところを選んで浅く穴をほり、そこに服を放りこんでカンテラの火を移したのだ。山から吹きおろす風を受けて炎がひらひら揺らめくたび、色とりどりの水玉模様をいいかげんに散らした粗末な麻布は、あたかも一方的に殴られる拳闘士のように右へ左へと身悶《みもだ》えする。その情ない無抵抗ぶりにがっかりしながら、

『何が王侯気分だ、ウィリアム』

自らを唾棄《だき》してやりたかった。

『道化師にすらなれなかったくせに』

その場にしゃがみこんで泣きたくなった。あれほど念入りに作りあげたフェステという架空の人格も、ロミオに見やぶられ、ほかのみんなに見やぶられ、こうして服といっしょに焚刑《ふんけい》に処するに至ってしまった。

「今度こそうまく演じてみせます！」

思い出した。ゆうべ見た夢のなかで、私はそう絶叫して興行師ヘンズロウ氏の膝にすがりついていたのだった。

「どうか見捨てないで下さい。私を使って下さい。努力します。がんばります」

薔薇《ローズ》座の裏口のところで、号泣しながら何度も何度もお願いしたのに、彼はぽんと私を蹴りとばし、冷酷な表情で、

「故郷へ帰って革手袋でも売ってろ」

「帰れません、ロンドンで成功するまでは」

「なら自殺に成功しろ。テムズに飛びこめ」

そこで目がさめた——あれはひどい夢だった。実際は、故郷でそんな露骨な扱いをされたことは一度もないのだが。心のなかの蟠《わだかま》りと、上質のベッドに横たわることの落ち着かなさとが相俟《あいま》って見せた映像に違いない。夢見があんまり悪いので夜中にとび起きるような人間の、いったいどこが王侯なのだろう？

いや、待てよ。

夢のせいじゃない。

私が目をさましたのは、夢のせいじゃなく……そうだ、耳もとで子供がしつこく呼びかけたからだ。

「起きろ、起きろ。ロミオ、起きろ」

そうして私の鼻をぎゅっと捻《ひね》ったからだ。わっと叫んで上半身を跳ねあげると、五歳くらいの

男の子がひとり立っていて、くすくす笑いながら両肘《ひじ》を枕についていた。

　思わず目を見ひらいた。

　異様な姿をしていたからだ。緑の三角帽、緑の髪の毛、緑の瞳、そして緑のシャツ。帽子にさした羽根のあざやかな白がかろうじて例外を主張しているほかは、ことごとく同じ色で統一されていた。雛菊《ひなぎく》の葉っぱを寄せ集めて手足を生《は》やしたみたいなやつだった。いたずらっぽく、

「起きたか、ロミオ？」

「人ちがいだよ。ロミオは私と部屋を交換したんだ」

と教えてやろうとした瞬間、しかし何かがとつぜん唇を凍りつかせた。

『今度こそうまく演じてみせます！』

　夢のなかで私はたしかにヘンズロウ氏にそう誓約した。

　それだ。

　道化師がだめならロミオを演じてやるんだ。決意が一瞬のうちに固められたのは、相手が子供であることに勇気づけられたせいもあるだろう。ロミオの話しぶりを思い出しながら、

「僕にいったい何の用だ？」

「廊下でジュリエットが眠ってる」

「廊下で？」

　ずいぶん突飛なことを言うやつだ。

「起こしてやれよ、ロミオ。そうして部屋のなかへ戻してやるんだ」

「乳母がいるだろ?」

何だ、つまらない用事じゃないか。子供は悲しげに首をふり、

「あの人はだめだ。いったん目を閉じたら朝までぜったい起きやしない」

面倒くさいなあ。こんなことなら部屋を替えたと最初から正直にあかし、本物のロミオの部屋へ行ってくれと言って追い払えばよかった。でももう遅い。年端《としは》もいかない子供に向かって、嘘をついてましたと今さら言うわけにもいかないし。仕方ない。

私はしぶしぶベッドを抜け出した。ドアをあけて廊下に出ると、さすがに夜気がやや冷たく感じられる。夢の神モルフェウスに忌まわしい場面をむりやり見せられて汗をかいたせいでもあるだろう。

「とんだ淑女だ」

思わずつぶやいた。となりの部屋のドアの前で、白い夜着に身をつつんだジュリエットがVの字のかたちに身体を折りまげて眠りこんでいる。かわいい顔をして、いったいどんな寝相をしてるんだ? 静かに近づいて座りこみ、彼女の肩をやさしく揺すりながら、

「おい、起きるんだ」

と声をかけた。安らかな寝息がふと止まったかと思うと、少女はゆっくりと瞼《まぶた》をひらき、上半身をけだるそうに起こして、ぼんやりと私の目を眺めはじめた。

「こんなところで寝ぼけてちゃいけない。部屋へ戻るんだ。いいね?」

彼女がこっくり頷《うなず》いて立ちあがったので、私も立ちあがってドアを開けてやった。開けたとた

ん大音量で飛びだしてきた乳母のいびきには辟易《へきえき》したけれど、それを我慢してジュリエットを送りこみ、その背中がすっかり部屋のなかの闇にとけこんだところでドアを閉めた。世界はふたたび静かになり、私の仕事はそれでおしまいになった。

『やれやれ』

と思って振り向くと、そこには例の緑づくしの少年が、にやにや笑いながら腕を組んで立っている。私は、私の膝くらいまでの背丈《せたけ》しかない子供をじろりと見おろし、ロミオの口調を忘れずに、

「こんな簡単なことならお前にもできるじゃないか。わざわざ僕の鼻をねじ曲げるまでもなかったぞ」

「おめでとう」

「何がめでたい？」

「あんたがジュリエットの愛を手に入れたことが」

「最初から説明しなさい」

少年はとんぼ返りをひとつ打ち、

「これは失礼、改めて自己紹介しよう。僕の名前はパック。森の奥から飛んできた妖精さ。はじめまして」

「はじめまして」

溜息をついた。親がどこにいるのか知らないが（オーシーノ公爵夫妻に跡継ぎが生まれたとい

う話は聞かない）、この夜ふけにうっかり機嫌をそこねて泣きだされでもしたら大事《おおごと》だ。調子をあわせるほかないだろう。私はすこし声をやわらげて聞いた。

「公爵の許可を得てここに立ち入っているのかい？」

「シーシアス様の？」

「違う。オーシーノ様だ」

「知らないな。どっちにしても妖精に許可なんか必要ないだろ」

　私は肩をすくめた。質問を変えよう。

「ジュリエットの愛というのは？」

「簡単さ。彼女にちょっとばかり術をかけ、寝室のそとへ歩き出させてから、恋の薬をまぶたに塗りつけて眠らせたんだ」

「何の薬だって？」

「恋の薬だよ。惚《ほ》れ薬《ぐすり》。妖精の王オーベロンが奥さんをこらしめるのに使ったのとおなじ薬」

　思わず微笑みを誘われた。子供というのはじつに奇妙なことを考えるものだ。むかしは私もそうだったのだろう。故郷の父母《ちちはは》の顔がふと思い出された。しゃがみこんで目の高さを合わせてやり、

「どうやって作るのかな、その薬は？」

「恋の神キューピッドはいつも目隠しされてるから、黄金の矢を放ってもけっこう狙いを外しちゃうもんなんだ。そうすると、矢はあさっての方向へ飛んでいって、神や人間のかわりに、白い

すみれの花をつらぬいちゃう。花は血をしたたらせはじめ、やがてきれいな深紅に染まる。そこへ僕みたいな妖精が飛んでいって花を摘み、手でぎゅっと搾るんだ。そうして取れた紫色の露《つゆ》が、すなわち恋の薬」

「それを眠る者のまぶたに塗りつけるんだね？」

　絵空事ながらよく考えられていると思う。言われてみると、たしかに彼女の睫毛《まつげ》のあたりはそんな色の液体でうっすら濡れていたような気がする。少年はうなずき、

「するとどうなるか？　目がさめて最初に見た人にいっぺんに惚れこんじゃうってわけ。期待していいよ。いまジュリエットの目にはあんたの顔がばっちり焼きつけられたから、明日になればもう自分のすべてを捧げちゃうに違いない」

「すべて？」

「決まってるだろ。心も身体もって意味さ。へへへ」

「女郎屋の亭主みたいな口をきくんじゃない。子供のくせに」

「失敬な。これでもあんたより何百年も長生きしてるよ。僕に感謝した？」

　と胸をそらすのへ、

「感謝した」

　と私はすぐに返事したけれど、その声音《こわね》の軽さから本心が見えてしまったのだろう、少年は頬をふくらまし、

「ぜんぜん信用してないな。まあいいさ」

と言い捨てると、いきなりぴょんと跳びあがり、そのままふいに消えてしまった。

「あ、おい！」

私はあわてて腰を浮かせ、右足を一歩ふみだしたけれど、そこにはもう空気のほかのどんな物体も存在していない。どういうことだ？　と思った瞬間、

「もし僕と話したくなったら」

声が背後から聞こえてきた。急いで振り向くと、何と彼は、腕を組んだまま空中にふんわりと浮かんで笑っている。笑いつつ、

「雲に向かって大きな声で僕の名前を呼ぶんだ。そしたらすぐ現れるから。感謝のあまり話したくなるに決まってるけど。じゃあね」

右足でさっと空《くう》を蹴り、伸びあがるような動作をしたかと思うと、今度こそどこかへ消えてしまった。私は彼のいたあたりに息を吹きつけたり、両手をさしのべて振りまわしたりしてみたけれど、畢竟《ひっきょう》それは、赤ん坊がむやみに手足を動かすのにも似た無為以外の何ものでもなかった。残された試みはあとひとつしかなかった——呆然とそこを眺めることしか。私はしばらくその場に立ちつくしたあと、ようやく諦めをつけ、ドアを開けて部屋に戻った。

ベッドにもぐり込んだけれども目が冴えて寝つけなかった。誰の子供なのだろう？　ジュリエットは何をされたのだろう？　それより何より、あいつ、空中にどんな仕掛けで浮かんだのだろう？　どんな仕掛けでとつぜん姿を消したのだろう？　不思議なことだらけだった。

それとも本物の妖精なのか、本人の言うとおり？

まさか！　迷信ぶかいアイルランドの年寄りどもじゃあるまいし、そんなお伽話《とぎばなし》など信じるほうがどうかしている。とは言ってもそう考える以外に、この浮世ばなれした出来事をきれいに説明する論理を見つけることはできないのだけれど。

あれこれ考えたあげく、私はけっきょく眠ることを放棄し、もういちど起き出した。無聊《ぶりょう》をなぐさめるため、オイル・ランプに灯をともして机に向かい、プルタルコス『英雄伝』のコリオレーナスの巻を読んだり、日記帳をひろげて書きこんだりして時間をつぶしたが、それでもなお夜明けまで時間があったので、仕方なく、身なりを整え、太陽が出るのを待たずに屋敷を出発し、そうして……つまりはこの海岸で太陽を拝んでいるというわけだ。

太陽？

いけない。時間に遅れてしまうではないか！

回想にふけるうち周囲がいつの間にか明るくなっていたのだ。太陽はすでにその上部の四分の一ほどを水平線の上にあらわしているし、海面はあざやかな碧みを浮かべて無数の白光をひらめかせているし、山のほうではツグミやホオジロが忙しげに囀《さえず》りはじめている。愚か者。どうして気づかなかったんだ？　私はあわててしゃがみこみ、両手で砂を押し出して、燃えつきた服の灰をすっかり隠してしまってから、伯爵邸へ向かって走りだした。海岸ぞいに北へと向かい、先ほど降りたのとは別の道から山をのぼる。足もとの石ころや枝きれがはっきり見えたので躓《つまず》かずに駆けられたことが、このときの太陽のただひとつ感謝すべき点だった。

到着すると門番に誰何《すいか》される。息を切らしながら身分と用件とを告げると、前もって言い含め

られていたのだろう、すぐに邸内へと案内された。玄関ホールに足をふみいれた瞬間、思わず、

「あれ、先まわりですか？」

甲高《かんだか》い声をあげて立ちつくしてしまった。驚くではないか、そこで私を出迎えていたのはヴァイオラその人なのだもの。

『何だ』

きゅうに不愉快になった。オーシーノ公爵もひどいではないか、私がちゃんと来たかどうか確かめるために夫人をわざわざ差し向けるとは。まあ遅刻しかけたのは事実だからそれほど強くは言えないけれど、それにしても信用をあまりにも軽んじた態度だとこれは言わざるを得ない。おまけに、目をよく凝らすと、彼女ときたら見えすいた変装までしているではないか。何くわぬ顔で公爵の衣裳を着こみ、鼻の下に金色《きんいろ》の付けひげまで貼りこんで。ここに来るまで私に露見《ばれ》ないようにするためだ、と思い当たるとますます腹が立つ。私はつかつかと歩み寄り、うんと嫌味な口調で、

「時間どおりでしょう？　奥様。ご足労様でございました」

と吐きつけながら、安っぽいひげを鷲づかみにし、力いっぱい引き剝がしてやった。

「痛！」

手応えにびっくりして手を離した。剝がれない。偽物ではない。相手は口もとに手をあて、顔をゆがめながら、

「私はヴァイオラではない。その兄のセバスチャンだ」

伯爵！

　跳びあがって後ろに退き、下げられる限界まで頭をさげ、思いつくかぎりの詫び言葉をならべた。何と迂闊《うかつ》なことだろう、自分もストラトフォードに双子の子供を持っているくせに！　ひとつの顔、ひとつの声、だが別々のふたり。これこそとんだ間違いの悲劇だ。他人の目には喜劇だろうが。昨夕、ヴァイオラが、

「くれぐれも失礼な間違いを犯さないように」

　あの四阿でそう警告した意味がようやく分かった。それともうひとつ、警告といっしょに彼女が浮かべた揶揄《からか》うような笑顔の意味も。憎きヴァイオラ！　双子なら双子だとどうして最初から教えてくれないんだ？

「申し訳ございません。ほんとうに申し訳ございません」

　謝辞をひたすら連発して百二十回目にも至らんとするころ、ようやく痛みが治まったのだろう、伯爵ははじめて私の顔に目を向けて、

「許さん」

　当然だ。私はすかさず百二十一回目にとりかかろうとしたが、彼はそれを手で制し、

「ぜったい許さんぞ——と帰ったら妹に伝えてくれ。どうせあいつ、双子のことをあなたに前もって教えておかなかったのだろう？」

「そう、そのとおりなのです」

「何歳《いくつ》になってもいたずら好きで困る」

「私が粗忽だったのです」

「気にするな。これで三度目なのだ、はじめての来客にひげを引っぱられるのは」

そう言われて私もやっと安心し、顔をあげて、

「悔しいなあ。ヴァイオラの鼻の下にも口ひげがあればいいのに。思いきり引っぱってやれる」

おどけて言った。伯爵は莞爾《かんじ》として、

「賛成だな。もっとも、彼女はむかし、ほんとうに付けひげを貼りつけていたことがあるんだが。知ってたか？」

私がかぶりを振ると、

「何年か前、オーシーノ公爵に一目惚れしたときのことだ。何が何でもお仕えしたいからと、あいつ、周囲の反対を押しきって男装し、シザーリオと名乗ってあのお屋敷にもぐりこんだのだ。そのときの廷臣としての献身的な仕事ぶりが公爵の心を射とめたせいで、いまは公爵夫人として献身しているというわけさ」

あきれて物も言えない。優雅。社交上手。いたずら好き。そして情熱の恋愛家。いったい彼女はいくつの顔を持っているのだろう？　それとも南国の女性はみんな同じようなのか？　伯爵はしかし、私の絶句にべつの意味を見いだしたらしく、

「あなたが知らないのも無理はない。何しろ妹はこの話をぜんぜん人に語りたがらないのだからな。さすがに気恥ずかしいのだろう」

「ならば将来」

と私は手を叩いて応じた。

「故郷イングランドに帰ったらその逸話をうんと広めてやりましょう。ささやかな復讐です」

「頼むぞ、私のぶんもな」

ふたりして笑いあい、ひげの騒動に一段落ついたことが暗黙のうちに了解されたところで、伯爵はまじめな顔になり、かたわらで控えていた門番にもとの持ち場へ戻るよう言いつけてから、

「で、本題は何かな？　北国からの来訪者よ」

このあたりの落ち着きぶりは、なるほど双子の妹と同質の何かを思わせる。私も笑いを収めると、公爵の手紙をポケットから取りだして手わたし、礼儀正しく、

「ご一読を、伯爵」

これを聞くと伯爵が眉をひそめ、

「妹はそのことも言わなかったのか？」

「は？」

「堅苦しい物言いはやめにしよう。私はまだ二十一歳なんだ。何ならセバスチャンと呼んでも構わない」

と言って微笑んで見せてから手紙を受け取った。さすが同じ血筋。ならば遠慮なくそう呼ばせてもらうことにしよう。セバスチャンはひととおり読みおえると同時にさりげなく手紙をちぎってから、

「客人たちは奥におられる。案内しよう」

振り向いて歩きだした。屋敷のなかに入り、階段をならんで昇りつつ、ひとつ重要なことを教えてもらった。

それによれば伯爵は、例の逃げこんで来たイングランド兵たちにひとまず仮の身分と名前とを与えて、すなわち伯爵の妻の叔父トービー・ベルチとその二人のお供の来訪という名目を立てて、親戚と同じようにもてなしているのだという。なるほど。屋敷に出入りする大勢の人間の注意をそらすための第一手としては、それがもっとも穏当だし有効だろう。

「ここだ」

二階のいちばん奥の部屋まで来たところで伯爵はそう言い、木製のドアを静かに叩いた。

「叔父上。大切なお客がお見えになりましたぞ」

胸がどきどきしてきた。

このドアの内側にいるのがもしも平《ひら》の兵卒なら、彼らをスペイン側にさしだして万事は終わる。が、もし本当にエリザベス女王の寵臣なら、その助命の可能性をも含めた複雑な外交戦が開始されなければならない。生きるか死ぬか、それが問題だ——さあ、どっちだ？

返事がない。

私たちは顔を見あわせた。伯爵はもういちど、先ほどよりも大きな音でノックし、ご在室ですか、入らせていただきますぞと念を押してからドアを開けた。あっと思った。伯爵がすぐに駆けよって膝をつき、

「叔父上、叔父上」

耳もとで何度も呼びかけた。しかし呼びかけられた相手はいっこう答えを返さない。それどころか、部屋のまんなかで大の字に倒れたまま、白目《しろめ》をむき、口の端《はし》から涎《よだれ》をたらして痙攣《けいれん》ひとつ示さなかった。飲みほした直後と思われる酒びんがその足もとに転がっている。伯爵は腰をかがめ、男の唇のへんに耳をそっと寄せてから、悲痛な声で、

「息をしていない」

そのとき私はもう、この男がいったい誰なのか、どんな人間なのか、どうして倒れているのか、すべてについて確信を抱いている。きわめて冷静に声をかけた。

「新しい白ワインをお持ちしました」

とたんに変死体はむっくりと起きあがり、うれしそうに舌なめずりしながら、

「机の上に置いといてくれ」

「嘘です、ジョン」

と私はあっさり言ってから、目を白黒させている伯爵のほうを向いて、

「この人の死んだふりは有名なのです。それと酒好きも」

「ご無事なら結構だが」

そうつぶやきながら伯爵が立ちあがると、変死体だった男もよっこらしょと能天気な声をあげつつ立ちあがる。その所作がいかにも大儀そうなのは、六十歳ちかい年齢のせいも少しはあるだろうが、何よりもアルプス山脈さながらに迫《せ》り出した腹が原因であることは明白だ。老人は伯爵に相対すると、禿頭《はげ》をつるりと撫で、神妙な口ぶりで、

「だますつもりじゃなかったんだ。追手が踏みこんで来たと勘ちがいしちまって」

と弁解してから、お詫びの意思を示すために腰を折ろうとし、その拍子にゲップをひとつ放った。それは火薬に点火したんじゃないかと思われるほど派手で盛大で遠慮がなかった。伯爵が顔をそむけた。私が横から、

「下品だなあ、相変わらず」

「馬鹿を言うな。イングランドに俺ほど上品な騎士はいない」

「はやく涎を拭いなさい」

老人は手の甲でごしごしと口のまわりを擦《こす》ってから、こちらの顔をじっと見つめ、あっと叫んで、

「その無礼きわまる口のききよう！　物欲しそうな面《つら》！　卑しげな笑い！　さては大根役者のウィリアムだな！」

大根というところは無視することにして、

「お久しぶりです。ハンプトン・コートでお会いして以来ですね」

「そうそう。忘れもしない、宮殿の塀のそとで物乞いをしていたお前に六ペンス恵んでやったとき以来だ」

ぜんぜん違う。私は首をふり、

「海軍大臣一座の一員として女王陛下にお芝居をお見せしたとき以来ですよ。ジョン、あなたは陛下のお側《そば》に控えていた」

「ということは」

　セバスチャンが割って入り、

「このご老体が宮中で重んじられているという話は……」

「本当です」

　私はきっぱりと答えた。ご老体が力強くうなずいて、

「エリザベスはこの俺をまるで愛人のようにかわいがってくれるんだぜ」

「愛犬のようにでしょう」

　老人は伯爵のほうに顔を向け、無実の罪でも訴えるみたいに、

「失礼だと思わないか？　美しい顔だちで有名なかつてのイングランド王、リチャード二世ですらはだしで逃げ出すほどの男をつかまえて。あんたはそんな無愛想なこと言わないだろ？」

　セバスチャンは腕を組んで、老人のたるみきった二重顎にちらりと目をやってから、

「愛豚《とん》のように」

　老人が爆笑した。ちくしょう、ひでえ伯爵様だ、地獄へ堕《お》ちろ、神に呪われちまえ、とか何か濁声《だみごえ》でどなり散らしながら、赤ら顔をますます赤くして太鼓腹をかかえる。その苦しげな様子を見ていると伯爵も私ももう耐えられなくなり、その結果、三人ぶんの哄笑《こうしょう》がしばらく部屋じゅうを満たすことになった。

　サー・ジョン・フォルスタッフ。

　これほど下品で、口が悪くて、罰あたりで、節度というものを知らず、臆病者で、役立たず

で、いばり屋で、ほら吹きで、見栄っぱりで、責任感のかけらもなく、酒好きで、女好きで、息が臭くて、場所や身分をわきまえない男はイングランド広しといえども彼しかいないし、そしてそれ故に、これほど愛される男もいない。貴族も、官吏も、道化も、首切り役人も、鋳掛け屋の亭主も、居酒屋のおかみも、フォルスタッフの前では頤《おとがい》を解かざるを得ない。その証拠にいまの出来事を見よ。伯爵は、かりにも死んだふりで一杯くわされ、余計な心配をかけさせられ、大げさに言えば名誉を傷つけられた直後にもかかわらず気がつけば愛豚などという一歩ふみこんだ冗談を飛ばしているし、しかも逆に気持ちよさそうに笑わせられている。奇特な才能というほかない。

　その奇特な才能の、いちばんの愛玩者がほかならぬエリザベス女王だったわけだ。

　この春に起きたことを私は忘れられない。私たちの一座が参上して田園劇をひとくさりご覧に入れたところ、国政に関する気がかりでもお持ちだったのか、陛下はあらぬ方向を眺めては何やらぶつぶつつぶやくばかりだった。主人がそんな上の空では、私たちがどんなに必死で演じようと、その場がだんだん白けてくるのは避けられない。こういうことはときどきあるのだ。今夜はだめだ、適当に切りあげて散会にしようという空気がどんより流れだした瞬間、かたわらに控えていたフォルスタッフがいきなり舞台にとびこんで抜剣し（むろん本物の剣）、鼻風邪をひいたインドの虎みたいに奇妙な雄叫《おたけ》びをあげながら立廻りをはじめた。役者たちはびっくりして演技を中止し、頭をかかえ、仔猫の姉妹みたいにちりぢりに逃げ去ってしまう。そうして舞台の上でひとりきりになったところで、彼は、

「以上が、かつてヘンリー四世の皇太子にお仕えしたわが先祖の武勲の一部始終であります！」

意気揚々と宣言した。そのころには陛下はあたりを憚らず大笑いし、掛け声をかけ、足をふみ鳴らし、ほとんど気も失わんばかりの楽しみようを見せておられた。周囲の貴族たちも同じように朗笑していたが、それが女王への阿《おもね》りからでないことは目撃者の私が断言できる。万雷の拍手に応えながらフォルスタッフが退場すると、女王陛下は興行師のヘンズロウ氏をお呼び寄せになり、こう囁かれたのだった。

「この次は恋するフォルスタッフが見てみたいわ」

そう言えば、これは余談になるけれど、そのとき彼が演じた百八十年前の先祖（名前はやはりジョン・フォルスタッフ）も、その破天荒な性格をヘンリー四世の皇太子にたいそう愛されたとか。皇太子に下々《しもじも》の暮らしを教えてやるという名目でこきたない居酒屋へ連れこみ、皇太子そっちのけでさんざん飲み食いに耽ったあげく、事もあろうに酔いつぶれて皇太子に代金を立替えてもらったという。皇太子はもちろんのちの名君ヘンリー五世公である。この先祖にしてこの子孫あり。王に王であることを忘れさせるのが、もしかしたら彼ら一家の出世の秘訣なのかもしれない。

「なるほど。貴国の女王陛下があなたを気に入っておられることはよく分かったが」

と現代イリリアの伯爵は認めてから、しかし首をかしげ、

「そんな寵臣をどうして危険な海戦などへ送り出したのだろう？」

「有能な戦士だからだ」

フォルスタッフが胸をはったけれど、私はもちろん無視して、

「わが国には人材があまりにも払底していたのだとお思い下さい。伯爵、お分かりになるでしょう？　何しろこの人まで駆り出さなければならなかったくらいなのだから」

これはまんざら冗談でもない。スペイン艦隊来襲すべしの報に接してロンドンじゅうがパニックに陥り、迎撃のための海軍づくりに狂奔したことはすでに述べたが（私はそのことをもういちど手短に話した）、そうした情況下では、サー・ジョン・フォルスタッフという、有能かどうかは別として少なくとも有名には違いない騎士を、お気に入りというだけの理由で手もとに留《とど》めるのは、いくら女王でも不可能だったのに違いない。さぞかし断腸の思いだったろうと恐れながら拝察する。もっとも、戦線へ送ったところでどうせ死にはしまいと高をくくっておられたかもしれないけれど。何と言っても、彼の逃げ足のはやさと死んだふりの巧みさは世間周知の事実なのだから。

「ま、今回はそんなに手柄を立てられなかったことは認めるがな」

思い当たるふしがあるのだろう。老人が顔をそむけ、憮然として言ったので、私は、

「今回だけじゃないでしょう」

「仕方ないだろ、俺は騎士だ。海戦には詳しくない」

「陸戦にも詳しくないくせに。あなたにお似合いなのは、せいぜい、世界の果てへ爪楊枝《つまようじ》一本とりに行くとか、韃靼《だったん》王のひげを抜きに行くとかいう仕事くらいですよ。怪鳥ハーピーの相手をすることじゃない」

たてつづけに切り返してやると、フォルスタッフは弁解をあきらめて肩をすくめ、

「わが家の家訓を教えてやろう。『合戦場へは最後に行け、宴会場へは最初に行け』」

じつにいいせりふだ。伯爵が感に堪《た》えないという口調で、

「私の先祖にもそういう実用的な言葉を遺してほしかったよ」

三人して笑ったところへ、ちょうど伯爵家の執事が通りかかり、何かご用はございませんかと声をかけてきたので、伯爵は、

「これを焼き捨ててくれ。下男に任せず、お前自身の手でやってくれ。確実にな」

きびきびと指示を出しながら、先ほどちぎった手紙のきれはしを束ねて手わたした。と、横からフォルスタッフが顔を出して、

「酒を持ってきてくれ。人肌の温かさにしてくれ。確実にな」

「またですか？」

執事があけすけに嫌な顔をして見せたのはまことに当然だと思う。昨夜もきっと鯨のように飲んだのだろう。けれども主人たるセバスチャンに、

「持ってきてやれ、マルヴォーリオ」

と命じられては仕方がない。眉をひそめ、苦渋の色を顔いっぱいに浮かべつつ、踵を返して出ていった。出ていったところで、

「そうそう。手紙と言えば」

とフォルスタッフは素頓狂《すっとんきょう》に叫んだかと思うと、ポケットに手をつっこみ、何やらごそごそ

引っ掻きまわして一通の書状をとりだし、

「エリザベスが手ずから書いてくれたんだ。伯爵に預けておこう。厳重に保管しろよ」

「人に命令できた立場か？」

紙包みをひらきながら伯爵がそう言って顔をしかめたのは、書状がこれまで厳重に保管されたとはとうてい思われないほどの惨状を呈していたせいだ。皺くちゃにされ、焼けこげを作られ、ところどころに獣脂や赤ワインのしみまで落とされている。ただしそこに書かれた署名はまぎれもなく女王の筆になるものだし（あの有名な装飾過多の文字たち！）、封蠟《ふうろう》にも女王のお姿がちゃんと押し型されているから、手紙そのものに疑わしいところはないと思う。もちろん、そんな署名や封蠟を見るのは私もはじめてなのだから、鑑定者としてはあまり頼りにならないかもしれないけれど、人から聞いた噂と照らしあわせても、格別、不自然なところは見つからないし、そもそもフォルスタッフのように手先の不器用な人間には、精巧な偽造文書をつくるよりも、むしろ女王に直接かけあって一筆したためておくれよと駄々をこねるほうがよほど簡単だろうから。

私は伯爵のうしろから覗きこみ、むかし習ったラテン語の知識を総動員して本文を読んでみた。すると、

「この書状を持つのはジョン・フォルスタッフという名のイングランド騎士であります、重要人物ゆえ、すべての国のすべての人士によって丁重に扱われることを期待します」

という内容が書いてあり、あまつさえ、こんな情況に陥ることを見越したのか、

「万一スペイン兵に追われたとしても、決してお引き渡しにならないよう切望します」

何という親身さか。正直なところ驚きを禁じ得なかった。と同時に、ちょっぴり嫉妬も。ひとりの騎士にこんな配慮をするくらいなら、陛下、どうして私にはあんなひどいことを仰言ったのです？　下手くそな演技者、犬のほうがよっぽど上手などと。ほら、ご覧ください。陛下の愛するフォルスタッフは、お手紙をこんなに乱暴に扱っていたのですよ。羊皮紙《ようひし》にも巻かず、蓋《ふた》つきの鉄箱にも収めないまま、汚いポケットで糸屑《くず》といっしょに生埋めにしていたのですよ。普通の人間なら居酒屋の領収書だってもうすこし丁寧に扱うだろうのに。

「貴国の女王にここまで言われては、やはり無下《むげ》にはできんな」

　便箋をきれいに折りたたんでから、伯爵がむずかしい顔をしてつぶやいた。フォルスタッフが得意そうに、

「いい文章だろ？　イーストチープの淫売女だってそんな実《じつ》のある言葉はよこしてくれなかったぜ」

　と応じたちょうどそのとき、先ほどの執事がふたたびドアをあけて入ってきて、持っていたお盆をそっと机に載せた。お盆には、陶器のデカンターと砂糖の壺がならべて置かれている。

　何も言わずに執事が出ていってしまうと、豚のような老人はもう我慢できないとばかりに飛んでいき、壺を手にとって砂糖をざらざらとデカンターのなかに流しこみ、激しくシェイクしてから、デカンターにじかに口をつけて天を向いた。喉がどぶどぶ音を立てて蠕動《ぜんどう》し、液体を腹へと送りこんでいる。見ていて吐き気がしてきた。

「海戦が終わってからは？」

半分ほど一気にあけ、酒のみが一息つくのを待ってから伯爵が尋ねた。

「は？」

とフォルスタッフが聞き返そうとして振り向いたのと、ふたたび飲みだすべくデカンターを振りあげたのとが同時だった。陶器のいれものは下唇にぶちあたり、その唇がさらに前歯にあたったのだろう。ガチリという硬質の音とともに血が垂れはじめたので、

「お拭きなさい」

私はあわててハンカチを取り出して渡そうとしたけれど、間に合わなかった。フォルスタッフが手を伸ばし、セバスチャンから女王陛下のお手紙をすばやく奪い取ってぐいと拭ったからだ。

何ということをするのか！　それから私のハンカチを悠々として受け取り、べっとりと血を吸った手紙をセバスチャンに返してから、何ごともなかったような顔をして、

「海戦がどうのこうの言ってたみたいだが？」

伯爵は呆然として受け取りつつ、しかし気をとりなおして、

「無敵艦隊《アルマダ》との海戦が終わってからこのイリリア国にたどり着くまで、どんな旅をしてきたのか聞かせてほしい。今後のかけひきに必要になるかもしれないので」

「八十三人の女とやった」

「はあ？」

「もちろん金を払ってじゃないぜ。当たるを幸い、男の魅力でかたっぱしから口説いたんだ。最初はフランスの漁師の若奥さん――」

「誰も聞いてません」

私が横槍を入れると、フォルスタッフは舌打ちし、改めて説明しはじめた。

それによると、彼の乗組んだガレオン船は、敵艦のはげしい砲撃を受けて操縦不能におちいり、風のままに流され、暮夜ビスケー湾のどこかの浅瀬にのりあげたのだという（あとの話を考えあわせると座礁点はボルドーかその近辺と思われる）。そこで全員ひとまず船をおりて上陸し、砂浜にぐるりと車座をつくって今後の身のふりようを相談したところ、二派にわかれての大論戦になってしまった。なぜなら、水兵あがりの連中はみな、船をできるかぎり修理して海路イングランドへ戻るほうが早いと言って聞かなかったし、陸兵出身の連中はこぞって、船をあきらめて徒歩でカレーまで北上し、そこで定期便を利用して帰国するほうが安全だと主張したからだ。お互いに一歩も譲らないまま夜あけを迎えたので、けっきょく袂を分かつことになった。フォルスタッフはむろん陸兵組のほうを選んだのだが、歩きだして間もなく、豪農らしい家の敷地のなかに大きなワイン蔵《ぐら》を見つけたのが運のつきだった。

「あとで追いつく」

ほかの仲間にそう言いのこし、従者ふたりを引き連れて忍びこみ、蔵のなかで浴びるほど飲んで馬鹿さわぎした。農家の下男にたちまち見とがめられて逃げだしたものの、道には迷うし、別れた仲間には追いつけないしで見知らぬ街をさまよっていたところ、今度はスペイン兵の残党と鉢合わせしてしまった。振り向いてあわてて走りだし、追手の目をくらまそうと道をいいかげんに選ぶうち、目的地とはまったく逆の方向へと、すなわち大陸の内へ内へと、どんどん入りこんでしまい、アルプス山脈を見てしまい、アドリア海へ乗り出す船に乗ってしまい、そうして気がつけばこの南の果ての島にまでたどり着いたのだとか。ちなみに、彼がワイン蔵へと引きこんだ哀れな従者ふたりは、その後の逃避行をともにした挙句、現在はとなりの部屋で二日酔いの頭をかかえているところだそうだ。なるほど、これで三人。

「イングランド兵にあるまじき無軌道ぶりだな」

　話が終わると、セバスチャンがたいそう率直な感想を述べた。私はうなずいて補足した。

「フォルスタッフにはよくある無軌道ぶりです。どうせ酒と肉のにおいをたどったのでしょう」

「分別くさい顔をするな。お前は高等法院長か？」

「まあまあ。あなたの過去は了解した」

　伯爵がそう言って宥《なだ》めると、フォルスタッフはきゅうに不安そうな表情になって、

「将来は？」

　伯爵はちょっと考えたあと、

「私ひとりでは判断できない。オーシーノ公爵のご判断を仰がなければ」

「誰だい、そりゃ？」

「イリリアを統治する最高責任者です」

「私はその方のお屋敷にご厄介になってるんですよ。じつに快適なところだ」

　と私がそこで口をはさんだ。嬉しいことに芝居の台本もお書きになるんですよ、と心のなかでつけ加えた。

「なら一度、ご挨拶に出向きたいもんだな」

「それには早い、フォルスタッフ。打ち割って言うと、公爵はまだ貴公をどう処置すべきか決めておられないのだ」

それを聞くと愕然として伯爵の両肩をつかみ、

「引き渡すってのか、スペインに？」

伯爵はその腕をやさしく払って、

「決めてないと言っただけです」

「だって俺は、ほら、女王陛下の手紙を持ってるんだぜ？」

「向こうも国王フェリペ二世の命令書を持って来た」

「勘弁してくれないかなあ。縛り首はごめんだ」

フォルスタッフは意気地のない声をあげると天をあおいだ。ふと思いついたのだが、名誉を重んじるべき騎士のくせにこんな情ないそぶりを平気で見せるあたりも、きっと、彼がみんなを惹きつける秘訣のひとつなのだろう。本当はみんな、名誉なんてお荷物にはうんざりしているのだ。

「なら当分はここで息をひそめていて下さい、私の妻の叔父として」

伯爵がまじめな顔でそう言い渡すと、

「街に出てはいかんか？」

当たり前じゃないか。何という理解しがたい質問だろう。私はあきれて、

「自分の置かれた情況をよく考えて下さい」

「もう六日も女とやってない」

「六年の間違いでしょう。そんなところで見栄を張らなくてよろしい」

「自慢のバジリスク砲がうずいて仕方ないんだ」

嘘をつけ。うずくどころか、でっぷりと突き出した腹のおかげで何年もそのバジリスク砲とやらを拝んでもいないくせに。しかしそこまで言うとさすがに機嫌を損ねそうなので、戦略を変更し、むしろ自尊心をくすぐるべく、

「いい機会だ、すこし休ませたらどうです？　どんな名砲だって、砲身が冷えないうちに次々と弾を撃てばいずれ割れてしまいます」

老人はたちまち、ふむ、などと鼻を鳴らして胸をそらす。私はさらに、

「学問に打ちこむべく、女人に近づくことを自ら禁じた英邁なナヴァール王の例もありますし」

「よろしい。しばらくは鳴りをひそめてやるとしよう」

と、まるで恩赦でも下すみたいに宣告する。調子に乗るなよ、と思いつつも笑顔を忘れずに、

「そうそう、その調子。おとなしく寝ているうちにオーシーノ公爵がきっとうまく取り計らってくれますよ。いずれ事件が一段落したら、そのときこそ、大手をふって公爵のところへ挨拶に出向こうじゃありませんか」

「そのときは紹介してくれよ、ウィリアム」

「もちろんです」

そこで会話がちょっと途切れたのはきっと潮時ということなのだろう。本当はまだまだ話していたいけれど、必要な情報はひととおり仕入れたのだから、いつまでも漫談にふけるわけにはいかない。あと数刻もすれば、公爵とスペイン兵の代表との会見がはじまるのだ。

「これにて失礼いたします」

フォルスタッフが残念そうに、

「どこへ行くんだ？」

「公爵のところへ。いま伺った一部始終を報告しなければ」

「私も行こう」

と伯爵が申し出たので、私はそちらへ顔を向け、

「そうして頂ければ助かります」

老人は私の手をかたく握りしめ、

「よしなに話してくれよな。頼むよ」

つくづく憎めない男だし、好きにならざるを得ない男だが、それはそれとして、あんまり長く握られては何だか脂《あぶら》がしみ出しそうで気色わるい。私はさりげなく手を引き、くれぐれも外出は慎んで下さいよと釘を刺してから、伯爵といっしょに部屋を出ようとした。ドアを開けたとき、
フォルスタッフが、

「セバスチャン」

と声をかけた。伯爵はふりむいて、

「何か？」

「あんたは俺の好みの顔だちだ。男にしとくのは勿体ないよ」

聞いたとたん、伯爵がにやにや笑いだして、

「もしも私とおなじ顔をした女がいたらどうします？」

「バジリスク砲の出番だな」

いいせりふだ。私は溜息をついて、

「前言は撤回します」

「前言のどこを？」

「あなたをオーシーノ公爵に紹介するという箇所をです、フォルスタッフ」

というわけで、私はそれから寄り道せずにオーシーノ公爵の屋敷へ戻ってきて、玄関から書斎へと直行し、執務机に向かって何やら書きものをしていた公爵に右の次第を報告した。細部の記憶の曖昧なところを伯爵に補足してもらったのは当然だし、報告の末尾を、

「……以上が会談の一部始終です」

という言葉で締めたのも当たり前だが、一部始終とは言いながら、好色な老人が別れぎわに吐いた好色な発言だけは割愛したこともまた断るまでもない。割愛せざるを得ないではないか。大砲をぶちかますと宣言されたその対象が、セバスチャンとおなじ顔をしたヴァイオラが、公爵の肩のうしろに立って熱心に耳をかたむけているのだもの。

「逃亡兵はつまり本物の寵臣だったのだな」

クルミ材のどっしりした机の向こうで公爵が大きく溜息をつく。

「どう取り捌きましょう、公爵？」

机のこちら側、私のとなりの椅子に座っていたセバスチャンがそう水を向けたけれど、公爵がそれに対して直接の答えを与えず、小さな唸りを発したきり腕を組んで考えこんでしまったので、広い書斎はぎこちない沈黙で満たされることになった。そのあいだもヴァイオラが気づかわしげな視線を夫のほうへ送っている。今朝は薄いピンク色の上衣《ローブ》ですっきり身をつつんでおり、その優雅な風情はタイムの花びらを思わせるが、考えてみればほかならぬそのタイムの花びらが私をだまし、伯爵のひげを引っぱって百二十回の謝罪をするに至らしめたのだ。うんと非難してやらなきゃな、と思ったけれど、いまはそんなことを取沙汰《とりざた》している場合ではない。それより何より、

「フォルスタッフを助けて下さい」

私は何度、そう口に出して公爵にお願いしようとしたことか！　あれは貴重な人材だ、失いたくない人間だ。単なるひとりの友達にすぎないけれど心の底からそう思う。しかし口に出さなかった。出すことができなかった。何と言っても公爵や伯爵は、イリリア国とその国民に対して全責任を負う人物なのだ。その彼らに向かって、そんな決定を、国をたいへんな不利益の巷へと落とし込みかねない決定を、下《くだ》してくれとは口が裂けても言えないではないか。第一それ以前に、一介の客人でしかない自分には、どんなお願いをする権利もありはしないのだし。私はつとめて冷静にそう考えながら、それでもやはり、助けて下さい、フォルスタッフを引き渡さないで下さ

いという嘆願で胸がいっぱいになるのをどうすることもできなかった。

「引き渡す。女王の寵臣だろうが何だろうが構わん」

公爵が断言した。思わず椅子から立ちあがりかけると、

「先ほどまではそう考えていたのだ、じつは。イングランドとスペインを天秤にかければやはりスペインのほうに重きを置かざるを得んだろうとな。しかし、ヴァイオラ」

と呼びかけた。夫人はうなずいて背後の本棚のとびらを開け、書物と書物のあいだに目立たないよう挟まれていた一通の手紙をとりだして公爵に手わたした。公爵はそれをセバスチャンに手わたしながら、

「つい先ほど届いたこの報告書が、ふたたび私を迷いの淵につき落としたのだ。読んでくれ」

セバスチャンが紙をひらき、

「例の男からですね？」

と尋ねると、公爵は首を縦にふって、

「読んだらウィリアムにも渡してくれ」

セバスチャンが紙に目を落とした。私は椅子にふかぶかと座りなおしてから、

「誰からですか？」

「ヴェネツィアの金融業者だ……有体《ありてい》に言うと高利貸し」

「ユダヤ人？」

「ああ。それも飛びぬけて冷酷な金の亡者だ。取立てのきびしさときたら有名で、借金を返せな

いなら胸の肉を一ポンド切り取らせてもらう、などという恐ろしい脅し文句を、まるで朝の挨拶のように発するそうだ」

　私はあからさまに嫌な顔をして、

「そんな輩とお知り合いなのですか?」

「私自身が借りているわけではない」

　公爵がちょっと笑って胸を叩いてみせ、

「が、こと金銭に関するかぎり、これほど頼れる人間もほかにいないのだよ」

　話によれば、公爵はその男に定期的にお金を払い、イリリアの国政に関する顧問というか、相談役みたいなものを務めてもらっているらしい。すなわち、経済に関することで疑問を抱いたり、他国の例を参照する必要が生じたりすると、公爵は手紙をしたためて意見を求め、彼はいわば専門家の立場からの回答をやはり手紙で送りとどける、という仕組みなのだとか。そんなわけだから公爵は、このたびのスペイン対イングランドの海戦と、その予想外の結果とに接すると、すぐさまペンを執り、交戦両国の現在の情況および今後の展望について問い合わせたのだった。もちろんそれは通常の情報収集活動の一環として行われたにすぎないのだけれど、それに対する返事がたまたまフォルスタッフたちの騒動とぴったり重なる時期に届いたせいで、はからずも特殊な意味あいを帯びることになったのだ。

「しかしながら、人もあろうに高利貸しに教えを乞うとは」

　と私がなお納得できないでいると、公爵は、

「金貸し渡世だけではない。さまざまな商品市場《しじょう》に積極的に出入りし、いろいろな取引をしているそうだ。金に金を生ませるのが大好きなのだ、あの男は。羊飼いが羊にどんどん子を産ませるようにな。したがって情報は新鮮、読みは的確」

「でも金の亡者なのでしょう？」

「そう。金さえ払えばきっちり仕事してくれる」

「ユダヤ人なのに？」

「ユダヤ人には目がないか？　手がないか？」

いいせりふだが、

「何も彼らでなくても。自分の国を持たぬ流浪の民」

「特定の国家の広報役に堕《だ》する恐れがない」

「そこまでして情報を得る必要があるんですか？」

そう言うと、公爵はひどく真剣な顔でたしなめた。

「情報を馬鹿にするな。小国がふんだんに抱えることのできる唯一の兵器なのだ」

気圧されて思わず口をつぐむと、公爵はやや顔つきをやわらげて、

「気持ちは分かる、ウィリアム。私もキリスト教徒だし、あの男がどれほど人々を泣かせているか、知らないわけではないからな。しかし残念ながら、善人に武器商人は務まらんのだよ」

そのときセバスチャンが手紙をよこした。出だしが気に入った。

前略。時局柄、季節の挨拶やご機嫌うかがいはこれを排し、以下のとおり要点のみをご答申いたします。

最初に、スペイン帝国に関することから申し上げますと、率直なところ、現在の王室財政はひじょうに不安定であり、将来的にも楽観できるような状態ではありません。

　支出のほうから見てみましょう。国王フェリペ二世はこれまで毎年、途方もない金額をあちこちに支払ってきました。用途はおもに二つで、一つは広大な海外領土の維持であり、もう一つは、旧教を守護するためと称して各地でおこなう戦争の数々であります（このたびの対イングランド戦がそのうちの一つであることは言うまでもありません）。この経常的な出費だけでも莫大なのに、国王は近年、それにますます拍車をかけるかのごとく、新興地マドリードへの遷都や、壮麗なエル・エスコリアル宮の建設など、大事業につぎつぎ着手しております。のみならず、傷ついた無敵艦隊を再建するという噂がどうやら真実らしいことは、近ごろの木材や火薬などの市場の動きを見れば明らかです。これを要するに、乱費路線は当分のあいだ改まりそうにありません。

　それに対して収入のほうはどうか？　なるほど大したものです。何しろあの膨大な出費をちゃんと支えているのですから。ただしこれは、出費と同額の収入という意味ではなく、出費のための借金にいちおうの信用を与えられる程度の収入という意味なのですが、もともと国家の収入などというのはそれでけっこう立ち行くものですから、いまのところ、収入はそれなりに安定していると評価していいと思います。ところがその内訳が問題でした。何しろ、インディアスから船で続々と運びこまれる銀がそのかなりの部分を占めているのですから。しかも陸揚げされた銀は、王室収入に算入されるや否や、国内にとどまることなく各地へと散り、最終的にはそっくりアムステルダムやヴェネツィアなどの商人のふところへ流れこんでいるのが実状なのですから。

どうして素通りするのか？　いろいろな原因が考えられますが、仮説をひとつ申し上げますと、それはどうやらスペイン人一般に見られる気質に帰すことができるらしい。すなわち、彼らが総じて労働を美徳と見なさず、ことに地道な手仕事を「奴隷のやること」と呼んでたいそう卑しむことです。突飛な論でしょうか？　いや、私自身はむしろきわめて単純かつ的確だと自負しております。箇条書きふうに解説しますと、彼らは、

1　財布には銀がたっぷり詰まっているから気前よく物を買えるが、
2　しかし国民みんなが手仕事を嫌うため店にはろくな自国製品がない、
3　となれば浪費の対象になるのは必然的に外国製品だけになり、
4　自国産業が育たないから手仕事の質がますます落ちる。

この悪循環ないし自縄《じじょう》自縛《じばく》が、日用の服から戦艦用の木材まで、革の帽子から宮殿むけの大理石まで、どんな買いものに際しても働いているのが現在のあの国だと言うことができるでしょう。ただしこの傾向を、個人的には大いに歓迎しているのですが。なぜならそれ

は、大国の国民がこぞって、私ども外国商人のために銀をせっせと費消してくれるということにほかならないのですから。もっとも、近ごろはあまりたくさん持ち込まれるので銀そのものの価値がかなり目減りしており、以前ほど旨みのある商売にはなっていないのですけれども。

　かくしてスペイン王室の歳出はどんどん増えており、それを支える歳入はますます輸入銀への依存の度を高めております。これは情況としてはそうとう危うい。破局寸前と言っても過言ではありません。銀山は永遠に銀を吐き出しつづけるわけではないからです。というわけで、今後のあの国を展望する上での重要な要素になるのは銀山であり、もうすこし具体的な言いかたをするならば、

「もしもインディアスの銀の産出が、ある日ぱったりと止まってしまったら、フェリペ二世はどうするか？」

　という疑問であるはずです。とは言っても、この問いに対する答えを推測するのは難しくはありません。国内産業に期待が持てない以上、まず十中八九、

「破産宣言《バンカロータ》を発令する」

でしょう。要するに、借りた金は返さんぞという一方的な通告です。何年後かは分かりませんが、私はこれがいずれ間違いなく出されると見ております。私だけではありません。よほど楽天的な人間か、そうでなければスペインの息のかかった人間でないかぎり、ここヴェネツィアの金融関係者はみなそう考えております。あの王には前科があるからです。彼がす

でに一五五七年、一五六〇年、一五七五年と三回もこの宣言を出していることは公爵もっとにご存じのことと拝察します。かく言う私も、恥ずかしながら、最初の宣言にはかなりの痛手をこうむりました。大枚《たいまい》はたいて買った王室の長期公債《フロ》を、そっくり無価値にされたのです。あのときは私もいっしょに破産宣言を発令したいくらいでした。

こんな苦い記憶もありますので、私は現在、インディアスの銀山（とくにポトシ銀山）の動向に細心の注意を払っているところです。言い換えれば、銀山が銀を吐きつくしたときこそが、すなわちスペイン帝国の見切りどきだと考えているのです。これもまた、私だけでなく、ヴェネツィア商人全員のあいだを一般的に流れている雰囲気とお受け取りいただいて差し支えありません。ここで古代ギリシアの伝説上の貴族、タイモンの事跡を思い出すのも有益でしょう。お金のあるうちは多くの元老院議員にちやほやされていた彼も、ひとたび破産するや、たちまち友人たちの真の姿を知り、回復しがたい人間不信におちいったものでした。スペインもいずれ同様にならないとは誰にも断言できません。

さて、以上のように申し上げたところで、次にその敵国のほうへ取り掛からなければなりませんが、残念ながら、現在の私はイングランドに関するご諮問への回答者としては適当でないと申し上げなければなりません。大きな取引をおこなった経験を持たないためです。大きな取引をおこなわないのは、財政の規模がスペインとは比較にならないほど小さいという事情ももちろんあるにせよ、それより何より、私どもの商いがやはりどうしても地中海を中心にせざるを得ないという地理上の制約によるのですが、しかしせっかくのご諮問ですから、いちおう右のようにお断りした上で、ヴェネツィアの市場におけるおおよその評価をお伝えしたいと思います。

　イングランド王国について私どもが注目しておりますのは、むろん無敵艦隊に対する圧勝もそのひとつではありますが、それよりもむしろ英国国教会《キエーザ・アングリカーナ》であり、より詳しく言うならば、その確立による宗教的安定のほうでした。現在もヨーロッパのあちこちで旧教派と新教派との争いが散発していることはご存じのとおりですが、この旧教でも新教でもないような、しかし同時にその双方でもあるような、敢えて言うならイングランド教とでも呼ぶほかない地域限定の教会体制のおかげで、あの国では争いの度がほかの国よりも比較的、小さいように見えるのです。

　もちろん、こんな体制をまったく中途半端だと決めつけた挙句、よりいっそうの急進的改革を求める連中の勢力もけっして無視できないし（たとえば清教徒《プリターニ》）、北の隣国スコットランドとの関係もまだまだ予断を許さないことは事実なのですが、しかし少なくともフランスあたりに比べてみれば、私の言わんとすることがよくお分かりいただけると存じます。何しろフランスと来たら、以前はスペインとならぶ大国だったのに、宗教の制御に失敗したせいで両派のあいだの陰惨きわまる戦乱をみずから招き寄せてしまい（その頂点にあたるのが例のサン・バルテルミのお祝いの日の大量虐殺事件でした）、その結果、やや大げさに言うならば、現在はかつての勢いなど見る影もないのですから。

　なお、念のために付け加えておきますが、私はここで、同じキリスト教徒どうしが正しい信仰の美名のもとで激しく憎みあい殺しあうことの是非を問うているのではありません。私はそもそもキリスト教徒ではないのでそうした話題には関心を持ちません。持つのはいつも金銭に対してであり、したがって私の主題はここでも、内戦がどれほど経済を疲弊させるかというただ一事にほかならないのです。あるいは、宗教的な動揺をのがれることが国家の経済的成長にとってどれほど重要かというただ一事に。

　そういうわけで、長期的に見た場合、イングランドは今後かなりの発展を遂げることが見込めますし、事によったら、アメリカ新大陸にちょっとした植民地を持つことさえ夢ではないかもしれません。そんなふうに当地では観測されております。もちろんそのためには、女王エリザベスがいまの路線を堅持したまま長生きすることが前提になるわけですが、そこはそれ、下世話にも、女は男より命ながいと申すことでもありますので。こうしたヴェネツィア商人の好評価の証拠としては、さしあたり、今回の戦勝を受けて私もさっそく本格的な情報収集にとりかかったことをご報告しておきましょう。が、詳しいことを早急にお知りになりたいなら、むしろ地理的により近いアムステルダムの商人にお問い合わせになることをお勧めします。必要ならご紹介いたします。

　現在においてはもはや、自国民および他国民が漠然と考えるほどイングランドは三等国ではないし、同時にスペインは一等国ではない。その所以《ゆえん》はすでに右の報告でお分かりいただけたことと存じます。少なくとも私はこの認識のもとで行動しており、いまのところ誤った結果を招いておりません。貴国における重要な案件の処理にあたっても、ぜひこのことを念頭に置かれるのがよろしいかと愚察いたします。これが本答申の結論です。
　末筆ですが、貴国の幸運を心よりお祈りいたしております。公爵もよくご存じの商売仲間、テューバルやチューズとともに。

ヴェネツィアの商人　シャイロック

追伸
　近ごろ、ローマのさる枢機卿からたいへん珍しいものをお譲りいただきました（どういう経緯かはお察し下さい）。日本《ジパング》産の小さな箱です。三年前、はるばる海を越えてやって来た少年使節団が、故国のおみやげとして献上したものだそうです。使節団の代表のひとりはたしか伊東《イトー》マンショとかいう名前だったでしょうか。
　その品は、いま私の机の上に置かれているのですが、手のひらに載せられるほどの大きさの長方形の箱で、たいそう魅惑的な、艶《つや》めいた黒色で覆われております。艶めいた黒などという気障《きざ》な撞着語法をあえて用いるのは、私が詩人だからではむろんありません。奇異に感じられるかもしれませんが、本当にそういう色なのです。何でも、ウルシと呼ばれるかの地特有の木蠟《もくろう》をていねいに塗り重ねると、この色が出るのだとか。それだけでも人をうっとりさせるに充分なのに、さらにその上に、惜しみなく黄金《おうごん》の粉をふりかけ、松の木のつらなりを描くようにして定着させており、その意匠がまた素晴らしい。色の対照がさながら影と光のように互いを際立たせあっているのは言うまでもありません。この想像を絶する、しかし考えてみれば黄金の国にいかにもふさわしい技術は「蒔絵《マキエ》」と呼ばれるのだとか。金粉を蒔《ま》いて描いた絵、という意味だそうです。

いつもお手紙のやりとりばかりで、なかなか実際にお目にかかれませんが、幸いにしてそのような機会が生じましたら、私の老顔とともに、この美しい手箱をぜひお目にかけたいものと考えております。では。

「故郷の国が褒められて嬉しいか、ウィリアム？」

私が読み終えたのを見てとったオーシーノ公爵が聞いてきた。私はその書状をたんねんに折りたたみつつ、

「嬉しくないことはありませんが」

と前置きしてから、

「しかし当面の問題の解決のためには役立ちませんね。公爵がこれを読んでますます迷いをお深めになったのは当然です」

公爵はうなずくと、困ったものだと言わんばかりに溜息をつき、

「スペインとイングランドを同等に見なせとはな」

気のきいた答えを返すことができなかった。口を結んだまま手紙をヴァイオラに戻した。彼女も黙ってそれを受け取ったので、広い書斎をまたしても白い静けさが支配した。

『そんなことできるわけがない』

と、このとき誰もが考えていたと思う。同等どころか、いまの私たちは、その両国のどちらを選ぶか決めなければならないのだ。何しろスペインの機嫌を損なわない方法はただひとつ、フォルスタッフとその従者たちを引き渡すことだけなのだし、それはすなわちイングランドの面目をつぶすことにほかならないのだもの。だからと言って彼らを出し渋ろうものなら、今度はスペインが黙ってはいまい。あっちを上げればこっちが下がり、こっちを立てればあっちが倒れる。八方ふさがりだ。結論は出ない。出しようがない。それなのに、

「公爵」

ドアの向こうでそう呼びかける声が響く。誰の耳にもそれが廷臣のひとり、キューリオの声であることは分かったし、となれば、彼がどういう報せを届けに来たのかも残念ながら分からざるを得ない。はいれ、と公爵が応じると飛びこんできて、

「スペイン兵の代表が到着しました」

時間ぎれだ。公爵はほとんど絶望的な溜息をつくと、まるで学校へ行きたがらない子供のようにゆるゆると立ちあがり、

「仕方ない。行こう」

とつぶやいて歩きだした。ヴァイオラとセバスチャンの兄妹がそのあとに続く。すなわち彼らは、確たる方針を持てないまま、訪問客を玄関で出迎えなければならないのだ。その心事は察するに余りあるし、何とか手助けしたいとも思うけれど、しかし私がそこに立会うのは不自然だろう。ただの旅行者にすぎないからだ。

「私はこれにて失礼いたします」

と公爵の背中に向かって声をかけると、公爵はふりむいて、

「今日の予定は？」

「ずっと二階の部屋におります。必要ならお呼び下さい」

「ありがとう」

と言ってから、ふと思いついて、

「言いにくいのだが、ウィリアム、今夜の晩餐には……」

私はにっこり笑い、

「列席いたしません、もちろん」

公爵のこの申し出はまことに当然だ。向こうが言わなかったらむしろ私のほうから言い出そうと思っていたくらいだった。

考えるまでもない。スペインの人間が招かれるその席へイングランド人がのこのこ顔を出すのは、あらゆる意味で得策ではない。正直なところ、あの素晴らしい中庭のなかで、あの金色《こんじき》の刺繡でふちどられた夕焼け雲の天井の下で、食卓を囲むことができないのは残念だけれど、こればかりは仕方がない。世には享受してはいけない楽しみというものがあるのだ。

「部屋にあとで夕食を届けさせるわ」

ヴァイオラが申し訳なさそうに言う。ひとりぼっちの食事になるんだな、とさみしく思いつつ、わざと大げさに一礼して、

「にぎやかな食事になりそうだ。私は俳優ですから」

「どういうこと？」

自らの頭をぽんと叩いて見せ、

「ここに百二十八の人格がひしめいてる」

彼女がくすりと笑い、そのとなりの公爵が、

「あなたが話の分かる男でよかったよ、ウィリアム」

三人の貴族たちが静かに部屋を出ていってしまうと、私も書斎をあとにした。ひとりで階段をのぼり、部屋に戻った。

部屋に戻って窓をあけると、玄関のほうから公爵やセバスチャンの声がかすかに響いてきた。と思うとじきに已《や》んだ。みな応接間に入ったからだろう。あの太陽の光をたっぷりと取り入れることのできる闊達《かったつ》な空間で、フォルスタッフの生死にかかわる陰々としたかけひきが交わされるのだと思うと、どこかへ出かける気にはなれなかったし、それにそもそも、公爵にああ言ってしまったからには部屋を離れるわけにいかなかった。仕方がない。夕食までの時間は机に向かって過ごすことにしよう。

ただし本を読むつもりはなかったので、旅行用の長持《カッソーネ》から日記帳をとりだして机にひろげ、白い羽根のペンを執ることにした。書きはじめるや否やその作業にとっぷり心を奪われるのはいつもの通りだった。と言っても私はべつに、ほかの人がふつう日記につけるような事柄を記しているわけではない。すなわち、身のまわりで起きた事件に対してあれこれ感想を綴るわけでも、

その日一日の業務に関する心覚えをこまごま誌《しる》すわけでもない。何と言うか……一種の手控え、備忘のためのメモ、言葉の断片の無目的な収集をしているにすぎないのだ。しかしながらいったんノートをひろげてしまうと、ああでもない、こうでもないとつい考えをめぐらしてしまい、気がつけばペン先がすっかり乾いてしまっていたり、ひどいときなど、窓のそとで沈んだはずの太陽がふたたび昇りはじめていたりする。べつに他人様に見せるわけじゃなし、自分でちょいちょい見返すだけのものにそんなに時間をかけるのは貴重な人生の無駄づかいだと自分でもしばしば反省するのだけれど、ロンドンに上京したころから今日《こんにち》に至るまで、それこそ旅のあいだも、これればかりは休むことができない。一種の悪癖なのだろう。

「ウィリアム？」

いきなり耳もとで呼びかけられた。愕然とした。あわてて日記帳を閉じて振り返り、大声で、

「黙って入ってくるな！」

冗談じゃない。これだけは誰にも読まれたくないのだ。読まれるくらいなら、ゴート族のやくざな王子どもに代わるがわる強姦され、ナイフで舌と両手をすっぱり切り取られたあげく、ローマの森の奥ふかくに打ち捨てられるほうがよほどましなのだ。礼儀知らずめ、横着しやがって。いったい誰だ？

「ごめんなさい」

ジュリエットだった。

驚きのために大きく見ひらかれた碧い瞳がはやくも潤みを帯びている。唇のはしを一瞬ゆがま

せたかと思うと、百合《ゆり》の花が萎《しお》れるようにして絨毯の上にくずおれ、声を殺してすすり泣きしはじめた。泣きながら、弱々しい声で、

「ノックしても……お返事がなかったので……」

私は跳びあがって駆け寄り、彼女のかたわらに膝をついて、できるかぎり優しい口調で、

「申し訳ない。つい書きものに熱中してしまっていたものだから」

「ジュリエットがお嫌いなので？」

「そうじゃない。呼びかけに気づかなかったんだ、ほんとに。悪いのは私だ」

「お許し下さいますか？」

顔をあげてまっすぐ私を見た。そのまなざしは、不安と期待とを微妙なぐあいに配合した独特の色あいを湛えている。何かに夢中な少女だけに見られる色あいだ。私がうなずいて、もちろん、もちろん許すと何度も請けあうと、ジュリエットは、

「ありがとう！」

と声を跳ねさせてから、私の両手をとってきゅっと握りしめた。この唐突すぎる感激の表明にびっくりして思わず手を引くと、とたんに彼女の顔がまたまた曇りはじめたので、私は急いで両手をひろげて見せ、

「インクがついてる。君の美しい手を汚《よご》したくない」

言いながら、心のなかでは首をかしげている。自分はどうしてこんな言い訳じみたご機嫌とりをしているのだろう？　これじゃあまるで不実の疑いを逃れようとする恋人みたいじゃないか、

と。

　その瞬間。

　ゆうべの不思議な体験にはじめて思い当たった。パックと名乗った奇妙な子供。頭のてっぺんから足の先まで緑一色に塗りつぶし、恋の薬がどうの、キューピッドがどうのと訳のわからないことを自慢げにうそぶいていた生意気な自称妖精。彼の言うことは真実だったのか？

　まさか。あり得ない。あんなのはしょせん、はかない夏の夜の夢にすぎないのだ。手をジュリエットの肩にかけて立ちあがらせてから、私はつとめて冷静に尋ねた。

「何の用だい？」

　ジュリエットは熱っぽく答えた。

「今夜の晩餐にご出席ください、ぜひ」

　まさか？　それが彼女の希望なのか？　惚れ薬がほんとに効きめを発揮しているのだとしたら厄介なことだ。私はわざと眉間にしわを寄せ、重々しく、

「出席はできない。公爵のお決めになったことだから」

「公爵からのご伝言なのです」

　眉間をもとに戻した。

「何でも事情が変わったのだとか」

「急な話だな。どういうことだろう？」

「詳しくは存じませんが……いずれにしても、公爵はあなたの出席をつよく望んでおられるご様

子です。それに伯爵も」

セバスチャンもか。私は鼻のあたまを撫でながら考えた。事情がどんなふうに変わったのか見当もつかないし、スペイン人と同席するのも正直なところ避けたいのだけれど、しかし公爵があえてそう言うのならおとなしく従うのがやはり客人としての分《ぶん》だと思う。そうでなくても、ここまで深く事件にかかわりを持ってしまったイングランド人としては、一種の責任感のようなものを抱いているのだから。

「了解。出席しましょう」

明言した。ジュリエットはにっこり笑い、

「よかった。公爵もご安心になります」

よかった。私も安心した。そう、目の前の少女はただ単に、伝言を届けに来ただけだったのだ。与えられた用事を果たすためにのみ私の部屋を訪れたのであって、妖精の術などに引っ掛かったわけでも、ましてや私に恋したわけでもなかったのだ。なんだ。そう分かってみるとちょっと惜しい気もしないでもない。さっき握られた手をあんなに急いで引っ込めなければよかったなあ、あの絹のような肌ざわりなどと呑気に考えながら、

「どうして君がその伝言役を？」

ジュリエットが朗らかに答えた。

「たまたま応接間のあたりを通りかかったんです」

私も朗らかに応じた。

「そりゃあいい。たまたまね」

「そうしましたら、入口のところで公爵がちょうど廷臣のキューリオに何やら指示を与えておられました。指示がすむと公爵はすぐに部屋のなかへお戻りになりましたけれど、私、その内容があなたへの伝言だということを耳に挟んだものだから、キューリオに頼みこんで、むりやり仕事を代わらせてもらったんです」

そう解き明かしつつ、ジュリエットの声はふたたび熱を帯びてきている。まさか？　もういちど疑いだした瞬間、こう付け加えた。

「仕事を口実にして、あなたとお話ししたかったので」

彼女はもはや目をそらさない。頬をほんのり赤らめ、両手を胸のところで組みながら、太陽のように隈《くま》のない視線の光でまっすぐこちらを射ぬいている。開いた口がふさがらなかった。つとめて軽薄な口調で、

「嬉しいでしょう？　これで晩餐の席でも話せるようになった」

という冗談を飛ばしたけれど、しかしこれも、

「はい。私、うれしい」

とあっさり認められては冗談にならない。作戦を変更して、

「行ったほうがいい。私の返事をすぐにキューリオに報告しなければいけないんだろ？」

と厳かに勧めてみると、ジュリエットはみるみる表情を翳《かげ》らせ、うつむいて、

「はい」

と小声で返事してから、いきなり顔をあげ、両腕を私の首にまわして身を寄せてきた。身体が密着した瞬間、胸のふくらみが柔らかく押しつけられるのをたしかに感じた。

「ではのちほど——」

唇を私の唇にうっとりと寄せながら、

「愛するウィリアム」

私はあわてて彼女を引き離し、自分でもはっきりと分かるほど動揺した声で、

「何だと？」

ジュリエットはもじもじしながら、しかし男の名前を口に出すのが何よりの幸せと言わんばかりの風情で、ささやくように、

「愛するウィリアム」

彼女が出ていった瞬間、私はドアを勢いよく閉めた。部屋のまんなかで猿のように何度もジャンプし、髪の毛をかきむしり、壁を十二発ほど殴り、ベッドの天蓋を支える小さな柱にしがみついたあげく、窓から身をのりだして声のかぎり叫んだ。駱駝《らくだ》のかたちをした雲に向かって。

「パック！　パーック！」

「何のご用？」

はっとして振り向くと、ベッドの上にはあの緑づくしの少年がちょこんと胡座《あぐら》をかいて座っている。私はつかつかと歩み寄り、切りつけるように、

「ジュリエットに何をした？」

「ゆうべ教えたはずだけど」

「私を愛するように仕向けたというのか？」

「だからそう言ったろ？」

こいつめ。胸ぐらをつかんで絞りあげてやろうと右手をのばしたが、少年がおなじ姿勢のまま空中でひらりと一回転したので果たせなかった。どころか彼はそのまま宙にとどまり、ふわふわと天蓋のあたりまで昇っていく。私はそれを見あげて、

「どういう仕掛けなんだ？　見えない糸でつりあげてるのか？」

彼はあきれ顔をして、

「つくづく呑みこみが悪い男だなあ。僕の名前はパック。森の奥から飛んできた妖精さ」

「本当に妖精なのか？」

「信じろよ」

「信じられない。嘘をついているとしか思えない」

「どうしてさ、ロミオ？」

無邪気に呼びかけられて私はじっとりと後ろめたいものを胸に感じる。そうなのだ。お前のどこに人を疑う資格があるのだ？　疑うならせめて自らの罪を明らかにしてからにすべきじゃないのか？　私は、やや躊躇してから告白した。

「私のほうが嘘つきだからだ。私はロミオじゃない」

「何だって？」

少年が目をまるくした。

「本当の名はウィリアム・シェイクスピア。北の国から来た俳優だ。ゆうべロミオと部屋を交換した」

「僕はそれを知らなかった。だから間違えたのか」

「私のかんたんな演技を見破れなかったせいでもあるぞ」

少年は肩をすくめて、

「無理を言うなよ、役者になら騙《だま》されて当然だろ」

私は感動のあまり声をふるわせ、

「ありがとう。認めてくれたのは君がはじめてだ」

「お礼してほしいね」

「どんなお礼？」

少年はみずからの鼻を指さして、

「僕が妖精だと認めること」

返答に窮した。だが、しかし……そう。もう認めてもいいかもしれない。交換条件を呑むわけではむろんないが、何しろ空中に浮かんだり、とつぜん消えたり、ジュリエットの感情を手もなく操作したりといったこの世ならぬ芸当をつぎつぎと見せつけられた上は、この世の常識をすっぱり捨てることも許される。私は小さく、けれどもはっきりとうなずいて見せた。

「どうしてロミオのふりなんかしたのさ？」

パックが聞いてきた。これも答えるのが難しい問いだ。それを説明するためには私の過去にどうしても触れなければならないし、そして私は、女王陛下に演技をけなされたことや自分の才能に不安を持つことなどにはもう触れたくない。何とかうまく言い逃れようとあれこれ言葉をさがしていたら、パックはそれを別の意味に受け取ったらしく、ははあ、といかにも物の分かったような笑みを見せ、自信満々の口ぶりで、

「ジュリエットが好きなんだ」

「はあ?」

「隠さなくてもいいよ。僕はその手のことには理解がある。妖精にもそれぞれ得意分野があってね。僕のそれは恋愛問題」

「冗談じゃない」

　ふたたび怒りがこみあげてきた。声を荒らげて、

「どうせ理解するなら、自分のしたことがジュリエットにどれだけ大きな迷惑を与えたかも理解しろ。そもそもどうして恋の薬なんか与えた?」

「決まってるだろ、純然たる好意から。妖精がおこなうほかのあらゆる行為とおなじさ。ゆうべ僕は、そう、仲間の群れを離れて夜のひとり歩きを楽しんでいたんだ。月の女神のこぼした光を浴びるのがあんまり気持ちよかったものでね。そしたらたまたまこの大きな屋敷を見かけたから、飛びこんでみると、寝室でご主人らしき人が奥さんと話しあっているじゃないか、ロミオとジュリエットはもっと愛しあうべきだってね」

公爵とヴァイオラだ、と思い当たった。

「それを小耳に挟んだから、僕は一肌ぬいでやろうと思い立って、たまたま持っていた惚れ薬をああして使ってやったわけさ」

「解毒剤はないのか？」

「恋の目ざまし薬と呼んでくれよ」

「あるんだな？」

「あるよ、もちろん。恋の薬と、恋の目ざまし薬はふたつで一組だからね。夜と昼みたいなもんさ」

「なら彼女にすぐに塗ってやれ。私に恋するのはあまりに不幸だ」

「本当はそう思ってないくせに」

「言っておくが」

私は溜息をついてから、はっきりと、

「私はべつにジュリエットに特別な感情を抱いているわけではない。故郷にちゃんと妻子がいるんだ。愛する愛する妻子がな」

「妻子を愛することと、ほかの女を愛することは矛盾しないだろ？」

「フォルスタッフみたいなことを言うな。私は誠実な人間なんだ」

「人間の誠実さは上半身にしか存在しないよ」

「劣情はちゃんと倫理の管理下に置いている」

「何だって、下へも置かない扱いをしている？」

「言葉あそびは嫌いじゃないが、いまはやめろ。したがって、もし、もしもだぞ、もし彼女にそういう感情を抱いたならば、私は胸をはり、人格のすべてを投じ、正々堂々とくどいて見せる。どんなに落ちぶれても、恋の薬などという愚かで、無価値で、効果のほども分からない、子供だましで、笑止千万で、いかがわしい、情ない、嘲笑に値する、狐のように卑劣なしろものには断じて頼らない」

「そこまで言わなくても」

「いいから解毒剤を」

「いまは持ってないよ」

「ふたつで一組なんだろ？」

パックは肩をすくめて、

「別のところで使っちゃったんだもの。どうしても欲しいならまた調達してくるけど、かなり時間がかかるよ。あれを採るには特別な草の露をしぼらなくちゃいけないし、その草は故郷の森にしか生えていないからね」

「どこだ、お前の故郷は？」

そう問いながら心のなかで祈りを捧げた。神様、どうか近所でありますように。この屋敷の裏山とか、島の北のほうの切り立った崖《がけ》のあたりとか。パックは屈託なしに答えた。

「アテネ」

目の前がまっ白になった。

ギリシア！　いくら空中浮遊の術をおこなうとはいえ、この見るからに華奢《きゃしゃ》な身体をした妖精がそこまで往復するのに一体どれだけ時間を要するだろう？　私はベッドに尻もちをついた。全身から力がすっかり抜けてしまった。我ながら弱々しい声で、

「とにかく頼む。一刻もはやく」

「分かったよ」

と応じてから、途方にくれる私を見おろしてさすがに思うところがあったらしく、悄然《しょうぜん》とした口調で、

「ごめんな……余計なお節介を焼いちまって。努力するよ、できるだけ早く持って来られるように」

そう言うとふわふわと窓からそとへ出ようとした。私はあわてて、

「行かないでくれ。もうひとつ聞きたい」

桟《さん》のところでパックが振り返った。

「お前が戻ってくるまでのあいだ、私はジュリエットをどうすればいい？」

たぶん、私のこの問いはひどく不安そうに聞こえたと思う。彼はちょっと申し訳なさそうな顔をして、

「さしあたり格言をひとつ授けておくよ。妖精仲間のエアリアル君から聞いた言葉なんだ。いわく『人生は夢とおなじもので織りなされている。眠りにはじまり眠りに終わる』」

「いいせりふだ。どういう意味だい？」

彼はにっこり笑って、

「女とは寝られるときに寝ておけ」

私は立ちあがり、枕を投げつけ、

「とっとと行け、悪魔の申し子！」

「そんなに怒《おこ》るな」

枕をよけ、からかうように言い残すとパックはどこかへ飛んでいってしまった。私は雲に向かってあと百八つほど呪いの言葉を吐いてから、乱暴に窓をしめ、椅子に座って頭をかかえた。冗談じゃない。あいつに人間の男の苦悩など分かるものか。世には享受してはいけない楽しみというものがあるのだ。

『ジュリエットとはしばらく言葉を交わすのは避けよう』

そう決意した。決意したとたん思い出した。そうだ。少なくとも今夜はどうしても顔をあわせざるを得ないのだった。何しろほかならぬその彼女に対して、晩餐に出席しますと言明してしまったのだから。困ったものだ。なるべく親しげな視線を送らないように、必要以上の言葉をかけないように努めるほか手だてはないだろう。

と、そこまで考えたところで、ひとつの重大な疑いが脳裡を訪れた。

『もしかしたらジュリエットは嘘をついたのではないか？』

私に恋するあまり、私とおなじ卓につきたいばかりに、公爵がそう希望したなどと嘘をついて誘い出そうとしている可能性は、こうなると考慮しなければならない。本当に列席していいのかどうか、本当にスペイン人と語らいながらパンを食べてもいいのかどうか。

太陽はすでに西のほうへと傾きはじめている。晩餐の時間が近づいている。

第三幕

ふたたび海岸での夜あけ。イアーゴの登場およびその略歴。スペイン兵たちの金欠。喜劇上演の決定。ジュリエットの誘惑。行方不明のまだら服。ロミオの恋のお悩み相談。信じられない勘ちがい。ヴァイオラとの激論。戯曲を書く決意。天から授けられたアイディア。故郷の妻からの手紙。

翌朝。

太陽はもうすでに東から昇りきっており、海の青、樹々の緑、砂浜の白——世界を構成するあらゆる舞台装置に、それ固有のまばゆい色を与えている。

私はまたしてもひとり浜辺に立ち、山から吹きおろす風を受けている。記憶に誤りがなければ、昨日のおおむねこの時刻に、このあたりの場所で、道化師用のまだら服を焼き捨てたはずだ。あのときの私は炎のゆらめきを見おろしながらじっと佇むだけだったが、今朝はまるきり反対だった。すなわち後先かんがえず短時間のうちに激しく身体を動かしたため、白浜にがっくりと膝をついて、両手を腿《もも》の上に置き、肩で大きく息をしていたのだ。もともとが俳優という一種の肉体労働者でもあることだし、ロンドンからここまで大過なく歩いて来られたことでもあるから、体力にはわりあい自信があったのだけれど、このときばかりは自分でも驚くほどあっけなく肺や筋肉が悲鳴をあげだしたのだった。理由はおおよそ察しがつく。前々夜につづいて昨夜もあまり長いこと眠らないうちに叩き起こされたからだ。いや、正確にはむしろ、叩き起こされたあとに襲われた精神的動揺および肉体的衝撃がいまだに尾を引いているからなのだ。

『休憩しよう』

私はそう決めて大の字にひっくり返った。とたんに尻がすっぽりと砂のなかに埋まり、その反動で足がぴょんと跳ねあがる。

「何だ？」

とつぶやきながら起きあがってみると、尻の下には、巨大な漏斗《ろうと》を埋めこんだような広い穴が口をあけていた。それだけではない。周囲を見まわすと、同じような穴がいたるところにあいているのはまるで鉄球を雨あられと降らされた直後の戦場のようだ。

みんな私が掘ったのだ。

溜息をつき、平らなところを選んで改めてあおむけに寝ころがった。幾度か深呼吸してから、両手を枕がわりにして、高々とした青い丸屋根の内側をじっと見つめた。透明すぎるほど透明で、鮮やかすぎるほど鮮やかな空はたいそう目に痛かったけれど、だからと言って目を閉じるつもりはなかった。恐ろしかったのだ。そんなことをしたら、また闇のなかに白い裸体をくっきりと思い描いてしまうから――ゆうべこの目で見た、森のニンフのように美しい肢体を。

おお、ジュリエット。

弱き者、汝の名は女。

悔恨がふたたび私を襲った。寝ころんだ姿勢のまま、股間へと目を向けた。ズボンの外側から眺めるかぎり、わが男性にかかわるその器官はすっかり平静さを取り戻したかに見える。しかし内部の感覚はまだまだ落ち着いてなどおらず、興奮のあとに訪れるあの独特の虚脱感をどんよりと沈ませていた。この鈍重であると同時にひどく鋭敏でもある感じ、ぐったりして使いものにならないのに奇妙にしゃっきりしてもいる感覚は、あるいは畏友フォルスタッフなら「バジリスク砲の砲身にのこる余熱のような」と喩えるところかもしれない。発射のあとの空しい余熱。

どうしてこんなことになってしまったのか？

私は回想する。昨日のお昼すぎ、不幸なジュリエットを部屋から追い払い、妖精パックを解毒剤採取の旅へと送り出したあとで私がまずおこなったのは、言うまでもなく、窓から投げ捨ててしまった枕をひろいに庭へと降りることだった。しかし考えてみればこの行動はなかなか人の理解を得られにくい。召使いに呼びとめられたら厄介なことになる。どうして枕が庭に？　ええ、妖精を狙って投げたんだけど見事にはずしちゃいまして。即座に医者を呼ばれることは間違いない。

したがって私は、あたりを憚りつつ階段を降り、足音をしのばせながら玄関を出たのだけれど、予想に反してあっさり回収することができたのは、半分はそんな盗人のような努力のおかげであり、あとの半分は、神の与えたもうた偶然のおかげだった。と言うのも、そのころ召使いたちはちょうど中庭に集合して晩餐の支度をしていたから。私はふたたび玄関に入ると、それを横目に見ながらしめしめとばかり階段を駆けあがろうとしたのだが、ふと思いついて足をとめ、階段のかげに身を隠し、彼らの様子をこっそり窺うことにした。彼らはお皿をはこび込んだり、テーブルに白い清潔なクロスを敷いたりしながら他愛ない会話をかわしていた。お前はゆうべ奥様の食べのこしを厨房でつまみ食いしただろうとか、伯爵の屋敷のしみったれ執事は勤務中にあくびを一つしただけでフェイビアン（同業者だろう）に減給処分をくらわしたそうだとか、預かりものの小さなトランクにひそんで意中の女の寝室にしのびこんだ天晴れな男がむかしローマにはいたんだぞとか。そのなかに、

「椅子の数はちゃんと合ってるか？　あの万年脇役男も来ることになったみたいだ」

　という文句もまじっていたので、そうか、やっぱり列席していいのかと胸をなでおろしたことだった。遺憾ながら、そんな不名誉な愛称に値する人間はこの屋敷にはひとりしかいない。ともあれ目論見どおり、ほしい情報を手に入れることができたので、私はもう一度まわりを見まわすと、猫の爪をのがれようとする鼠みたいに部屋へと走った。こんなところでいつまでも枕かかえて座りこんでいる図をもし誰かに見つかりでもしたら、万年脇役男どころではない、終日夢遊病者だの、閉所姦通志願男だのいう愛称をあのぶんだと一ダースくらいは奉られかねないのだ。オーシーノ公爵はすこしばかり召使いへの教育方針を変えたほうがいいと思う。彼らに必要なのは客人への陰日向《かげひなた》のない敬意であって、造語の才ではないのだから。

というわけで私は自室へ駆けこむと、枕をベッドに戻し、ちゃんとした服に着がえ、時刻を見はからって、改めて階段を降りて中庭へと足をふみ入れたのだった。もちろん、最初から出席の可否なんか疑いもしなかったような顔をして。入ってみると、この夜のテーブルをかこむのは主人を含めて八人とあらかじめ聞いていたのだが、そのうちの五人がすでに来ていた。私が六人目。まだ来ていないのは、主人役のオーシーノ公爵と、例のスペイン代表者のふたりだけということになる。

召使いのひとりに導かれて席につくと（昨晩厨房でつまみ食いした男だった）、何という悪いめぐりあわせだろう、私の真向かいにはジュリエットが座っていた。私の姿をみとめるや否やぱっと表情を明るくした。そのあからさまな反応に私はどぎまぎして思わず周囲の視線をうかがってしまう。そう。彼女とのことは他人にぜったい知られてはいけないのだ。妖精パックが戻って来るまでのあいだ何としても隠し通さなければならないのだ。もし露見したら恥ずべき疑いをかけられるに決まっているのだから。常識的に考えてもみよ、純真可憐な十三歳の女の子が、男ざかりの三文役者にいっしんに惚れあげると来たら、世間ははたして妖精のしわざと信じてくれるだろうか？　とんでもない。悪い男のしわざと見るに決まっている。ひどいもんだよ、芽が出たばかりの花をもう摘み取っちまうなんて。やっぱり役者はみんな度しがたい女たらしだな。いや、待てよ。皆さんはあらぬ邪推をしておいでです、ウィリアムはけっして私をたぶらかしなどしていません、私はこころの底から愛しているのですと彼女がちゃんと弁明してくれさえすれば……ますます私は犬畜生あつかいされる。

『困ったものだ』

私はひそかに溜息をついた。私から見てジュリエットの右どなりにはロミオが座っているというのに。正真正銘の婚約者が。

いっぽう、テーブルのこちら側には、私を含めて三人が着席している。上座から順番に言うと、伯爵のセバスチャン、その夫人オリヴィア、私。つまり私がいちばん左側にいるわけだ。右どなりに座を占めた伯爵夫人と初対面の挨拶をかわし、あたりさわりのない話をしていると、ヴァイオラが歩いてきて伯爵夫人のうしろで立ちどまったので、私はさっそく非難した。

「よくも騙してくれましたね。おかげで伯爵にひどいことをしてしまった」

伯爵もこれに賛同して、

「お前はよほど兄貴のひげをむしり取りたいらしいな」

ヴァイオラはくすくす笑って、

「だって、お兄様のひげが無くなれば、私もときどき伯爵に間違えてもらえるかもしれないでしょう？　何しろおなじ顔なんだもの」

私がすかさず、

「あなたは男になりたいので？」

「そんなことはないわ」

「あれ？」

私はわざと大きな声でとぼけて見せた。ヴァイオラの発言のなかに突っ込みどころを見つける機会はなかなか貴重だ。

「かつては男装なさっていたと漏れ聞きましたが？」

「まあ、お兄様！」

　顔を赤らめてセバスチャンの肩をたたいた。私はにやにや笑いながら、

「おまけに廷臣として何くわぬ顔で仕えていたとか。つまりキューリオの同僚だったわけだ。複雑な人間関係だなあ」

「もっと複雑なことを教えてやるよ」

　セバスチャンはそう嬉しそうに前置きして、

「そのヴァイオラの男ぶりにすっかり惚れこんでしまったのが、ここにおられる伯爵夫人オリヴィア様だ。中身が女だとはつゆ知らずにな」

「あなた」

　伯爵夫人があわてて止めようとするのを無視して、セバスチャンは、

「哀れと思ってくれよ、ウィリアム。世界には私ひとりしかいないんだ、妹のおこぼれを妻に迎えた男は」

「おしゃべりがすぎます！」

　伯爵夫人がついに夫の手をぴしゃりと叩いた。私は笑いながら、

「さぞかし面白かったろうなあ、その恋愛劇。もっと何年も前にここへ来ればよかった」

「劇じゃないわ、残念ね」

ヴァイオラが言った。

「だから再演はなし」

私たちは朗らかに笑いあった。やっぱりヴァイオラと話すのは楽しい。しかしそれにしても不思議なのは、伯爵邸でもちょっと思ったことだが、こんな優雅な社交人としての彼女が一方にありながら、同時に他方にはいたずらっ子としての彼女があり（私をあんなふうに陥れた）、あるいはまた一途な情熱家としての彼女があって（恋のためには男装すら辞さない）、そのいずれもが滑らかな調和を見せていることだ。幼女と、少女と、大人の女性とを一身に兼ねることの不思議、と言い換えてもいいだろう。これほど難解で魅力的な謎にはきっと、

『オックスフォード出の哲学者でも太刀うちできないに相違ない』

そんなふうに心のなかで感嘆しつつふとテーブルの向こうを見ると、ジュリエットが凄まじい目でこちらを睨みつけている。その瞳の奥では嫉妬のほむらが猛然とふきあがって睫毛をほとんど焦がさんばかりだ。ああ、女の皮をかぶった虎の心！　しかも悪いことに、熱い視線はよく見ると私ではなく、むしろヴァイオラへと鋭く向けられている。たいへんだ。ヴァイオラは気づくだろうか？

幸いにも、そんな息づまるような情況を、オーシーノ公爵の到着が救ってくれた。

「ようこそ当屋敷の晩餐の席へ。音楽でおもてなしできないのが残念だが」

と声をかけながら入ってくる公爵のあとには、男がひとり従っている。これ見よがしに襞襟をつけた派手なスペインふうの礼服に身をつつんだ、背の低い、狐のように油断のならない目つき

の男が。その場にいた者みんなが席から立ちあがった。

「紹介しよう」

公爵はいかにも有能な政治家にふさわしい毅然とした口ぶりで私たちの注意をうながすと、その男のほうを手で示し、

「こちらはスペイン軍の分隊長。このたびイリリアに上陸した二十四人の兵士をつかさどる総責任者であられる」

この口上が発せられるや否や、公爵の妻たるヴァイオラが私のところを離れたのは当然だが、それとほとんど同時と言ってもいいほどのタイミングで、紹介された小男がいきなり足をふみだしたのは異様だった。ヴァイオラとすれちがい、彼女のいままで立っていた場所、つまり私の背後のあたりまで歩いてくると、かがみ込んで何かを拾い、

「どなたのお持ちものですかな？」

右手をかざして示した。手には白いハンカチが握られている。小さないちごの模様をいくつも散らした、清楚な印象のハンカチだった。それを見るとヴァイオラは、そのときにはもう夫のとなりに寄り添うように立っていたが、手を口にあてて、

「落としてしまったのね。ありがとう」

男はまた歩きだして正面へと戻り、ヴァイオラにそれを手わたしながら、小狡《こずる》そうな笑みを浮かべて、

「お気をつけなさいよ、公爵夫人。人間心理の操作術に長《た》けた者なら、たった一枚のハンカチを

手に入れただけで、夫婦の仲を引き裂いたり、人殺しの大罪を犯させたりすることができるんです」

「興味ぶかいわ。どのような心理を操作して？」

「猜疑《さいぎ》心をよびさましたり、嫉妬心をあおりたてたり。人間を突き動かすのはつねに暗い情念だ」

そのねっとりとした口調、いやらしいお説教ぶり。本能的な反感をおぼえたのは私だけではないだろう。ロミオもジュリエットも、伯爵夫妻も、おなじように感じたに違いない。ましてや言葉をかけられた当人となれば。けれどもヴァイオラはもちろんそんな気配などみじんも見せず、いつもの笑みを浮かべて、

「気をつけますわ」

小男は満足そうにうなずくと、ようやく私たちのほうに相対して、慇懃《いんぎん》に礼をした。

「イアーゴと申します。よろしく」

あらためて男の姿かたちに目を凝らした。そうか。そういうことだったのか。私はそこでようやく、この晩餐の席に着くことを許された理由を悟ったのだった。思わず声をかけていた。

「イタリア人なのですね？」

イアーゴと名乗ったその男は得意そうにうなずいて、

「ヴェネツィアで生まれ、ヴェネツィアで育ちました。私の故郷はここから近い」

「傭兵なのですか？」

私は聞いてみた。傭兵ならば外国の王のために働くのはべつに珍しいことではない。しかし返答は、

「いや、正規のスペイン国軍に属しております」

「ヴェネツィアにも正規の国軍があるのに？」

相手はちょっと口を閉ざしてから、不敵な笑みとともに、

「最近までずっとヴェネツィア共和国のために働いておりました、実際のところ。けれどもちょっとした事情が生じて、そこを離れざるを得なかったのです」

なるほど。どんな事情か知らないけれど、それ以上のことはどうやら尋ねるべきではなさそうだ。話頭を転じよう。私はみずからの顔を指さして見せ、おどけた声で、

「当方はご覧のとおり生粋のイングランド人です。どうぞお手柔らかに」

イアーゴはからりと笑って、

「お互い、国家間の戦争のことは忘れたいものですな」

「それはありがたい」

と私が顔をほころばせた瞬間、それに冷水を浴びせるみたいに、

「だが任務は任務。イングランドの人々に恨みはないが」

と前置きすると、かたわらに控えていた廷臣キューリオの手から一通の書状をとり、私たちに向かってわざわざ広げて見せ、

「フェリペ二世じきじきのご命令にもとづき、私はここに逃げこんだ三名の兵士を見つけ出し、

本国へ連行しなければなりません」

　書式のきれいに整った書類だった。もちろん折目などは刻まれておらず、インクのしみひとつ付着していない。分厚い羊皮紙でていねいに巻いて保管したからに相違ないが、それは王の署名のはいった書類にまことにふさわしい扱いと言うべきだった。誰かさんにも見習ってほしいものだけれど、しかしその反面、本来ならオーシーノ公爵にだけ示せばいい書類をわざわざ改めて私たちに見せつけるこのやりかたは、

『四角四面にすぎやしないか』

　という気がしないでもない。いや、これはイアーゴというよりは、たぶんフェリペ二世その人のやりかたなのだろう。王位に就いたとたん臣下にペンと紙とを要求したという有名なエピソードの持ちぬしに、そう、これはいかにも似つかわしい儀式ではないか。だいたい、たかだか三人の兵士を捕らえるだけの命令書に国王みずからが目を通すというそのこと自体がもう異様と言うべきなのだ。働き者というよりも一種の人間不信なのだろう。

　しかしこれを逆の立場から、すなわちイアーゴの立場から見てみるとどうだろう。国王にここまでがっちり管理されていることがいったい何を意味するか？　しかり、ちゃんと任務を果たさないうちは帰ることは不可能だということを意味する。となれば当然のこと、彼はそうとうな覚悟とともに今回の仕事に臨んでいると考えていい。残念ながら、この点においては私は算段ちがいをしていた。と言うのも、正直なところ、ここの担当になった分隊長がヴェネツィア人と聞いて、少しばかり甘い期待を抱いていたのだ。隣国のよしみで（まあ隣国のようなものだろう）小

国イリリアの苦しい事情を察してくれてもよかろうし、察してくれるからには、もしかしたら、

「三人ぽっちのイングランド兵など打ち捨てておいても戦況への影響は生じませんし、構いません、数か所ばかりざっと捜索させてもらったのち、適当なところで切り上げて帰りましょう」

とさえ申し出てくれるのではなかろうか、などと。しかしいまや、そんなふうに都合よく事が運ばないだろうことははっきりしたわけだ。念のため、

「彼らを見つけるまではお帰りにならないので？」

と恐るおそる聞いてみると、案の定、

「当たり前です」

イアーゴは冷ややかに一蹴して、

「公爵の同意もむろんすでに得ておりますし」

肩がびくりと跳ねあがるのが自分でも分かった。

同意だと？　私は公爵のほうを向き、

「同意の……内容は？」

最悪の答えが脳裡をよぎった。フォルスタッフを引き渡すという同意。いや、落ち着け。まだそう決まったわけではないぞ。

背すじが自然にしゃっきりとした。つばを呑みこむ音がむやみと大きく響いたような気がした。公爵が静かに口をひらいた。

「まずは席につこう。皆さんを空腹のままいつまでも起立させておくのは心苦しい」

肩の力がぬけた。刑の執行をひきのばされる死刑囚みたいな気分に襲われたけれど、主人がそう言うなら反対はできない。私たちは椅子に腰かけてテーブルに向かった。そこではじめて気づいたのだが、テーブルの上にならべられた食事は、昨日のよりもさらに手のこんだ豪華なものだった。蜂蜜をすりこんで焙った鳩の雛肉《ひなにく》。サフランで色づけしたチキン・スープ。アドリアの海水と白ワインと数種類のスパイスでさっぱり煮つけたヒラメ。魚にたっぷり添えられた、摘《つ》んだばかりの香草。上等のマスタードで食べる牛の頬肉《ほほにく》。ちょっと差別されたような気がしないでもないが、何しろこの日は異例きわまる相手を招いているのだから仕方ないだろう。その異例の相手、イアーゴは、主人にいちばん近いところに座を占めた。

　すなわち私から見てテーブルの向こう側、ロミオの右どなりの席だ。ロミオははからずも社交の能力をここで試されることになったわけだ。もしかしたら公爵はそういう機会を与えようとしてわざと席割りを定めたのかもしれないが。

　興味ぶかく見まもっていると、ヴェローナの有力者の長男は、香ばしく焼きあげられたパンを手に取りながら、

「ここへ来るまでの旅はいかがでしたか？」

　初対面の旅人に対する最もありふれた、最もさしさわりのない質問。イアーゴは、やはりパンを手に取りながら、

「一苦労でした、実際のところ。何しろ二十四人の荒くれどもを統率しながらの旅ですからね」

「みなスペイン人なのですか？」

とロミオが空とぼけて尋ねたのには心のなかでにやりとさせられた。少年よ、なかなかやるじゃないか。宿屋のエレファント亭でほかならぬその二十四人をすでに目の当たりにしただけでなく、手袋を投げつけ決闘を申し込もうとまでしたくせに。

「その通り」

ともちろんイアーゴが答えると、伯爵のセバスチャンがそれに興味を示して、

「大したものだ。ただひとりの外国人にもかかわらず、規律正しく軍隊を動かしておられるとは」

褒められてイアーゴは得意そうな顔になり、

「簡単ですよ、私にとっては」

それを聞いたヴァイオラがすかさず、

「それも人間心理の操作術によるのかしら？」

イアーゴはぐっと言葉をのみこんだ。

『おやおや』

と私は胸のなかで呆れかえる。この程度の踏みこみを受けただけで返答に窮するようでは、彼女との長時間の会話はとうてい無理だろう。そのうえ滑稽なことに、彼はそのあと、言葉につまったのはうっかりパンを丸のみしたせいだというふりをして、胸を大げさに叩いてから、

「いや、軍隊というものの一般的傾向として、外国人が部隊を統率するのは珍しいことではないのです。ご婦人はご存じないだろうが」

と勿体ぶった口調で話の主題をすりかえた。しかしこれはやや強引だとさすがに自分でも察したに違いない。何とか新しい話題に説得力をつけ足そうとしてだろう、こんなふうに実例を示した。

「現に、自分もむかしは外国人の部下でした」

ヴァイオラがまたしても間髪を入れず、笑みを浮かべたまま、

「面白いわ。どういう経緯で？」

これとおなじ質問を、私もさっき取り上げようとした。どういう「ちょっとした事情」があって生まれ故郷を去ることになったのか、スペインに従軍することになったのか、しかし私はあえて問うことをせず、不興を買うことを恐れてみずからの胸三寸へと引っ込めたのだった。

その質問を、今度はヴァイオラがはっきりと口に出して投げかけたことになる。イアーゴはやはりその件には触れたくなさそうだったし、実際、そういう素振りをかすかに示しもしたけれど、結局のところ、この自然でなだらかでしかも力づよい会話の流れに抗うことはできなかった。もちろんその流れは自然などではなく、彼女がつくり出した人工物なのだけれど。かくして私たちは、彼自身の口から、これまでの来歴の基本的なところを聞き取ることができたのだった。勝負あり。要するに彼はヴァイオラに口を割らされたのだ。

イアーゴはもともと軍人志望で、学校を出るとすぐ、生まれ育ったヴェネツィア共和国の正規軍に身を投じた。出世は順調ではなかったものの、それでも二十年ほどかけて何とか旗手にまで昇進した。昇進の直後、共和国がちょうど対トルコ戦争へと突入したのをきっかけに、はじめて

外国人の率いる部隊に配属されたのだという。その外国人というのが、何とゲルマン人でもなくフランス人でもなく、

「モーリタニア出身のムーア人だった。びっくりしました」

じきにイアーゴはその将軍と揉めごとを起こした。そのへんの事情についてはさすがに口を濁したけれど、前後の様子から察するに、確執の原因はどうやらイアーゴの一方的な不平不満にあるようだ。いくら何でも誇りあるヴェネツィア人が黒人ふぜいの命令をまじめに承れるかという思いあがった差別意識と、副司令官に格上げしてほしいという願い出をあっさり葬られたことへの恨みとが、打ち重なってのことらしい。そんなわけでイアーゴは軍務なかばにして本国へと送還され（キプロス島に駐在していたのだ）、軍法裁判で有罪と認められ、国外追放の刑に処されたので、旧縁をたよってイタリア半島の南端、ナポリ王国へと渡ったということだった。

「なるほど。それでスペイン軍へ」

私はそこですっかり得心した。その後のなりゆきはおおよそ想像することができる。もはや人生のなかばを過ぎ、軍人としてしか生活するすべを持たない彼は、捲土重来を果たすべくナポリで改めて徴兵に応じたのに違いない。断るまでもないことだが、ナポリはもうここ八十年ほどのあいだ、実質的にはスペインの植民地と化している。代々そこを治めるのは、土着の国王ではなく、フェリペ二世の命を受けて送りこまれる総督なのだ。余計なことながら、フェリペはそのさいの任命書にもしっかり目を通すのに違いない。書類王だから。

「そして、じつはスペイン兵としての最初の任務がこれなのです」

とイアーゴが打ちあけると、セバスチャンが同情の意を示して、

「お気の毒ですな、初仕事がこんな僻地への出張とは」

イアーゴは表情をひきしめて弁明した。

「とんでもない。これは個人的にも重要な任務なのです。初手から失敗することは許されません」

「その重要な任務に関して」

私はつい口をはさんでしまった。とても耐えられなかった。

「公爵のどんな同意を得たのですか？」

こんな性急な質《ただ》しよう、まっすぐな蒸し返しぶりは我ながら拙劣のきわみ。先ほどヴァイオラの見せたみごとな手際とは雲泥の差だ。

「構いませんかな？」

イアーゴが公爵のほうを向いてそう尋ねると、オーシーノ公爵は、

「美しい女性たち、風味ゆたかな料理の数々。そんな素晴らしいものに囲まれながら、ウィリアム、お前はどんどん話を無粋なほうへと突き進ませようとしているのだぞ？」

「よく分かっております。だが」

と勢いこんで訴えようとするのを手で制して、

「私も分かっている。非常の事態はテーブルでの会話にも非常を求めるものだ。イアーゴ殿、私には異存はありません。皆さんもよろしいでしょうな？」

　その場がしんと静まった。誰も反対しなかった。それなら、とつぶやいてイアーゴがひとつ咳払いすると、全員の視線がそちらのほうへ集中した。ただしただひとり、ジュリエットだけは例外で、彼を注視するふりをしながら、ちらちら私のほうを窺っているようだったけれど。恋愛漬けの少女にとっては、しょせんスペイン兵の代表者など、私にさまざまな表情をさせて彼女自身をうっとりさせるための道具にしかすぎないらしかった。

「では言わせてもらいましょう」

　イアーゴが口をひらいた。

「私と公爵との同意事項は、つまるところ二つでした。一つ、イリリアの公爵は、捜索活動にたずさわるスペイン兵たちが島内を自由に往来するのを認めること。一つ、スペインの分隊長は、兵士たちをよく統率し、善良な島民の日常生活にさしさわりを生ぜしめないよう監督すること」

　私は目をまるくして、

「以上ですか？」

「以上です。公爵には格別のご配慮をいただけて嬉しい」

　なあんだ。安心したような、がっかりしたような。要するに、捜索したい、どうぞ、というだけの合意ではないか。問題を先のばししたに過ぎないではないか。公爵がさしあたりフォルスタッフたちを匿ってくれたことには深く感謝するけれど、引き渡すか否かの決定はいずれはっきり下されなければならない。イアーゴも宣言したとおり、彼らを見つけ出さないうちにスペインが手を引くことはないのだから。もちろん、いろいろな事情を考えれば、このその場しのぎの選択を責めることはできないけれど。

「以上の基本的な合意にともない」

イアーゴが白身魚をうまそうに呑み下してからふたたび口をひらいた。

「より実際的なことがらに関するお願いを二つばかり申し出ました」

公爵がつづいて、

「いかにも。そしてイリリア側はそれを聞き届けた」

まだ何かあるのか。イアーゴは軽く笑って手をふり、いや、ご安心くださいと前置きしたのち、

「二つともわが軍内部の事情にかかわることなのです。一つ目はたいへん恥ずかしいお願いでした。私たちはエレファント亭というところへ投宿しているのですが、そこの宿泊代および食事代をすこしのあいだ立替えておいてほしいのです。何しろ、王から支給されたお金はここへ来るまでの船旅ですっかり使い果たしてしまい、いまや兵士たちに腹いっぱい食べさせてやることすらできない有様でしてね。いや、無駄づかいしたわけじゃありません。もともとの支給額が少なかったのです。間もなく本国から追給金が届けられる手筈になっておりますので、そうしたらちゃんと、利子をつけてお返しするつもりです」

どうだかね、と心のなかで首をかしげたのは、言うまでもなく、例のユダヤ人商人からの手紙をすでに読んでいたためだ。あの一見すると潤沢そうな、しかし実のところは火の車そのものの王室財政のいったいどこから、こんな僻地へ送るお金などが捻出できるというのだろう？　とな

ると、立替えたお金は、何だかんだと理由をつけて踏み倒される公算が高いと思われる。素人でさえ容易にそこまで読めるのだ。ましてや公爵はそれを痛いほど察知しているはずだから、これはつまり、察知しつつなお受け入れざるを得なかったのに違いない。

　理由はおそらく、これしきの無心を断ったら、お返しにあとでどんな無理難題をふっかけられるか知れたものではないからだ。ただしここで注意を要することがある。イアーゴを含めて二十五人ぶんの宿泊代および食事代というのは、たしかにスペイン的な金銭感覚からすれば「これしき」に過ぎないが、しかし小国イリリアにとっては財政そのものを圧迫しかねない大金だという事実だ。早い話が、冬までスペイン兵を養うことは不可能なのだ。これは何を意味するか？　公爵がいつまでもフォルスタッフを匿ってはおけないということを意味する。すなわち経済的な点からも、彼の処遇の問題を先のばしするには限界があるわけだ。

「もう一つのお願いとは？」

　ロミオが尋ねると、イアーゴは照れくさそうに右手をふって、

「ああ、そっちはぜんぜん重要じゃないんです。私の率いる兵士たちに何かひとつ余興でも与えてやっていただければ有難いというだけなんだから」

　その馬鹿にしたような口ぶりがかちんと来た。余興でもだと？　ぜんぜん重要じゃないだと？

私は両肘をテーブルにつき、顔の前でさりげなく手を組んで尋ねた。そして、表面上はおだやかに、

「どんな余興を？」

「夜ふけの男どもを慰めるようなもの。なんてね」

甲高い声をあげて唇のはしをいやらしく歪めた。が、こんな卑しい冗談にはむろん誰ひとりとして笑わないので（下品な冗談と卑しい冗談とは別なのだ）、仕方なくまじめな顔に戻り、

「何しろ彼らはろくな遊びを知りません。元来がスペインの田舎から出てきた連中ばかりだし、おまけに日常の演習はもっぱら船の上でおこなわれますもので。だから私は何とかして教えてやりたいのです。今日いちにちの疲れを癒し、明日への活力をみなぎらせるような楽しみを。そういう楽しみがこの世に存在することを。もちろん、私自身もひさしぶりに楽しみたいし」

　ほう、殊勝な分隊長じゃないか、と思い直した瞬間、

「というのは建前です。本音を言いますと、娯楽などという堕落と頽廃とドラ息子どもの温床にしかならないような悪俗《あくぞく》でも、ちょっとした人心掌握くらいの役には立つんじゃないかと計算してるんです。と言うのも私は、すでに申し上げたとおり、彼らを率いるようになってまだ日が浅いものですから、そういう新しい何かを与えてやれば尊敬も得られるし、親しみも感じてもらえるだろうと。いわば野良犬に餌をやって手なずけるみたいなものですね。うまく手なずければ本業の捜索活動のほうも円滑に進められるし、業績もあげられる、したがって私の有能さもしっかり本国の上官へと印象づけられる、とまあ、そこまで行けば理想的というわけです。けれどもまあ余興は余興、娯楽はしょせん娯楽です。この島でできることにも限界はありましょうし、適当なところでお願いしますよ。何なら牛飼いの祭りでもいい、漁師の舟歌でもいい」

「遠方からの客にそんなお粗末なものはお目にかけられん」

公爵はそう言うと、グラスを取ってひとくち飲み、私たち全員に向かって、

「音楽にしようと思うのだ」

音楽か。対岸のアンコナから楽団をひとつ借りてきて演奏会を……なるほど、そのへんが無難だろうな、と支持しかけたところで、ふと思いついて、

「それより劇はいかがでしょう?」

軽い驚きを込めたまなざしが私のほうへ集中した。けれどもイアーゴが、

「音楽のほうがいいのではありませんか?」

そう言って公爵の肩を持ったので、我にもあらず興奮して、つい、

「劇も悪くない。たとえば」

という言葉にはじまる売りこみの口上をひとわたり述べてしまった。行商の小間物屋《こまものや》になったような気分だった。たぶん、娯楽はしょせん娯楽などと怪《け》しからんことを公言して憚らない野蛮な軍人に対する挑戦心がそうさせたのだろう。それでもイアーゴは、

「私は美しいメロディが好きなんだが」

と肯《がえ》んじないので、

「役者のせりふも一種の美しいメロディです」

「うまいことを言う」

「何なら劇のなかに音楽をとり入れればいい」

「なるほど」

「幸いなことに、この席にはその道の専門家がふたりもいるんです。私、そしてオーシーノ公爵」

そう。わが自信の理由はこの一点にあったのだ。何しろ私はプロの役者なのだから演技の指導者としての資格はじゅうぶんだし（才能はともかく都会での経験には恵まれている）、それ以上に大きいのは、公爵がほかならぬ台本の書き手だということだ。いったい台本の書き手というのは、一定水準を超えた教育、修練、技術、などさまざまな要素を兼備しなければならないため、世界のどの国のどの劇団でもいちばん確保するのが難しい人材なのだが、それが初手から確保されている以上、この例外的な好条件を利用しない法はない。

「ほう、専門家が。それなら」

イアーゴが翻意の気配を見せたところで、それに追い風をあびせるかのように、

「私も賛成。劇がいいわ」

声をあげたのはジュリエットだった。子供のように無邪気な顔で、夢みるように、

「いちど別人の役を演じてみたかったの」

「とんでもない」

私はあわてて割って入り、

「女性を舞台に立たせたりしたら即刻、逮捕されてしまうよ。当局は風紀の乱れに敏感なんだ」

とたんに公爵が大笑いして、

「ここにそんな当局はない。ロンドンとは違う」

私は心底びっくりして、

「なぜ法律をお作りにならないので？」

「なぜ法律が必要なのだ？　イリリア史上、演劇が上演された例はないというのに」

あ、そうか。うっかり忘れていた。この滑稽な思いすごしが満座の憫笑《びんしょう》を買ったので、私はいきなり立ちあがり、ジュリエットを指さして難詰した。

「あなたのせいだ。私の名誉が傷つけられた」

ジュリエットの顔が青ざめた。公爵が眉をひそめて、

「彼女を責めるのは筋ちがいだ。一同を笑わせたのは私の言葉なのだぞ」

すぐさま公爵のほうを向いて、

「ならば公爵が私の名誉を回復させるべきです」

「何によって？」

私はにやりと笑い、声をやわらげて、

「イリリア史上はじめての例をつくることによって」

「こいつめ」

公爵は苦笑し、ちょっと困ったような表情をして、右どなりのヴァイオラと顔をあわせた。あと一押し。私はたたみかけた。

「劇ならば、何もわざわざ楽団をお呼び寄せになる必要はありません」

我ながら有効なせりふだった。じつはこの一言には、金銭に関する入り組んだメッセージが、

遠まわしに、しかし公爵だけにははっきり分かるように込められている。いいですか？　演奏会をひらくとしたら、楽団に対して演奏料を支払うことはもちろん、彼らの旅費や宿泊費まで負担しなければならないことになるんです。こんな離島まで足を運んでもらうわけだから。となると出費がそうとう嵩むのは間違いありません。その点、劇なら安あがりです。私と公爵とが中心になって取りしきり、この屋敷に滞在しているみんなの力を借りて準備すれば、よけいな失費をせずにすむのです。どうです？

「よし。劇で行こう」

公爵が宣言した。我ながらみごとな決まり手だ。イアーゴが即座に応じた。

「異存はありません。いまから楽しみだ」

「ありがとうございます。準備ができしだいお目にかけましょう」

私はそう言って公爵とイアーゴにそれぞれお辞儀をし、ふたたび椅子に腰かけてから、

「劇にもいろいろございます。悲劇、喜劇、歴史劇はもとより、田園劇、田園劇的喜劇、歴史劇的田園劇、悲劇的歴史劇、悲劇的喜劇的歴史劇的田園劇、などなど。いずれに致しましょう？」

「何でもいいですよ」

イアーゴは面倒くさそうに首をふってから、思い直して、

「喜劇といきましょう。あれなら単純で低俗で浅薄《せんぱく》で、どんな馬鹿でも理解できる。うちの兵士の頭のできぐあいにも合わせてやらなければね」

公爵がそれに賛成した。私も賛成した。どんな馬鹿でも理解できるからではむろんない。それ

は舞台と客席のあいだにいちばん素直な幸福感、穏健な一体感をかもし出してくれるだろうからだ。今回のような場合、寸劇の上演がただいっときの娯楽というに終わらず、イリリアとスペインのあいだの友好の確認という外交的課題をも視野に入れることを忘れてはならない。公爵もおなじ思いだろう。

「となると、喜劇には道化役が必要ですわね、ウィリアム」

　ヴァイオラはそう呼びかけてから、大げさなしぐさで口に手をあて、

「失礼。お名前を間違えました、フェステ殿」

　公爵とロミオがこらえきれずに吹き出した。そのタイミングの絶妙ときたら、揶揄された当人でさえ耳のうしろを掻きながら苦笑せざるを得ないほどだけれど、私のそんな満更でもない様子が癪にさわったのだろう、ジュリエットがまたしても凄烈な目つきでこちらを睨んだのには閉口した。いまにして考えると、彼女はこのときにはもう、

『夜ふけのあの信じがたい行動を決意していたに違いない』

　相変わらず海辺の砂の上であおむけに寝ころがりつつ、私はそんなふうに推し量っている。太陽はもうだいぶん高いところまで昇っているし、したがって周囲はいっそうはっきり見渡せるようになっているから、砂浜のあちこちを掘りかえす作業にふたたび取りかかろうとも思ったけれど、しかし何となく、身体ぜんたいが厚ぼったい気怠《けだる》さにつつまれたようで動く気になれなかった。気怠さの根源はやはり、脚と脚のまんなかにぼんやりと残る埋火《うずみび》のような感覚であるらしい。私はその感覚の原因となった出来事をあらためて悔やんだ。晩餐が終わり、めいめいが部屋

にひきとって眠りについたあとの夜ふけ、ということはつまり今から数時間ほど前、ジュリエットが予告もなしに私の部屋へ忍んできたときのことを。

私の眠りがずいぶん深かったのは当然だ。何しろその前の晩はほとんど夜どおし目ざめていたのだし（妖精パックに起こされたせい）、おまけに晩餐の席ではワインを普段よりやや多めに飲んでしまったのだもの（スペイン兵たちに喜劇を見せることが決まった嬉しさのせい）。おかげで悪夢もはだしで逃げだすほど良質の眠りを得たのだが、しかしせっかくの熟睡も、

「起きて。起きて下さい」

何度も何度もそう耳もとで呼びかけられ、肩を揺すぶられては抵抗できない。私のはかない意識は、海底《うみぞこ》でうっかり釣針をのみこんでしまった魚みたいにむりやり引っぱり上げられた。夢うつつの状態ながら、うんと不機嫌な声で、

「早くアテネへ行け、パック」

「誰ですの、それ？」

声の正体に気づいて跳ね起きた。彼女はやや緊張したような笑みを浮かべて枕もとに立っていた。その身をつつむのは純白の下着《カミーチャ》の一枚きり。

あまりの衝撃に声が出なかった。水揚げされた魚のように口をぱくぱくさせ、あ、あう、あわ、と訳のわからない呻きをあげながら後じさりすると、あれほど広いと思っていたベッドがあっという間に尽きてしまう。後頭部から床に落ちた。彼女が駆け寄ってくる。私はすぐさま立ちあがり、両手を突き出した。

「これ以上は近づくなと仰言るのですか?」

私は痛みをこらえながら、

「そうだ。何の用だ、ジュリエット?」

「ごめんなさいを言おうと思って」

「謝るために叩き起こした?」

「お願い、どうか責めないで。心の底から後悔してるのですもの、夕食の席であなたを嫌な目つきで睨みつけてしまったことを。私、わたし——あなたが公爵夫人とたのしげに話すのがどうしても耐えられなくて」

「許す。許すから出ていってくれ」

彼女はうつむいた。と思うと顔をあげ、何か言おうとして口をひらき、しかし何も言わずにまたうつむいた。その状態がすこし続いたあとでふたたび顔をあげた。意を決したように肩のあたりに手をかけ、足首までの長さの絹の羅衣《うすもの》をするりと脱いだ。

そこに現れたのは、子供ではなく、れっきとした大人の女性の裸体だった。窓からさしこむ月あかりが、その秀でた部分をあざやかな白さで照らしつける。柔らかそうにふくらんだ愛らしい胸は、暑さのせいか、それとも何かほかの心理的な理由でか、ややせわしげに息づいており、その頂《いただき》を淡く飾るふたつの乳首は、まるでこれから花ひらこうとするシクラメンの蕾《つぼみ》のように身をすくめつつ、胸の息づきに合わせてかすかに上下している。

乳房と乳房のあいだが汗のために煌めくのは星のかけらを散らしたようだ。胸から腰のほうへと身体の線を追うにしたがって翳《かげ》はだんだん濃く深くなっていき、森のニンフが指でつついた痕《あと》でもあろうかと思わせる清らかな臍《へそ》のあたりで完璧な闇へと変じている。闇の向こうにあるはずのものがどうしても想像されてしまう。ああ、いったい南国の太陽はどこまで女をあやしく魅力的にすれば気がすむのだろう？　どこまで男のこころを弄べば気がすむのだろう？

「殿方を知らない身体です」

恥ずかしげな囁きを聞いた。おのが全身の血がざわざわ音をたてて腰のあたりへと集まるのをはっきりと感じた。彼女が一歩ふみだした。私は跳びさって、

「それは駄目だ、ジュリエット。それだけは」

「抱いて」

一歩。その碧い目はどこまでも澄みきっており、この途方もない献身をみじんも疑っていないことを痛いほどよく窺わせる。私はあわてて窓のそとを指さし、

「ヒバリが鳴いた。もう朝だ」

「いいえ、あれはナイティンゲール。まだ夜ふけ」

また一歩。私はベッドに飛び乗って反対側へと飛びおり、

「なら一週間後にここに来てくれ。そのときに、あ、あ、愛しあおう」

彼女はぐるりとベッドをまわって近づいて来る。

「いま。お願い」

「なら五日後。……三日後。……あした。……あと半時間」

売り値をどんどん暴落させても、決意と確信にみちた足どりは止まることがない。彼女はもう目の前に迫っている。私はからからになった喉から声をしぼり出すように、

「せめて一言、お祈りをするあいだだけ」

彼女はひとすじ涙を流して、

「そんなにジュリエットが嫌い？」

「好き嫌いの問題じゃない」

「あなたに見捨てられたら私はどこへ行けばいいの？」

「尼寺へ行け、尼寺へ」

もはや自分でも何を口走っているのかよく分からない。頭がはげしく混乱していた。それは戦場の混乱だった。一方からは理性という名の一隊があらわれ、将軍がすすみ出て呼号している。ストラトフォードに残した妻子のことを考えろ！　なかんずく妻のアンのことを！　と。その言いぶんはもっともだ。何しろアンは故郷の街でしっかり実家をきりまわしてくれている。父が町政における派閥あらそいに敗れたせいで、現在のシェイクスピア家はかなり困窮しており、したがって借金とりが来ることも時々あるに違いないのだが、そんな逆境にあっても妻はちゃんと三人の子供たちを世話しているし、老いた親たちを手助けしてもいる。若気の至りでうっかり結婚したにしては、

『じつに誠実な女にめぐまれたものだ』

と私はその有難みを近ごろますます痛感しているところなのだ。その妻を裏切るなど、いかな

る理由があろうとも許されない。誰が許しても私の良心が許さない。しかし戦場のもう一方では、激情という名の軍隊があふれんばかりに湧いて出てきて怒気をあらわにしていた。行け。ぶちこめ。やっちまえ。目の前ののびやかな肢体がすすんで操をさしだそうとしてるんだ、男だろ。良心なんか窓から魚の頭のように投げ捨てちまえよ。

　両軍の緊張があまりに激しかったので、それを振り払うべく、私は目をぎゅっと閉じて頭をぶんぶん振る。その一瞬の隙《すき》をジュリエットは見のがさなかった。いきなり抱きついてきた。肉のしなやかな温かみが全身にからみついた。喘《あえ》ぎが耳もとを吹きぬけ、新鮮な果実のような汗のかおりが鼻を搏《う》つ。ほんのすこし身体をずらした拍子に、わが内腿のあいだで激しく燃える松明《たいまつ》の先端が、やわらかな肉のくぼみに触れた。リンネルの寝衣ごしにもその正体ははっきり分かった。目の前がまっ赤になった。理性の軍があっさりと陣を解《と》いて潰走した。そうだ。俺は間違っていた。拒絶するのはこの子をかえって傷つけることなのだ。この場合はむしろ望みを果たしてやるのが真の道徳なのだ。真の思いやりなのだ。何も迷うことはない。悪いのは私ではなく妖精パックなのだ。私はやおら乱暴に抱きしめた。耳もとで息をのむ声が聞こえた。彼女の両肩をつかんでのけぞらせ、その形のいい唇を奪おうとした。

　その瞬間。

　頭から氷水を浴びせられたような気がした。

　ドアが開いている。

「誰だ！」

驚愕して叫んだ。開けっ放しにされたドアの内側に、ひとりの男が立っている。左半分はべったりと暗闇に塗りつぶされているけれど、月あかりのおかげで右半分だけは視認することができた。立ったままにやにや笑っていた。見知らぬ男だ。しかも信じがたいことに、男はまだら服を着ている。ほかでもない、私がすでに焼き捨てたはずのあの道化師用のお仕着せを。

似たような別の服、などでは断じてなかった。袖口のほつれ、首まわりの縒《よ》れぐあい、ちょうど左の脇腹のへんに当たって目立つ赤い特大の水玉模様——数か月ものあいだ旅をともにしてきた一張羅《いっちょうら》を、これしきの闇で見そこなうはずがない。

『どうしてここに？』

とはしかし思わなかった。そんなことより、見られてはいけない瞬間を見られたことに対する驚きのほうがはるかに重大だったからだ。私はジュリエットを押しのけて歩み寄ったが、男はふらりと部屋を出てしまう。私はあわてて廊下にとびだした。左右を見た。いない。誰もいない。念のため天井のほうも見わたしたが、やはり人影はどこにもない。妖精の影もない。どこへ行ったのだ？　心臓が猿のように暴れだした。頭のなかの混乱が頂点をきわめた。

「ウィリアム」

呼びかけられてはっと振り向いた。ドアのかげにジュリエットが立っている。弱々しい声で、

「どうしたの？」

身体じゅうの毛が逆立った。この哀れな少女に対して自分はいったい何ということをしようとしたのか？　他人の甘言に踊らされるならまだしも、自分自身の甘言にすすんで乗せられると

は。恥を知れ。私は小さな声で、

「服を着ろ。そうして自分の部屋に帰れ」

短くそう言い捨てるとドアを閉め、はだしで廊下を走りだした。階段をおり、玄関を出て、海岸へおりる道をいっさんにたどり、白浜をぬけて海にまっすぐ踏みこんだ。

胸まで浸かるあたりまで突き進んだ。水はまるで女の肉体のように温かかった。限界だと思った。私は足をとめ、寝衣のなかに右手をさし入れ、内腿のあいだでなお燃えさかる松明をつかみ、月あかりのもと……しばらくののち、波にいいように小突《こづ》かれて右へ左へとたゆたいながら、疲れきった身体をどうにか砂浜へと引きずりあげた。砂の上にあおむけに倒れて星をながめた。後悔が身をさいなんだ。母なる海と俗にいう。その言葉どおり、もしも海が私の母親だとしたら、私はおぞましい罪を犯したことになる。伝説のテーバイ王オイディプスとおなじ、母を犯すという大罪を。神よ、何とぞお許しを。

私はそのまま眠ろうとし、しかし眠りきれずに茫々《ぼうぼう》とした時をすごした。天《あま》の川《がわ》のとろりとした雄渾なうねりを幾度も目でなぞるうち、しだいに気持ちの昂《たか》ぶりがおさまってきた。落ち着いて考えられるようになると、改めて不思議なのは、

『あの男がいったい誰か』

ということだ。私とおなじ背格好、おなじくらいの年齢、そして何より、おなじ道化服。あれは私の服なのか？

あり得ない。

きのう私はたしかにこの手で火をつけて燃やし、その灰をこの足で砂のなかに沈めたのだから。しかしそれなら、あの男が着ていたのは何なのだ？　似たような別の服などでは断じてないことは先ほども述べたとおりだ。となると私はまぼろしを見ていたのか？　これもあり得ない。まぼろしの人間の輪郭があんなにくっきり見えるはずがないのだ。思案は否定を重ねるばかりだった。

けれども一つだけ、確実なように思われることがあった。男の名前だ。

フェステ。

道化師フェステ。私はいつしか心のなかでそう呼んでいた。実際はむろん本名など知るよしもないのだが、しかし何しろ、わがもの顔であの服に身をつつんでいた以上、かつての私の名を与えるのは不自然ではないだろう。そしていったん名づけてみると、奇妙なことに、むしろ彼のほうが正真正銘のフェステであり、私のほうが偽物なのではないかという気すらしてきたのだった。道化師フェステ。その消息が知りたい。

というわけで私は、天の川から目を離してむっくり起きあがり、海岸のあちこちに穴をあけはじめたのだった。一種の墓荒《あ》らしとでも言えようか。記憶をもとにして疑わしげな地点の見当をつけ、両手でせっせと掘りかえすけれど、しかし実際は、手近なところの砂をやみくもに掻きまくるも同然だった。なぜなら、このへん一帯はいったん満潮でそっくり海の底と化したのだろう、もはやヤスリで削ったようにきれいに均《なら》されてしまっており、埋めた地点の見当のつけようがなかったからだ。どこを探しても灰のかたまりを掘り当てることはできなかった。できないまま朝をむかえてしまった。そうして太陽の光のもと、穴掘りでぐったり疲れた身体をふたたびあおむけに寝ころばせているのが、つまりは現在の私というわけなのだ。

懺悔《ざんげ》まじりの長々とした回想から戻ってきても、気怠さは依然として厚ぼったく全身をおおっている。もうすこし探してみようとも考えたけれど、徒労感のはげしさはそれをさらに上まわった。

『帰ろう』

私はそう諦めをつけるとゆっくり立ちあがり、砂をはらい、公爵の屋敷のある方向へと歩きだす。お腹もすいたことだし、それに、昨晩あんな大見得を切ったからには、スペイン兵たちに披露する寸劇の準備について公爵とあれこれ相談しなければいけないことでもあるし。と、そこへ、

「ウィリアム！」

呼ばわりつつ屋敷のほうから走ってきたのはロミオだった。反射的に目をそむけて、

「どうしたんだい、息せききって」

私はそう返事してから、一つには内心にやましさを抱えているせいで、もう一つにはそれを表面に出すまいと緊張したせいで、かえってまずい冗談口を叩いてしまった。言ったとたん後悔した。

「恋のお悩み相談かい？」

ロミオはみるみる血相を変えて、吐き捨てるように、

「ジュリエットが誰かに恋したらしい」

「あ、あ、相手は誰だい？」

「誰だか分からないんです」

ひとまず胸をなでおろした。つとめて冷静を装いつつ、

「誰だか分かったらどうする？」

ロミオはすかさず腰に帯びた剣に手をかけ、すこしだけ抜いて見せ、

「姦夫、間男、横どり野郎！　この剣で串刺しにし、八つ裂きにし、ぼろきれのように切り刻んで鮫の餌にしてやる」

両手で顔をおおって走りだしたくなる気持ちをどうにか押さえつけながら、私は必死で反論した。

「で、でも、君はジュリエットと喧嘩ばかりしていたじゃないか。結婚するのは嫌だとも。ほかの男の登場はむしろ望むところなんじゃないのかい？」

「そのはずでした。しかし」

そこでいったん口をつぐんでから、ふたたび話しはじめた。

「彼女の様子がおかしいことに気づいたのは昨夕の晩餐のあとでした。ええ、イアーゴ氏をまじえてテーブルを囲んだあのあとです。僕たち四人は——というのは僕、ロレンス神父、ジュリエット、およびその乳母という四人なんですが、旅のみちみちよくしたように、僕の部屋に集まってあれこれ雑談してたんです」

ロミオが興奮まじりに明かしたところによれば、ジュリエットは、それ以前とおなじ人物とはとうてい思えないほどだったそうな。口数はすくないし、誰がどんな話をしていても上の空だし、それだけならまだしも、いきなり弱々しく溜息をついたり、かと思うと突然くすくす笑いだしたり。彼女の乳母がすかさず揶揄して、

「誰かに押し倒される夢でも見てるのかね？」

もちろん乳母はああいう猥談好きで、年がら年中こんなことばかり口にしているのだし、それを受けるジュリエットのほうも長年のつきあいでとっくに慣れているはずなのに、このときばかりは言い返しもせず、たしなめもせず、そのかわり肩をすくめて恥ずかしげに顔を赤らめたのだった。可憐な反応、いじらしい仕草。その姿はもはや、粗暴で軽はずみで口やかましいじゃじゃ馬とかつてロミオに罵られた快活な少女の影をどこにもとどめない。これは冗談ごとじゃないぞ、誰かに真剣に恋しているらしいぞと残りの三人がすぐさま気づいたのは当然だった。彼らはそれからもなおしばらく雑談をつづけたけれど、やはり様子はいっこう改まらない。むろん、話しかけられれば目をそちらへ向けはする。しかしその人を見てはいない。見ているのがつねに別人の像、そこにはいない誰かの幻影だということは、年若いロミオにすら察せられるほど明確だった。そのときロミオの心のなかには、

「何だか不思議な感情がひとりでに湧いてきたんです」

彼はそう苦しげに告白する。

「おかしな気持ちでした。喩えて言うなら、真夏の太陽に煎《い》りぬかれた砂浜の上でぴょんぴょん

跳んでいるような感じなんです。熱くて熱くてじっとしていられない、けれどもなぜか立ち去ろうとは思わないんだ。ああ、彼女がほかの男に微笑みかけている図を想像するだけで胸がさわぐ。目を閉じると彼女の姿が浮かぶ。目をあけてもやっぱり浮かぶ。こんな気持ちははじめてだ。あれはジュリエットであってジュリエットではない！」

「危ない！　剣をふりまわすな」

　私は頭をかかえてしゃがみこみ、横一文字にとんできた白刃をかろうじて逃れた。逃げおくれた髪の毛がはらはらと落ちてきた。すっくと立ちあがり、人さし指をつきつけ、

「殺す気か？　凶器をしまえ」

　断固として要求したので、少年はようやく剣だけは収めたが、しかしクレシダの不倫の現場をまのあたりにしたトロイラスもかくやと思われるほどの取り乱しぶりは相変わらずで、地団駄をふみ、拳で何度もみずからの頭を殴りつけつつ、あれこれ脈絡のないことをつぶやいている。やれやれ。以前にはジュリエットなんか「献上しましょうか？」なんて威勢よくうそぶいていたくせに、彼女の心がほかの誰かへ流れたと知るや、緑色の目をした嫉妬の化物にすっかり取り憑かれたというわけか。その急変ぶりを滑稽だと思わないでもないけれど、その滑稽のもともとの原因がほかならぬ私にあることを考えれば、可笑《おか》しさよりもむしろ申し訳ない気持ちのほうが先に立つ。あの夜ふけ、妖精パックに鼻をぎゅっと捻られてむりやり目ざめさせられたとき、もしも私がロミオ役を演じようとなんか決心しなかったら、何のことはない、ゆうべジュリエットが忍びこんだのは正統なフィアンセの部屋になっていたはずなのだ。私がすべて悪いのだ。彼女をど

うにか犯さずにすんだことなど何の殊勲にも弁解にもならない。

「僕たちはもうおしまいだ。ヴェローナに帰ったら婚約を破棄してもらおう」

　と拗《す》ねたことを言ったり、

「哲学でジュリエットが作れるだろうか？　そうなら僕は哲学を学ぼう」

　と面白いせりふだが不毛な決意をしてみたり、

「寝とられ亭主のひたいに生えるという鹿の角が、きっと僕にも生えてくるんだ」

　と訳のわからない恐怖を示したり。しまいには悄然として悔やみはじめた。

「こんなことになるのならもっと彼女と仲よくすればよかった。意地など張らずにもっと優しく接してやればよかった」

　あまりに哀れな少年の姿だった。ロミオの腕をぽんぽんと叩いてやりながら、

「努力するんだ、いまからでも」

「もう手遅れだ」

「間にあうよ。断言する」

「どうして断言できるんです？」

「妖精がアテネから戻るのを待っているからさ」

　とはまさか答えられない。おまけに、

「もうひとつ聞いていいですか、ウィリアム」

「どうぞ」

「どうして靴をはいていないのです？」

「裸のジュリエットに誘惑されて逃げ出したからさ」

とはなおさら答えられないではないか。まずい。ひじょうにまずい。私はただちにこの話柄から遠くへ離れなければならない。ふたつの質問は聞かなかったことにして、

「ところで」

と主題の転換をしめす接続詞をひとつ置き、勿体ぶった咳ばらいを見せてから、

「君は、恋のお悩み相談のために私をさがしていたのかい？」

ロミオははっと思い出して、

「あやうく忘れるところだった。公爵夫人からのご伝言を届けに来たんでした」

「ヴァイオラからの？」

どきりとした。ロミオは、

「はい。本日のなるべく早い時間、できれば朝のうちに、ぜひともお話ししたいことがあるそうです。部屋でお待ちいただければ有難いと」

どんな用事だろう？　心あたりはないけれど、了解、それならすぐに帰ることにしよう。ロミオとこれ以上、話をつづけるのははなはだ危険であることだし、それに、

「まさかヴァイオラまでが私に抱かれに来るわけでもあるまいし」

「何か言いました？」

「い、いや」

というわけで部屋へと戻ったのだが、ヴァイオラはどうやら急な来客を受けているらしく、私はつかのま待たされることになった。廷臣キューリオに聞いたところによると、来客というのはべつに今回の件とは関係のない人らしい。何でも、本土のメッサリーンという都市（そこが双子の兄妹の故郷なのだ）に住む伯父から差し遣わされた使者が、久しい以前に亡くなった先代当主の法要の日どりに関していろいろ伝えに来たのだとか。ひとまず安心したけれど、それはそれとして、部屋でひとり待機するのは何とも手もち無沙汰だ。私はそれをやり過ごすため、例によって、旅行用の長持《カッソーネ》から日記帳をとりだして机にひろげ、ペンを執って記しはじめた。一種の手控え、ないし言葉の断片の無目的な収集にすぎない書きつけは、今回もまた私をとっぷりと没頭させた。まわりの空気がふんわり搔き乱されるのにも気づかせないほど。

「ウィリアム？」

耳もとで呼びかけられた。あわてて日記帳を閉じて振り返り、大声で、

「黙って入ってくるなと言ったろう、ジュリエット！」

「彼女に夜這いでもさせたの？」

ヴァイオラだった。私は急いで口に手をあて、乾いた笑いを発し、

「いや、夜這いしに来てくれたらいいなあ、なんて思って。劣情ですね、お恥ずかしい」

どうもここのところ、私はへんな言い訳ばかりしているような気がする。ヴァイオラは微笑んで、

「隠さなくてもいいのよ」

「わ、わ、私がいったい何を隠そうとしていると？」

「それよ」

とヴァイオラが指さした先には、ぴたりと閉じられた日記帳が一冊。なんだ、そっちか。私はそっと息をついて、

「あまり人には読まれたくないのです。どんなご用で？」

「スペイン兵たちに見せる寸劇のことなの」

と言ってから彼女はベッドのはしに腰かけた。枕やシーツのたぐいは召使いがすでに洗濯のために運び出していたので、木の床《とこ》のむきだしになったところへ腰かけたことになる。椅子をゆずろうとしたけれど謝絶された。座りごこちの良し悪しなどよりももっと重大な気がかりがあるらしいことが察せられた。

「私は恐れているのです、ウィリアムはひどい勘ちがいをしてるのではないかと」

「勘ちがい？　何を？」

「台本をどこから仕入れるかを」

「公爵がお書きになるのでしょう？」

「ああ、やっぱり」

ヴァイオラは天をあおいで、

「あの人は戯曲を書きません」

「その冗談はあまり面白くありませんね」

「真実は面白くないものよ」

ふだんの優しい口調ではなかった。いや、優しいことは優しいのだが、そのなかに、悪さをした生徒をたしなめる教師のような響きが込められている。唇もきりりと引き締められていた。

「……本当に？」

「本当よ」

冗談じゃない。立ちあがって反論した。

「だって、公爵はあのとき——おとといの晩餐の席で、右手を宙にかざし、ペンを握って文字をさらさら記すしぐさを見せておられたではありませんか」

「あの人が書くのは楽譜なの。音楽にあわせて歌う歌の」

「しかしイリリアで上演できないのが残念だとも仰言ってた」

「演劇はたしかに好きなのよ。けれどあの人は劇そのものには興味がないの。興味があるのは劇のなかの音楽だけ。見終わったあとで登場人物とかストーリーとかを覚えていることなんか一度もないわ。歌なら詳しく口ずさむけれど」

「そんな馬鹿な」

「あの人の口ぐせを知っているでしょう、晩餐の席にあらわれるときの？」

呆然とした。もちろん知っている。口がひとりでに動いた。

「『音楽でおもてなしできないのが残念だが』」

力がぬけた。両腕がまるで犬の舌のようにだらりと左右に垂れた。たいへんだ。公爵は劇作家

などではない、作曲家だったのだ。ヴァイオラが立ちあがって歩み寄り、

「台本はあなたが書いて下さい」

毅然とした口ぶり。私が即座に、

「書いたことがない」

と拒み、ヴァイオラも即座に、

「みんな同じよ」

と応じたのをきっかけに高速のやりとりが開始された。私は、

「大学を出てない」

「関係ないわ」

「才能がない」

「その頭のなかには百二十八の人格がひしめいてるんじゃなかったの？」

「ヴァイオラが書けばいいじゃないか」

「専門家ではありません」

「私だって同じだ」

「晩餐の席では『専門家だ』と断言してたじゃない」

「俳優という意味で言ったんです」

「私よりは専門家に近いわ」

「俳優業すら満足にこなせない人間にどうして劇作なんかができます？」

「その才能とこの才能は別よ」

「ヴァイオラが書くべきだ。会話の名手なんだから」

「ありがとう。ならばその会話の名手がきっぱり認めます、ウィリアムには舞台の上の会話をつくりだす才能がある」

「勘弁してくれ」

「才能だけじゃないわ。意志も」

「意志？　私に？」

「ないと言うの？」

「あるように見えるか、こんなに抵抗してるのに？」

　両腕をひろげてみせた。けれども、

「見えるわ。これがその証拠よ」

　ヴァイオラは力強くそう言うと、右手をひらりとすべらせて机の上から日記帳を奪いとり、ページを開いて私につきつけた。

「これは何？」

　いま記したばかりの文字が目にとびこんできた。乾きたてのインクの鮮やかな黒で、

　　哲学でジュリエットが作れるだろうか？

ついさっき海岸で耳にしたロミオのせりふだ。恋に心をまどわせる若者一般のせりふとして面白いと感じたので書きとめておいたのだ。しかり、ロミオだけではない、私はこれまで出会ったいろいろな人のいろいろな言葉をそこに集めていたのだ。軽妙な冗談、美しい詩句、寸鉄《すんてつ》人を刺す箴言《しんげん》、感情をぴたりと表現するせりふ、機知ゆたかな応酬、世にもまれな珍談、語呂のきれいに合う駄洒落《だじゃれ》、ある人物のひととなりを的確に言いとめる評語……どんな種類だろうと、とにかく気に入った文句がかたっぱしから採集されている。まるで子供が光る石をあつめるよう。我ながらつまらない趣味だと思うし、それを他人に見つけ出されたのは痛恨に堪えないが、しかし露見したからにはもはやじたばたしても仕方ないので例をいくつか挙げることにする。たとえば、

「合戦場へは最後に行け、宴会場へは最初に行け」

とか（これはフォルスタッフ家に代々つたわる家訓）、

「ユダヤ人には目がないか？　手がないか？」

とか（これはオーシーノ公爵がヴェネツィアの高利貸しを弁護したときのせりふ）、

「人生は夢とおなじもので織りなされている。眠りにはじまり眠りに終わる」

とか（これは妖精パックが私をからかうために紹介した格言）、あるいは、

「悲劇、喜劇、歴史劇はもとより、田園劇、田園劇的喜劇、歴史劇的田園劇、悲劇的歴史劇、悲劇的喜劇的歴史劇的田園劇」

とか（これはイアーゴに選択肢を与えるために列挙した私自身のせりふ）。その数は、このイリリアに到着してからの分だけでも二十や三十をくだらないが、たった三日間でさえこれだも

の、ましてやそれ以前のものとなると膨大で、ちょっとここでは述べきれない。けれどもしょせんは個人の趣味にとどまるものだ。ほかのあらゆるコレクションと同じく、自分ひとりで暮夜こっそり楽しむ以外のどんな役にも立ちはしない。したがってヴァイオラに、これは何？　と問いつめられても、私としては、日記帳をむりやり奪い返して、

「あなたには関係ない」

と大声をあげるしか仕様がない。頬がひとりでに発熱しはじめたのが怒りのせいなのか、それとも恥ずかしさのせいなのかは自分でもよく分からなかった。彼女はただちに、

「関係あるわ。いいせりふがたくさん並んでるもの」

「言葉、言葉、言葉にすぎません」

「それもいいせりふ。書きとめたら？」

「退屈しのぎに過ぎません」

「嘘」

「何が嘘です？」

「ただの退屈しのぎじゃありません。もしそうなら、ウィリアム、あなたはいまどうして一心不乱にノートに向かっていたのかしら？　どうして私がドアを六度ノックしても気づかなかったのかしら？　返事がないので勝手にドアを開けたら風がさっと吹きこんだことにどうして気づかなかったのかしら？　私がずいぶん長いあいだ背後からノートをのぞき込んでいたことにどうして気づかなかったのかしら？　どうしてただ書きとめるだけでなく、以前のページもあれこれ見返

していたのかしら？」

恐ろしい速さでくり出される疑問符の一斉砲撃を、私はただ呆然としながら聞いている。もちろん、彼女の言うことに思い当たるふしがあったのも事実だ。何しろ私には前科があるのだから。昨日のお昼すぎ、やはり書きつけに夢中になっていてジュリエットの闖入《ちんにゅう》に気づかず、ついどなり声をあげてしまったという前科が。しかし内容の説得力よりももっとずっと強く私を搏ったのは、ほかでもない、あの優雅で社交的なヴァイオラがこんなふうに激した口調でたたみかけることそれ自体だった。そこには何かひどく胸を熱くさせるものがあった。オックスフォード出の哲学者でも歯が立たないほど複雑で難解なヴァイオラが、またしても新たに見せた一面だった。

「ウィリアム、どうして気づかないの、こんな収集に熱中することの本当の意味に？　あなたは人間の会話に――ひいては言葉そのものに、深い愛着を抱いているのよ。繊細な感覚を持っているのよ。そして、それこそが、戯曲を書く者にいちばん必要な才能なんじゃないの？　それのあるなしに比べたら大学を出ているかどうかなんて考えるに値しないんじゃないの？　ウィリアム、いいかげんに悟りなさい！　才能はつねに外へ出ることを欲しているの。たとえ持ちぬし自身がその存在をどれほど厳しく拒否しても。その外へ出ようとする力を人はしばしば意志と呼びます。そして、ほら、あなたの胸のお花畑でも、劇作家への意志がクロッカスの芽吹きのように勢いよく頭をもたげている。その何よりの証拠がその日記帳よ」

声がだんだん不自然に高くなっていくことに不審を感じてふと見あげると、驚くことに、ヴァイオラの鮮やかなグリーンの目がいつしか涙をいっぱいに溜めていた。絶句した。口にすべき言葉が思いつかなかった。

私が……戯曲を？

この私が？

「それに第一」

ヴァイオラは指でそっと目じりをぬぐって言った。

「主人はもう、台本はあなたが書くものと思いこんでいるのよ、私ではなく」

「はあ」

戸惑いを隠せない私に向かってにっこり笑って見せた。それは普段どおりの優雅で社交的なほほえみだった。その表情のまま、普段どおりの優雅な冗談を口にした。

「私に書かせたりなんかしたら、ウィリアム、あなたの役は道化師で決まりね」

にやりとしてしまった。私の負けだ。たしかに道化師役はもうこりごりだし、それは別の話としても、私の勘ちがいの責任はやはり私が取るしかない。もちろん、戯曲を書くなんて生まれてはじめてだし、技術的にも未熟だから、他人様のたのしみに値するものが出来るかどうかは分からないけれど、まあそこは余興ということで勘弁してもらうことにしよう。稚拙だろうと何だろうとにかく劇を完成させて上演するほうが、少なくとも、台本がないので劇はやっぱり作れませんでしたなどという情ない前言撤回をさせてオーシーノ公爵の立場に傷をつけるよりは遥かにいいのだから。私はきっぱり宣言した。

「分かりました。挑戦しましょう」

「ありがとう。神のご加護のあらんことを」

ヴァイオラはしっかりうなずくと、そう言って部屋を出ていこうとした。

「待って下さい」

彼女はドアのところで立ちどまり、振り返った。私はおずおずと、

「なぜ……なぜそこまで親身に？」

「私のことを褒めてくれたから。会話の名手と」

何だか答えをはぐらかされたような気がしたので、

「それだけ？」

と尋ねると、

「うぬぼれ屋ね。私があなたに恋しているとでも？」

「いや、そういうわけでは」

あわてて両手をふると、ヴァイオラはくすくす笑って、

「正直に言うわ。この屋敷にいつまでも居座られるのは迷惑なの」

「え？」

「はやく才能を見いだして、意気揚々とお国へ帰っていただきたいわ」

出ていってしまった。やっぱり何だかはぐらかされたような気がしないでもないけれど、あえてそれ以上の穿鑿《せんさく》はしないことにする。私はうぬぼれ屋ではないつもりだし、それより何より、

そうと決まれば一刻もはやく書き出したくて仕方がなかったのだ。さっそく召使いを呼んで大量のインクと紙を要求し、紙ばさみや吸取紙《すいとりがみ》やペンナイフなどもひととおり準備させ、それらが届くと同時にとりかかった。机に向かって居ずまいを正し、ペンを握り、紙のしわを伸ばすや否や、自分でも信じられないほどの集中力が私をひっさらった。頭脳がめまぐるしく回転をはじめ、右手がすさまじい速さで動きだして止まらない。見知らぬ三昧境《さんまいきょう》へと突入したことをはっきりと覚えた。

　理由はいろいろ考えられる。第一に、台本は急いで仕上げられなければならなかった。上演日はさしあたり特定せず、準備できしだい幕をあけることにしようという話になってはいたものの、しかし何しろスペイン兵たちがすでに島内のあちこちを徘徊しはじめている以上、ぼやぼやしていると探索の手はいずれ伯爵邸にのびるだろうし、そうなればフォルスタッフたちが見つけ出されるのは必至だ。いや、それを待たなくとも、事によるとむしろフォルスタッフのほうが隠れ家生活に耐えられなくなり、邸をこっそり抜け出して居酒屋へと繰り出すこともじゅうぶん考えられる。もちろん即座に見つかるだろう。そうなれば公爵は、どうして逃亡兵と知りながら匿っていたのかとイアーゴに厳しく弾劾されるに違いない。事態がそんなふうに難しくなってしまったあとでは、親善のための娯楽など何の意味もなさなくなるのだ。

　第二に、私は、イアーゴに目にもの見せてくれようという野望に燃えていた。あの暴言の数々が許せなかったのだ。娯楽はしょせん娯楽だとか、堕落と頽廃とドラ息子どもの温床だとか、喜劇は低俗だとか。よくも言ったな！　たしかに娯楽は無用の長物かもしれないが、しかしこの世のどんな人間にも、それを必要とする瞬間というのはあるものなのだ。よしんばその点では一歩ゆずるにしても、娯楽というものを出世の道具としか見ないのは許しがたい。部下の心をつかむためとか、自らの有能ぶりを上官に印象づけるためとかいう身勝手であさましい魂胆のために演劇を利用しようとは馬鹿にするにもほどがある。そんな卑しい男には何としても身をもって教えてやるのだ。演劇がじつはどんなにすごい力を秘めているかを。ことに彼が低俗とみなす喜劇が、ほんとうはどんなに高級な力で観客のこころを揺さぶるものなのかを。第三に——いや、もうやめよう。こんな理由をいくつ並べたてたところで、しょせんは単なる外的要因にすぎないのだから。いちばん大切な理由は、ほかならぬ私の内側にあるのだから。

そう。

書きたいから書くのだ。

この空気のように単純な、そして水のように純粋な確信をよりどころにして、私の頭脳ははげしく跳ねまわり、右手はすらすら紙の上を舞う。よそ目には静かな座業としか見えないだろうが、内部では烈々たるドラマが繰りひろげられていた。何しろ、王宮の噴水、不気味な魔女のしわがれ声、大きな広場、そこに集まる黒山の人だかり——具体的なイメージがあまりにもつぎつぎと脳裡を訪れるので応接にいとまがない。一つのイメージは百の言葉をぞろぞろ引き連れるし、言葉のひとつひとつは周辺へとたえず手をのばして五とか十とかの新しい言葉をまきこもうとする。それらの総体がどかんと降ってくるのだから堪らない。重い大きいかたまりを危なっかしく受けとめれば、藁《わら》しべのように一本々々ときほぐして点検し、捨てるべきものは捨て、採るべきものも捨て、ほんとうに採らなければならない最低限のものを手もとに残すだけで精いっぱいだ。おまけに今度はそれを一定の文法にしたがって順序よく並べなければならないのだが、並べようとして見わたすうちに次のイメージの総体がまたどかんと降ってきて新しい解体、新しい取捨選択を強いるのだから、最低限しか残されていないはずの古い言葉がそこでまた脱落を余儀なくされることになる。そんな淘汰をみごと生きのびた真髄のなかの真髄がようやく白い紙へと書きつけられて永遠のいのちを獲得し、そうして紙ごと破り捨てられる。まるで地中海をぐつぐつ沸かして一滴の蒸留水を得ようとするかのような、恐ろしいほど手間ひまのかかる作業だが、しかし真に恐ろしいのは、その激しい勢いをもはや私自身にすら止めることができないということだ。精神のこんな昂ぶりをこれまで味わったことがなかった。自らの頭脳にむち打つのがこんなに快感とは知らなかった。そんなわけだから、太陽がのぼり、高みに達し、かたむきはじめ、やがてみずから暖めた海のベッドの下へごそごそ這い込もうとする頃合になっても、私は部屋から一歩も出るつもりはない。夕食はヴァイオラに頼んで届けてもらった。ひとりぼっちで取る食事がぜんぜんさみしくなかった。というより、食べたこと自体忘れてしまった。疲れは感じなかった。眠気も寄りつかなかった。ちょっとした用事のために一度だけ部屋を出たことを除けば、あとはまったく想像と創造のとりこと化していた。

　そして。

　至高の瞬間は、その夜の夜ふけに訪れた。

　夢中でペンを走らせていると、とつぜん、まわりの風景があたかも雷に打たれたかのように閃光を発したのだ。黒ずんだ卓面、卵色がかった紙の束《たば》、乏しい光を投げかけるオイル・ランプ、窓のそとの樹々のシルエット、あらゆるものが白い輝きに包まれて見えなくなった。地球があたかも巨大な真珠の粒と化したかのようだった。かと思うと一瞬ののち、世界はふたたび旧に復し、机の黒ずみ、紙束の卵色、窓のそとの薄墨色、それぞれ固有の色をとりもどしていた。けれども私ははっきり知っている、それはもはや元どおりの世界などではないことを。なぜなら、見よ、私をとりかこむすべてのものの輪郭がこんなに明るく鮮やかになっているではないか。すべてのものが私に理解されようと待ちかまえているではないか。それに対してわが頭脳のほうも、奥底でかたく煮こごっていたものを急速にとかし始めているではないか。これが天からの祝福でなくて何だろう？

　奇跡だ。

　奇跡の息吹がいま私のなかへと吹きこまれた。

　大げさではなくそう実感した。たしかに私の頭はそれまでも冴え冴えとしていたし、作劇上の有効なアイディアをいろいろはじき出してもいた。しかしこの純金のような着想だけは、そんなのとはまるで違う。天界の誰かが投げ下ろしてくれたとしか思えないのだ。そうでなければ、どうして私ごとき初学者がこんな名案を思いつくことができるだろう？　スペイン兵たちに愉快な喜劇を見せるという当面の目的を果たしつつ、しかも、このイリリアをとりまく八方ふさがりの情況をいっぺんに解決してしまおうなどという破天荒な名案を。そう。それはすなわち、ヴェネツィアに住むユダヤ人商人があの報告書のなかで見せた箇条書きふうの解説のしかたを真似るな

らば、

１　スペイン帝国の機嫌をそこねず、
２　イングランド王国にも顔向けができ、
３　しかも目の前のスペイン兵には迅速かつ穏便にお帰りいただく。

という矛盾しあう三つの条件をすべて満たすことのできる嘘のような趣向なのだ。成功するかどうかは分からないけれど、少なくとも試してみる価値はある。やってみよう。やるべきだ。喜劇の力を信じよう。右手に握った羽根ペンのすべりがいっそう加速した。

朝が来た。

目の前には一束の紙がつみあがっている。劇作家ウィリアム・シェイクスピアの処女作だ。両手でそっと持ち上げてみると快い重みが感じられる。役者をしていたころには味わったことのない充足感がじんわりと身におしよせて来た。そうだ。ヴァイオラにも見せてやろう。たった一昼夜でもう出来上がったのですか？　とさぞ目をまるくするに違いない。私はさっそく立ちあがり、部屋を出るべくドアを開けた。と、そこにはちょうど廷臣のキューリオが立っている。一通の手紙をさしだして、

「あなた宛です、ウィリアム。ここまでよく届いたものだ」

受け取って見ると、宛名の文字には見おぼえがあった。懐かしや、故郷の妻のアンからではな

いか。キューリオ（もう行ってしまったが）の言うとおり、本当によくぞ届いたものだ。もっとも、私がそのための努力を惜しまなかったことも事実だけれど。何しろロンドンを出発してからというもの、ここに着くまでに立ち寄った先々で、いちいち信頼できそうな誰かをつかまえては次の目的地および滞在先をちゃんと言いのこして来たのだから。

　とは言うものの、そんな蜘蛛《くも》の糸よりもかぼそい道すじをたどって一枚の紙きれがぶじ宛先へと到着するのは、やはり奇跡に近いことだと思う。それも、ほかでもない、この喜ばしい朝に！　じつを言うと私はまさしくいま、一篇の物語を書きあげたばかりのわが誇らしい姿をぜひとも妻に見せてやりたいものだと考えていたところだったのだ。これほど輝かしい偶然の一致がどこにあるだろう？　頬がゆるんだ。いそいそと封を切り、紙をさっと開いて目を通した。

前略

　ロンドンを出てふらりと旅に出たと聞きました。大陸に渡り、南へ向かい、一路イタリアを目ざしているそうですね。どういう事情があったのでしょうか？　いまどこにいて何をしているのでしょうか？　私はとても気がかりです。どうか無事に帰ってきてほしい。

　とは言っても、それはあなたを愛するためではありません。むしろ逆です。私はあなたと別れることに決めたのです。その手続きのために帰ってきてほしいのです。

　考えてみれば、私はこれまでひどい目にばかり遭わされてきました。農家の娘だからと軽い気持ちで手を出され、妊娠させられ、急いで結婚させられました。そこまでは私のほうにも原因がないわけではないにしろ、しかし結婚からわずか二年あまりで家を捨てて出て行かれたのは（しかも夜逃げ同然の体《てい》で）、いくら何でも私の落度とは思えません。誰がどう見ても、あなたの身勝手によるものです。残されたのは、思い出すだに馬鹿ばかしい書置きが一枚きり。

「ロンドンで俳優になる、いずれ有名になって豪邸に住まわせてやるから待ってろ」

一万年後に巨大惑星がストラトフォードめがけて衝突するのを待てというのと同じではありませんか。そのあいだ私にいったい何をしろというのでしょう。

乳飲み子を三人りっぱに育てろ？

老いた両親のめんどうを見ろ？

借金のとりたてに苦しめられろ？

冗談じゃない。あなたの子供なのですよ。あなたの両親なのですよ。あなたを長男とするシェイクスピア家の借金なのですよ。それを私の弱肩《よわがた》にみんな負わせて、ウィリアム、あなたは何をしていました？　首都ロンドンでの道楽三昧ではありませんか。おまけに今度はそのロンドンまで足蹴にして旅に出たとやら。いいご身分だこと！　こんな理不尽にはもう耐えられません。説得は無用です。愛はすっかり冷めましたし、思い出はもはや苦いキノコの味しか感じさせませんから。

もちろん牧師様は離婚などお認めにはなりますまい。しかし単なる別居という名目を立てれば許されるでしょうし、現にそうした例はいくつか存在するようです。私はきっと忍耐心のない女だと世間からうしろ指《ゆび》さされることになりましょうが、そうだとしても、これ以上あなたの妻であるよりは遥かにましだと考えております。というわけで、この手紙を読んだらただちに帰国して下さい。

　なお、これは、私に新しい恋人ができたという話ではありません。男はもうこりごりですので。むろん、こんなのは註するまでもないことなのですが、しかしロンドンでの都会あそびにさんざん憂き身をやつしてきた人がもしかしたら不適切な邪推をするかもしれないと思いましたので、念のため附記した次第です。

　とにかく一日もはやい帰国を。これまで何ひとつ期待させてくれなかったあなたに対し、私がいま期待するのはその一事のみです。

現在はあなたの妻であるところの　アン

私は失神した。

第四幕

喜劇『ロミオとジュリエットと三人の魔女』とその結末。

私はひとりで舞台の上に立っている。

「本日はお集まりいただき誠にありがとう存じます」

高らかに謝辞を述べ、深々とお辞儀して見せると、拍手をもって迎えられたのにはまず胸をなでおろした。観客席をぐるりと見わたしてから、

「百五十人、いや、二百人は入ってますね……入場料を取ればよかった」

笑いが客席をさっと刷《は》いた。よし。私はひとつ咳ばらいして、

「これから喜劇をお目にかけますのは、本日のために特別に結成された劇団、その名もオーシー

ノ公爵一座でございます。名前はたいそう立派ですが、しかし中身は素人集団、何しろ一昨日《おととい》まで劇のゲの字も知らなかった者たちの寄合所帯でございますので、演技は未熟、台本は粗雑、はなはだお目よごしな出来ばえになることでしょう。至らないところには遠慮なく罵声をあびせて下さって結構ですけれど、我ら一同、とにもかくにもいっしょうけんめい相《あい》努める所存ですので、もしも一か所、あるいは二か所、おもしろい場面を見つけたならば、そのときは気前よく喝采をお与え下されば幸いに存じます。最後までどうぞお見捨てなきようお附合いあれと、伏してお願い申し上げるのは、座付作者のウィリアム・シェイクスピアでございます！」

　両手をひろげて一礼すると、もういちど大きな拍手がまきおこる。私はいっぱいの笑みを浮かべたまま、腰をかがめ、視線を落とし、正面の平土間《ひらどま》へと愛嬌をふりまいた。いい気分だ。教会の鐘楼の上から金貨をばらまくような快感と言ったら大げさだろうか。

　平土間に膝をかかえて座っているのは、ごつごつした髭面《ひげづら》の男どもで、縦に五人、横に五人、かっちりと正方形のかたちに整列している。その規矩《きく》正しいこと、さすがは軍事大国から派遣されてきた兵隊だけのことはあるとすべきだろう。彼らこそ任務を果たすためスペインからはるばる到来した二十四人の兵士なのだ。それと、彼らをつかさどるヴェネツィア人分隊長イアーゴも。イアーゴは最前列の五人のまんなかに胡座《あぐら》をかいており、にやにや笑いを浮かべている。不愉快なことこの上ないが仕方がない。何と言ってもこの催しの主賓なのだから、役者の様子をまぢかに鑑賞できるよう特等席をあてがわれるのは当然なのだ。いや、それはべつに構わないにしても、私にとってそれより大きな問題だったのは、彼らが単なる見物人であるにとどまらないこと、すなわちイングランドの敵国兵でもあったことだ。敵国兵を向こうにまわして前口上を述べることは、当初、私をかなり緊張させたけれど、安堵したことに、今日の彼らはみな平服を着こんでいる。甲冑《かっちゅう》に身をかためてもいないし、軍馬をつないでもいないし、髪の毛にぷんぷん火薬のにおいを浸《し》みこませてもいない。その点ではやはりただの気さくな見物人なのだ。武装解除しても問題なしとの判断をイアーゴが下したためと思われるが、おかげでずいぶん気が楽になった。これから登場する役者にとってもきっと同じだろう。ただし、いくら何でも剣だけは全員しっかり客席まで持ちこんで来ているから、兵隊らしい物騒な感じがまったく拭われたわけではないのだけれども。

私はひょいと背すじを伸ばし、手をふりながら、こんどは桟敷《さじき》席へと目を向ける。桟敷席は、平土間の三方をぐるりと衝立《ついたて》のように取りかこんでいるので、左から右へ、右から左へ、私はいそがしく身体の向きを変えなければならない。横の移動だけではない。それは二階建てになっているため、ときおり上のほうへもアピールしなければならないのは骨が折れることだった。

「押すな、押すな」

とか、

「痛い！　胸がつぶれるじゃないか」

とかいう声がそこここから聞こえてくる。桟敷席へと詰めかけるのはイリリア島の住人たちだ。農家の亭主、パン屋の女房、指物師《さしものし》の息子、染物屋の娘、粉ひき屋の小僧、などなどが、公爵の発したおふれを街のあちこちで見て、あるいは人づてに聞いて、お誘いあわせのうえ来てくれたのだ。視線を泳がせながら改めて見積もると、どうやら二百人というのもかなり少なきに失した数らしい。実際のところ、三百人くらいは入っているのではないか。みんな、喜劇の上演などという史上はじめての催しに興味津々なのだ。その津々ぶりは表情ひとつ取ってみてもはっきり分かる。老若男女を問わず、これからいったい何が起きるのだろうという子供のような好奇心にあふれた、じつに初々しい顔がならんでいるのだ。少なくとも、俺なんかもうすべて知ってるんだぜと言わんばかりだったイアーゴの賢《さか》しらな得意顔よりはよほど好感が持てる。

二階建ての桟敷席の、さらにその上にはもう何もない。あるのは抜けるような青空だけだ。南の国の太陽の、豊かな光のしたたりを思うさま浴びながら舞台に立つのは、何とも気持ちがいいものだ。私がこれまで経験したなかでもっとも豪奢な大道具、もっとも有効な照明装置にちがいないと思う。

とは言うものの、じつはここは劇場ではない。アドリア海にぽつりと浮かぶ豆粒のような田舎の島に、そんな場所ふさげな施設などあろうはずがないのはお察しのとおりだ。ならばここはどこなのか？　私はどこで口上を述べているのか？

オーシーノ公爵の屋敷なのだ。

屋敷でいちばん華やかな空間、すなわち中庭においてなのだ。

これまで私を含めた数多くの賓客のために宴をひらいてきた場所が、そうしてその典雅な美しさとかすかな潮の香りとで食事の味をいっそう引き立ててきた場所が、今日はみごとに劇場としての機能を果たしている。というよりむしろ、劇場として使うには勿体ないほどだ。何しろ、私がいま平土間と称した土地はじつは土間どころではなく、桃色がかった灰色の石をきれいに敷きつめた清らかな玉床《たまゆか》なのだし（それが兵隊どもの尻にべたりと押しつぶされている）、桟敷席と称した設備はやはり桟敷どころではなく、白《しろ》大理石の列柱とそれを上部でむすぶ装飾つきのアーチとによって取りかこまれた二階建ての回廊なのだから（それが大群衆をぎゅうぎゅう詰め込まれている）。ここではしかし混乱を避けるため、あくまで平土間、桟敷席といった劇場むけの用語で通させてもらうことにするけれど。私がオーシーノ公爵の書斎へと押しかけ、

「上演のため、ぜひとも中庭をお貸しつけ下さい」

とお願いしたのは一昨日のことだった。時刻で言うとお昼すぎぐらいだろうか。一昼夜かけて台本を書きあげてから、そうして故郷の妻からの手紙を読んで気を失ってから、数刻後のことと記憶している。そして願いごとは中庭の借用だけではなかった。もうひとつ、

「島内の一般市民に対しても招待のおふれを発して下さい。スペイン兵だけでなく」

「二つとも断る」

執務机の向こうの公爵はすぐさま明言した。なぜなら、

「第一の提案についてはまず個人的な抵抗感がある。せっかく美しく整えているのを兵隊どもに土足でどやどや汚されるのは私の好むところではない。いや、汚されるだけならば、あとで掃除すればいい。しかしウィリアム、それ以上の問題はな、この屋敷がただの住宅ではないということなのだ。政府でもあり行政機関でもある、イリリア国でいちばん枢要な役所でもあるのだからな。そんなところへ外国人をむやみと入らせるわけにはいかん」

普通なら反論の余地はないのだが、

「そこを何とかご対処いただけないでしょうか？　順路をがっちり定めるとか、立入禁止の部屋には何重にも鍵をかけるとか」

「簡単に言うな。たいへんな準備を要するのだぞ。それでも貸出せと？」

「はい」

「中庭はウィリアムのお気に入りだから？」

「それもあります」

「却下せざるを得んな、そんな理由では。おまけに、第二の提案ときたら破れかぶれもいいところだ。いいか？　なるべく多くの観客を呼びこみたい気持ちはよく分かるが、本来の目的を忘れてもらっては困る。私たちはスペイン側との親善をとりつけなければならんのだぞ。大勢の市民などを招いたりしたら、それを統御するだけで手いっぱいになるではないか。そのためにスペイン人へのもてなしが手薄になるのでは本末転倒だ」

　これも合理的な意見だけれど、

「手薄になっても構いません」

「乱暴なことを言うな」

　話にならんとばかり手をふる公爵。しかし私はなお譲らず、むしろ身をのりだして、

「承知の上です。ぜひ」

　公爵がかなり不快そうな顔つきをしたのは当然だ。が、どれほど礼儀に反しようとも、私には

引き下がることのできない理由がある。

「ぜひ」

語気するどく詰め寄ると、苦りきった顔で、

「どうしてそんなに拘泥するのだ？」

私はちょっと躊躇してから、声をひそめて、

「失礼ながら……お人ばらいを」

入口のあたりに二人の廷臣が控えていたのだ。公爵はすぐに立ちあがり、

「外してくれ。呼ぶまで入室するな」

ぴたりと命じて出て行かせてから、

「いったい何だというのだ？」

「申し訳ありません」

とひとまず頭をさげて、私は私のもくろみを話しはじめた。そもそもイリリア国およびその統治者たるオーシーノ公爵が、現在、国際的にたいそう微妙なところに立たされていることはかねて承知しておりますが、じつのところ、もしかしたら自分の書いた台本がそれをきれいに解決できるかもしれないのです。言いかたを変えれば、この台本が、スペインの機嫌をそこねないこと、イングランドの顔をもつぶさないこと、しかも目の前のスペイン兵には迅速かつ穏便にお引き取りいただけること、という相《あい》矛盾する三つの条件をいっぺんに満たすことができるかもしれないのです。

「本当か？」

「百パーセント成功まちがいなしとは申し上げられませんが」

「具体的には？」

私はいちおう周囲に誰もいないことを改めて確認してから、執務机ごしに公爵の耳もとに唇をよせた。一切合財を伝え終えると、公爵はあきれ顔で、

「面白い。じつに面白い」

私はにっこり笑って、

「お分かりでしょう？　作戦の成功のためには、どうしても中庭で上演しなければならないし、大勢の観客を呼びこまなければならないのです」

「両方とも許可しよう」

右手をさしだした。私はそれをしっかりと握りしめて、

「ありがとうございます」

公爵はきらきらした感嘆のまなざしで私を見つめながら、こんな豪奢なほめ言葉をよこしたことだった。

「私はいま、史上ならびなき天才劇作家と握手しているのかもしれんな」

「言いすぎです、公爵」

「そうだな、言いすぎた」

とまあ、こんなやりとりの結果、私の立つ舞台はこうして中庭にしつらえられたし、舞台のま

わりの桟敷席には三百人もの島民たちが押しかけたというわけだ。観客の拍手がようやく鳴りやみ、ざわつきが収まったところで、

「お待たせしました。それでは喜劇『ロミオとジュリエットと三人の魔女』のはじまりでございます！」

　そう宣言して両手をひろげ、もういちどお辞儀をして見せ、手をふりながら退場した。よし。ひとまず舞台の上での仕事はこれでおしまいだ。以後はあるいは裏方として、あるいは演出家として、舞台の下でいろいろ動くことになる。

　私はなるべく足音を立てないように歩いて客席へと抜けだし、平土間のいちばん後ろにまわり込んだ。よしよし。予想どおり、ここならほかのお客の視線をさまたげずにすむし、スペイン軍団の反応をちゃんと把握できるし（墓標のようにきっちり並べられた二十五枚の背中たち！）、それより何より、舞台ぜんたいの様子を正面からすっかり視野に収めることができるのだ。ただし舞台と言っても本格的なものではない。すなわち内舞台《インナー・ステージ》もないし、二階舞台《アッパー・ステージ》もないし、楽屋も引幕《ひきまく》も大道具もない。けれどもまあ、何しろそれはきのう船大工をとつぜん呼びよせて大いそぎで組みあげさせた代物なのだから仕方がないし、それに、私の経験からすると、設備の充実はかならずしも劇そのものの充実を約束しない。劇というのは究極のところ、目ではなく想像力で見るものだからだ。なお、このとき私の足もとには、二折本《フォリオ》ほどの大きさの、ガレー船のかたちをした木箱がある。あらかじめ廷臣にたのんで置いてもらったのだ。船のかたちに大した意味はない。船大工のうちの誰かがちょっとした茶目っけを発揮したのだろう（舞台のついでに作っ

てもらったのだ）。事がうまく運べば、いずれこのなかに収められたものの出番が来ることになるだろうが、しかしそれはまだ先の話だ。いまはまず目の前のことに集中しよう。

観客が固唾《かたず》をのんで見まもっている。

さあ、開演だ。

喜劇のはじまりだ。

第一場。荒野。誰もいない舞台にまず登場してくるのは三人の魔女たち。舞台のまんなかに並んで座り、声をそろえて歌いだした。作詞はもちろん私。

きれいは穢《きた》ない、穢ないはきれい、
霧とけがれのなかを飛ぼう。
運命あやつる三姉妹、
ひとりで三べん呪文を吐けば、
三人あわせて三三《さざん》が九回。

魔女たちに扮するのは、向かって右から、ジュリエットの乳母、ロレンス神父、そしてオーシーノ公爵だ。なかなかおもしろい顔ぶれだが、実際のところ配役には苦労した。乳母はあっさりと決まったし（ほかに適役がない）、彼女がやるのならと神父もしぶしぶ諒解したのだけれど、最後のひとりが見つからなかったのだ。そこを何と、公爵その人がすすんで買って出た。私は仰天し、いくら何でも高貴のお方にこんな怪しげな役を配するわけには参りませんと猛反対したのだが、しかしいまこうして見てみると、それは誤りだったと認めざるを得ない。リュートを抱えて伴奏しつつ、みずから作曲した歌をうたう姿はいかにも伸び伸びとして楽しげだからだ。もっともそのいっぽう、音楽好きの青年がふだん為政者としてどれほど自分を殺しているかを想像すると複雑な感慨にとらわれることもまた事実なのだが。

　魔女たちが歌い終わると、そこへ通りかかるのはロミオとジュリエットだ。これは劇中の登場人物名でもあり、同時に役者の名前でもある。つまりロミオ役をロミオが演じ、ジュリエット役をジュリエットが演じているわけだ。ここで原作者としてひとつ註釈をつけさせてもらうなら、ふたりの役柄にはかなりの程度、現実における彼らの性格とか環境とかが反映されている。その証拠に、見よ、舞台の上を歩きながら交わされる口げんかは、私がじっさい見聞きしたものをお手本にしているのだ。

「名誉を汚されたのに黙って耐えろと言うのか、ジュリエット？」

「無意味な名誉のために死ぬのは愚かだわ、ロミオ」

「死ぬ？　僕が決闘して負けるというのか？」

「負けるに決まってるじゃない。相手は名だたる剣士なのよ」

「心配するな」

「心配してない。面倒ごとに巻きこまれたくないだけ」

「僕にとっての大義はすなわち君にとっての面倒にすぎないというわけだな」

「拗ねないでよ。話にならないわ」

ジュリエットは言い捨てた。そうして深々と溜息をついたところで（なかなか上手だ）、道ばたに三人の魔女が座っていることに気づく。それを指さして、ロミオに、

「あなたの声を聞くくらいなら、三人の魔女からいっせいに呪いの文句をあびせられるほうがましだわ」

「ごもっとも。君のような分からず屋の相手には、僕よりも賤《いや》しい婆さんたちのほうが適当だ」

魔女たちが声をそろえて反論した。

「賤しい者ではないぞ。ないぞ」

「嘘をつけ」

とロミオが決めつけると、

「嘘ではない。賤しいどころか貴いのだぞ。この国を治める王様じきじきの御用を務めておるのだからな。おるのだからな」

行動開始。私は目立たないように歩きはじめた。

「馬鹿な」

と舞台の上のロミオは侮蔑の色を隠さない。魔女たちは、

「わが君はお前のような差別主義者ではないのだ。ないのだ」

「知ったふうな口をきくな」

「嘘だと思うなら呼んであげよう。呼んであげよう」

「よし、見せてみろ」

「王様！」

魔女たちが声をあわせてそう呼ぶころ、私はすでに平土間のなかへと踏みこみ、分隊長イアーゴの背後へとすべりこんでいる。いきなり両脇の下にぐっと腕をさしこんで立ちあがらせ、大音《だいおん》声《じょう》で呼ばわった。

「ここにおられるぞ！」

一瞬、しんと空気が静まりかえった。と思うと、まわりのスペイン兵たちがぱらぱら手を叩きだし、つづいて三方の桟敷席から沸くような拍手が降ってきた。突然のできごとに戸惑うイアーゴをどんどん押し出し、有無を言わせず舞台へと押しあげた。

舞台のほうからも魔女のひとりが腕をとり、力まかせに引っぱり上げる。いくらイアーゴが若いころから軍人ひとすじの道を歩んできたといっても、ロレンス神父に釣りあげられたのでは抵抗できないだろう。何しろ神父は、思い出してほしい、あの鯨のように太った乳母殿をぐいぐい背中から押しあげて急坂をのぼらせても、息ひとつ乱さなかったほどの膂力《りょりょく》のもちぬしなのだから。

そう。私はこのためにこそ、渋る神父にむりやり魔女役をあてたのだった。イアーゴは舞台の上で立ちあがったので、その膝がちょうど私の目の高さに来た。いっそう高らかな拍手がまきおこった。私はすぐに引き下がってもとの位置に戻り、ふたたび遠くから舞台ぜんたいの様子を眺める。ほぼ中央に位置するイアーゴはもう演出の意図をすっかり察したらしく、余裕の笑みなど浮かべたり、二階席に向かって手をふったりしている。ちょっとした俳優気分を味わっているに違いない。そこへ別の魔女（オーシーノ公爵）が歩み寄り、イアーゴのかたわらに立ち、頭を低くして、

「王様、この若い男女のいがみあい、どちらに軍配を？」

　イアーゴは鷹揚にうなずいて、おごそかに、

「ロミオよ、お前はすこし幼稚にすぎるのではないか？　誰彼かまわず決闘などと」

　ロミオは雷に打たれたように背すじを伸ばし、ついで頭をふかぶかと下げ、

「申し訳ありません」

「真の紳士というものはだな、淑女をつねに立てるものだぞ」

「はっ。以後、気をつけます。どうかお許しを」

　ジュリエットもそれに和して、

「私も未熟でした。どうかお許しを」

　若い男女のあくまで真摯な謝りを受けて、イアーゴは右手をかざし、

「たいへんよろしい。ロミオとジュリエット、これからも仲よくするんだぞ」

　そこで魔女（オーシーノ公爵）が大きく目をむき、客席に向かって、

「さすがは英邁な私たちの王様！」

　と叫んでから、足ふみならして喜んで見せ、

「このお方の言うことに狂いがあったためしはない。貴重なお教えをありがとうございまし

た！」

　もういちど巻きおこる喝采に対し、イアーゴはふたたび左右へ上下へと手をふりはじめる。かなり興奮しているようだ。公爵から耳もとで囁かれると、満足そうにうなずき、いきなり舞台から飛びおりた。そうして小走りにもとの席へと戻った。観客もよく応えてくれた。ほっとした。

　もちろん、本来なら必ずしも褒められたことではない。主賓イアーゴをいきなり劇に参加させるというこの演出は、何と言っても台本のそとに台本を求めようとする不安定な態度であり、偶発的なできごとに大きく拠《よ》りかかろうとする投機的な態度にほかならないのだから。奇手はあくまで奇手なのだ。そのことを、劇作家としての私はもうよく知っている。

　とにかく王様が退場し、ほかの役者も退場し、誰もいなくなったところで第一場がおしまいになる。すぐに第二場がはじまったのだが、予想外なことに、右の演出が、観客からの新しい反応をひきおこした。と言うのも、誰もいない舞台にひとりの青年貴族があらわれたとたん、せりふも何もまだ出ないうちに、

「よっ、伯爵！」

　という声が二階席のどこかから掛けられたのだ。これは男の濁声だったのだが、つづいて桟敷席のべつの場所から、

「セバスチャン様あ！」

　という、こんどは若い女性の声が飛ぶに至ってたちまち笑いが巻きおこる。

　第二場。ジュリエットの自宅。

舞台の上のセバスチャンは、いや、台本によれば青年貴族パリスは、登場するや否や、驚きの目であたりを見まわした。そうして早足で右はしへと歩き、

「こんな大きな宝石をはめこんだ長椅子《カッサパンカ》は見たことがない」

とつぶやくと、次には左はしへと忙しく歩き、

「この神話画はティツィアーノの作ではないか。売ればいい金になる」

とほくそ笑む。実際はむろん長椅子や絵画など舞台のどこにも置いていないのだが、そこはそれ、見るほうの想像力のはたらかせどころというわけだ。青年は舞台のまんなかに立ち、両手をひろげて、

「すばらしい邸宅だ！　さすがは音に聞くヴェローナの名家、キャピュレット家だけのことはある。どれほどの財産を蔵しているのか見当もつかない。そして、喜ばしいじゃないか、俺はもうすぐこの家のひとり娘を妻にするのだからな。夫のものは夫のもの。妻のものも夫のもの。そこから引き出される当然の結論は？　そのとおり、妻の実家も夫のもの、だ。こたえられん」

この独白が終わるころ、ジュリエットが登場してきて、

「見たことのない人が私の部屋にいる。どなた？」

声をかけられて貴族はふりむき、

「ジュリエット？」

「はい」

大げさに驚いて見せ、

「はじめまして、わが妻よ！　私はあなたの婚約者、パリス伯爵という者です」

「何ですって？」

「先日来、あなたの父上にたいへんお世話になっております。父上もたいそう私のことをお気に入りでして。で、私がぜひ娘さんを頂戴したいと打ち明けますと、その場でこころよく同意して下さいました」

ジュリエットは仰天して、

「お父様に確かめてきます！」

いったん退場し、すぐにまた登場して、

「本当だった！　今度の木曜日に式を挙げよとのご命令！」

「待ち遠しいなあ」

「私はまだ十三歳なのですよ？」

「もっと若くして母親になった女性もいます」

「私はあなたのことを何も知らないのですよ？」

「これから知ることになりますよ。全身でね」

うそぶくや否や、ジュリエットを抱きすくめて押し倒そうとする。ジュリエットは両腕をつっぱってようやく跳ね返し、息を切らして、

「下郎！　狼藉者！」

「夫婦の自然な営みでしょう」

「まだ夫婦ではありません」

　パリス伯爵はにやりと笑い、

「あなたの言うとおりだ。ところで今日は何曜日でしたかな？」

　ジュリエットは愕然として、

「……水曜日だわ」

「今日のところはこれで失礼しましょう。夜のうちに身体をよく洗い清めておきなさい。明日の夜はたっぷり汗をかかせてあげるから」

　勝ち誇りの笑いを響かせながらパリス伯爵は退場した。残されたジュリエットは客席に相《あい》向かい、

「ああ、何ということ！」

　と絶望の独白をはじめる。

「この私がパリス夫人！　どうしてお父様はよりによってあんな男を選んだのだろう！　きっと家柄の良さに目がくらんだのに違いないわ。だって、あの人は、家柄のほかには良いものを何ひとつ持っていないという評判なのだもの。王様の前ではいい格好をし、言葉だけはむやみと立派な忠誠の誓いを百も二百もならべるくせに、王宮を出ればあたかもユダヤ人のように高利で人にお金を貸し、騎士や、司教や、罪のない庶民まで苦しめているのよ。王様も大したことないわ、悪魔の正体にいつまでも気づかないなんて」

　そこで口をいったん閉じ、平土間のイアーゴにちょっと視線をやってから、

「金貸しだけではない。あの人のお兄様は昨年の冬、とつぜん病を得てお亡くなりになったのだけれど、それも本当は病気などではなく、あの人がこっそりワインに毒をとかして飲ませたせいだとか。あの人はそれで家名や爵位や財産のいっさいを手に入れたのだと。おお、口にするだに恐ろしい！　そんな非道な男のところへ嫁ぐなんて嫌。ぜったいに嫌。それくらいならロミオと結婚したい。あら、いやだ！　私ったら、何を言っているのかしら？　あんな口のへらない、駑《ど》馬《ば》にも劣る、爵位も持たない男のお嫁さんになりたいだなんて。そんなことあり得ないわ。前言撤回。でも、それも悪くはなかったかもね。もう遅いけど。お父様のご命令には逆らえないから」

そこへロミオが息せき切って走りこんで来て、

「ジュリエット！」

私はつばを呑みこんだ。

胸がどきどきした。何しろこれから始まるのは、稽古では一度もうまくいかなかった場面なのだ。手のひらが汗でしめりだした。心のなかで声をかけた。行け、ロミオ。躊躇するな、ロミオ。

「何しに来たのよ？　私の着がえでも覗きに来たの？」

ジュリエットが憎まれ口を叩くと、

「もう喧嘩するつもりはない。街で話を聞いたんだ」

「何の話を？」

「君が結婚するという話」

あなたには関係ないでしょう、とジュリエットが言おうとするのを手で制して、

「結婚なんかしちゃ駄目だ、あんなやつと」

「また私のすることに横槍を入れるつもりね？」

「そんなんじゃない。素直に聞いてくれ。結婚なんかしちゃ駄目だ。それを言うため、ただそれだけのために、僕はこの家の高々とした塀をのりこえ、バルコニーへ縄梯子《なわばしご》をひっかけて登ってきたんだ」

ジュリエットはぷいと背を向けて、

「お父様を呼ぶわよ。嫁入り前の娘の部屋へしのびこむ罪がどんなに重いかは分かってるでしょう？」

「分かってる。たしかにそれは重罪だ、しのびこんだ者が真にジュリエットの夫たるにふさわしい場合を除けば」

「どういう意味？」

「君を愛してる」

驚いて振り返るジュリエット。ロミオが一歩ふみこんで、

「愛してる。ほんとに」

ジュリエットが硬直した。しかしロミオのせりふはまだ終わりではない。ここまではしょせん台本どおりの展開にすぎない。ここからが正念場なのだ。

何も言わない。

ただじっと彼女を見つめるだけ。

どうした、ロミオ?　口をひらけ。

ひらかない。

客席の空気がゆらぎはじめた。

行け、ロミオ。

躊躇するな。

頼む。何か言ってくれ。

言わない。

客席のざわつきが大きくなる。

『失敗だ』

私はうつむいて唇を噛んだ。足もとに置かれたガレー船の木箱を蹴とばしてやりたいという衝動と、泣いてここから逃げだしたいという気分がいっしょに訪れた。やはり彼には荷が重すぎたか……いや、彼のせいじゃない。私の読みが甘かったのだ。私があんまり欲ばりすぎたのだ――喜劇ひとつ上演しただけで、イリリアの外交問題を解決するだけでなく、ロミオの恋の悩みまでいっぺんに解決してしまおうと目論むなんて。若いふたりを、劇中の人物でなく実際のロミオとジュリエットを、結びつけてしまおうと試みるなんて。

無力をひしひしと感じた。こんな無謀なたくらみなど最初から立てなければよかったと悔やんだ。しかしながら私としては、弁解するようだが、これ以外の選択は考えられなかったのだ。彼らに対する罪ほろぼしの方法としては、このほかに思いつくところがなかったのだ。

準備に怠りはなかったと思う。あらかじめ台本のせりふを練りに練ったのはもちろんのこと、つい先ほども、というのは本番がはじまる直前のことだが、ロミオをこっそり舞台裏へと呼び出して、

「例の場面だけど」

と知恵をつけていたほどなのだから。

「愛の告白はうまくいけそうか？」

劇作家兼演出家からこんなふうに切り出されると、ロミオはたちまち顔をこわばらせ、何か反論しようとし……首を垂れたことだった。私はぽんと肩を叩いて、

「しっかりしろ、いちばん大事なところじゃないか。いいか？　うんと熱をこめて言うんだぞ。役なんか忘れろ。本物のロミオが本物のジュリエットを口説くんだからな。昨日みたいな白々しい棒よみを繰り返したんじゃあ、なびく女もなびかない。ジュリエットは永遠にほかの誰かのものになる」

と注文をつけた。あるいは脅迫した。ここでいちおう時間の流れを整理しておくと、台本が完成したのが一昨日であることは前述のとおりだが、昨日はまるまる一日じゅう、屋外の前庭《まえにわ》に、役者たちを集めて稽古していたのだった。稽古を前庭でおこなったのは、中庭がそのとき船大工たちの出入りのため使えなかったからである。

これに対してロミオは、かえって胸をそらし、

「いいじゃないか、しょせんは素人芸なんだから」

と開きなおった。私はむっとして、

「ジュリエットへの想いをも素人芸におとしめるつもりなのか？」

「余計なお世話だ」

「何とでも言うがいい。しかしこの場面はジュリエットへの――」

「それは僕だけの問題です。ウィリアム、あなたは喜劇の完成度だけを気にすればいいんだ」

「そうはいかない」

「どうして？」

「私には責任がある」

「はいはい。演出家としての責任ね」

「違う」

「じゃあ何の？」

　彼のこんな挑戦的な態度を、まるで聞きわけのない子供のようだと責めることはしたくない。考えてみれば私はずいぶん酷な仕打ちをしているのだから。恋の洞窟という、冥王ハデスの治める地下の世界よりももっとずっと希望の見えない暗闇のまっただなかで奄々《えんえん》として喘いでいる十四歳の少年に向かって、ほかならぬ恋の対象であるジュリエットに想いのたけを打ち明けろというのはあまりに過大な要求であるに違いない。しかもそれを舞台の上で、公衆の面前でおこなえ

とあっては。私は口をつぐんだ。

『仕方がない』

と思った。すこし躊躇したあと、

「落ち着いて聞いてくれ」

と前置きしてから、死を賭した告白をした。

「彼女の恋の相手は、じつは私だったのだ」

「は？」

「ジュリエットは、私に、恋していたのだ」

反応は予想どおりだった。はじめ唖然とし、つぎに愕然とし、最後に憤然として……剣を抜いた。唇がぶるぶる震えている。私は一歩あとに退《ひ》いて、

「話せば分かる」

「黙れ、雄犬《おすいぬ》」

喉《のど》もとに突きつけた。逃げる間もないほどの早業だった。私自身がハデスの冥府へ送りこまれようとしている。冷たい刃が顎に触れた。思わず顔を天に向けた。と、青空には竜骨のかたちをした雲がほっこりと浮かんでいる。手段を選ぶひまはなかった。急いで叫んだ。

「パック！　パーック！」

「何のご用？」

緑づくしの妖精がぱっと姿をあらわした。庭に屋根のないことがこれほど有難く思われた瞬間

はない。ロミオがひるんだ。私はその隙にぴょんと跳びしさり、両腕をつきだして、

「聞いてくれ。彼女はみずから恋していたわけではない。妖精の薬によって恋させられていたんだ」

ロミオはふたたび腰を落として、

「もう少しましな遺言はないのか？」

「信じてくれ。現に、ほら、そこに見えるだろう？　名前はパック。遠いアテネの森の奥から飛んできたんだ」

妖精がひらりとロミオの目の前におりてきて、
帽子をとって礼をした。ロミオは口をぽかんと開いて、

「はじめまして」

「……何者だ？」

「だから妖精なんだってば。片思いに身を焦がす男たち女たちの頼もしい味方さ。恋愛に関することならどんな願いもかなえてあげるよ」

「それ以外のことは何もできないが」

私が横槍を入れると、

「それが専門家ってもんさ」

こんな応酬を呆然として聞いていたロミオが、ようやく我に返り、

「……本当に妖精？」

「本当だ」

私はさらに説明を加えた。うまく説明できないところはパックが補足した。薬はそもそも恋の神キューピッドの矢につらぬかれた深紅のすみれの花を摘んで搾《しぼ》れば取れること。それをパックがお節介にも彼女のまぶたに塗りつけたこと。目ざめて最初に見た人にいっぺんに惚れこむという仕掛け。しかしちょっとした行き違いが生じたせいで私がジュリエットを揺り起こしてしまったこと。その出来事が起きたのはロミオたちがこの屋敷に到着した日の夜中だということ。

「そういうわけなんだ。剣を収めてくれないか？」

穏やかな口調でそう言ったけれど、相手はしかし身体をぴくりとも動かさない。

「頼む、ロミオ、私を安心させてくれ。そしたら私も君を安心させてやろう」

ロミオはなおおなじ体勢を持していたが、信じるべきだと判断したのだろう、ようやく右腕をそろそろと折りたたんで鞘を重くした。けれども口調だけは相変わらず厳しく、

「安心できる材料とは？」

私はふうと息をついてから、ロミオの目をじっと見て明答した。

「彼女はすでに解毒剤を与えられている」

パックが横から、

「恋の目ざまし薬と呼べってば」

と口をとがらしたのはこのさい無視した。そう。肩の荷がおりたことに、ジュリエットはもう私など愛してはいないのだ。少なくとも、ただの旅行仲間を愛する程度にしか愛していないの

だ。

何しろパックの帰ってきたのが思ったよりも早かった。パックはあの夜ふけ、私がちょうど部屋にこもって台本書きのペンを走らせていたそのときに、開けっ放しにしておいた窓からするりと舞い込んできたのだった。私はすぐにペンを置いて立ちあがり、彼に命じてジュリエットの寝室へと侵入させた。頃あいを見て私も部屋をぬけだし、静かにとなりのドアを開けて忍びこむ。乳母殿のすさまじい高いびきが壁をびりびり震わせるのに顔をしかめながら進んでいき、ジュリエットの枕もとに立つと、まぶたにはもう青みを帯びた解毒剤（何が恋の目ざまし薬だ）がちゃんと塗りつけられている。私はそれを確認すると、手をさしのべて彼女をはげしく揺り起こした。パックが前もってかけておいた術のおかげで眠りがかなり深かったので、彼女はちょっとだけ私を見るとまたうーんと呻いて夢のなかへと落ちていった。これでよし。私とパックは踵を返し、物音を立てないよう気をつけて部屋を出たというわけだ。そうして翌朝、

「おはよう」

廊下でジュリエットに声をかけてみると、彼女は元気よく、

「おはようございます」

私は自分の顔を指さし、まじめな口調で、

「今朝もいい男でしょう？　惚れ直した？」

「ええ」

彼女はちょっと肩をすくめて、

「でもその男ぶりにいちばん高い値をつけるのは故郷の奥さんじゃないかしら？　私じゃなくて」

礼儀正しく一蹴したことだった。しっかりした教育を受けた十三歳の少女にまことに似つかわしいあしらいぶり。それもこれも、

「僕がわざわざ超特急でアテネから特殊な薬をとりよせて来てやったからさ」

と妖精パックは胸をそらす。ロミオがそれを真に受けて、

「ありがとう」

とお辞儀をしたので、私はあきれて、

「騙されるな、ロミオ。考えてもみろ、そもそもこいつが惚れ薬なんか持ち込んだりしなければ、騒動は何ひとつ起こらなかったんだ。私としては、こいつに対してならもういちど剣を抜いてもいいと思うね」

パックはくるりと宙返りし、ロミオの肩の上あたりに滞空すると、

「それなら言わせてもらうけど、ウィリアム、君のあの態度はいったい何だ？」

「どの態度？」

「あの夜のさ。窓から飛びこんだとき、君は『うるさい』と言って僕のことを手で払ったんだぜ。蠅でも払うみたいに。あんなに邪険に扱われる筋あいはないと思うけど？」

「仕方ないだろう。書きものに集中していたんだから」

「その程度の理由でこの僕をないがしろにしてほしくないね。妖精の王オーベロンも一目おく、

地球をひとめぐりするのに四十分とかからぬ光の使い、別名ロビン・グッドフェローと言えば僕のことなんだぜ」

「ならばアテネの森へ行って戻るのにどうしてまる一昼夜もかかったのだ？」

「う」

パックが胸に手をあてる。

「一刻もはやく持って来いとあれほど強く言いつけたのに、貴様、どこかで道草していたな？」

「ばれたか」

「何が超特急だ」

「運がよかったんだよ。あの薬はそう簡単には見つけられないんだぞ」

「本当か？」

「本当だよ。場合によっちゃ半年くらい探しまわらなくちゃいけないんだ。それがたまたま一晩で手に入った」

「だからと言って道草をしていい理由にはならん」

私がじりじりと詰め寄り、首根っこを捕まえようとして右手をさっと伸ばしたところへ、ロミオが割って入って、

「喧嘩はあとにして下さい。それよりもジュリエットのことを」

「そうだった」

私ははっと我に返り、

「心配いらない。彼女はもう元のとおりのジュリエットだ」

パックがそれに和して、

「おまけにウィリアムへの恋なんかもうすっかり——」

「忘れてしまった？」

ロミオが期待をあらわにして尋ねる。私はうなずこうと一瞬したが、しかし気を変え、冷酷に首をふり、

「そのはずだった」

ロミオがたちまち顔を曇らせて、

「はず、とは？」

「解毒剤の量がほんのすこし足りなかったらしい」

「足りないとどうなるんです？」

パックが何か抗議しようとするのを手で制して、

「心がひじょうに不安定になる。現在のところ、彼女の恋はいちおう私から離れているものの、しかし完全に一本立ちしているわけではないのだ。べつの拠りどころを求めてきょろきょろしている状態、とでも呼ぼうか。いうなれば河原のまんなかにぽつりと立つ葦《あし》みたいなもので、風向きによってどこの誰にでも凭れかかる可能性がある。そうだな、妖精パック？」

「あ、えーと」

「そうだな？」

強く尋ねた。尋ねつつ鋭く睨みつけた。パックはあらぬ方向を向いて、

「ああ」

「そして、心して聞け、これは危険この上ないことなのだ。なぜなら、この状態から彼女がいったん気持ちを誰かに傾かせてしまったら、その傾きはもう永遠にもとに戻らないからだ。いったん倒れた葦がもう二度ともとのようには立たないように。恋の薬だろうが解毒剤だろうがいっさい受けつけなくなる。そうだったな、妖精パック？」

「そうだよ」

「これは諸刃の剣なのだ。早い話が、もしも何かの拍子にイアーゴに恋してしまったらどうなる？　彼女はみずから進んでスペインへ渡り、彼の子供をよろこんで産むだろう。もしもオーシーノ公爵に恋したらどうなる？　泥沼の不倫地獄にとびこんでヴァイオラと髪の毛をつかみあうに違いない」

ロミオはすっかり蒼ざめている。私はどんと胸を叩き、

「しっかりしろ！　お前にも等分にチャンスはあるんだぞ。あるいは等分にしかチャンスはないんだぞ。いいか？　例の場面はうまくやれよ、白々しい棒よみなんか繰り返すなよ。分かったか？　分かるまで何度でも命じるぞ、ロミオ。本番では思いきり愛の告白をしろ。躊躇するな。身魂《しんこん》をなげうて。全身全霊をもって打《ぶ》ち当たれ。口説いて口説いて口説きぬけ」

「しかし……」

「何を照れるか、イタリア人のくせに。大事を成すとは、要するに、照れを克服するということ

なのだ」

「胃が痛くなってきた」

「頼りない男め」

「何とでも言えるでしょうよ、本番では客席のうしろから眺めてるだけの人間には」

　さすがに頭に来て、

「私にも仕事があるのだ！」

　悄然として黙りこんでしまうロミオの気持ちはよく分かる。あまり責め立てるのはかわいそうな気もするけれど、ここで情けを加えれば最後にはもっとかわいそうな結果に直面させることになる。成長の痛みはどうしても味わってもらおう。口から泡をとばして、

「いいかげん悟れ、これが最後の機会なのだと！　劇なんかぶち壊したってかまわない。私のためじゃなく、イリリアのためでもなく、ただ自分のためだけにやれ。いいな？　いいな？」

　断るまでもないだろうが、この手荒な励ましの根拠となるのは虚偽にすぎない。すなわち解毒剤の量がすこし足りないというのも、そのせいでジュリエットの心がふらついているというのも嘘っぱちだ。彼女はもとの自分をすっかり取り戻したし、その当然の結果として、私に恋したことなど洗濯したての下着のようにきれいに忘れ去っている。間違いない。けれどもロミオに対してはそれを敢えて明かさないほうが、そうして積極的に脅迫するほうが、むしろいい結果を生みだすのではないかと転瞬のうちに思いついたのだった。逆に言うと、ここまで追いつめられなければ、ロミオのような若者は、

『愛の告白など決してしないだろう』

だがいま、私のこんな機転はこうして無惨きわまる失敗に帰したわけだ。何しろ舞台の上のロミオが一言も発しないのだから手の打ちようがない。万事休すだ。客席のあちこちから、

「どうしたんだろ？」

とか、

「これで終わりなのかな？」

とかいう声がひそひそ飛んでいる。平土間のスペイン兵たちも眉をひそめ、となりの男と私語を交わしはじめている。私は目を閉じた。ごめんなさい。喜劇は悲劇に変じました。ロミオやジュリエットはもちろんのこと、公爵も、ヴァイオラも、伯爵も、みんな私を恨むでしょうが、甘んじて受けるよりほかに仕様がありません。私はそれに値することをしたのですから。けれども願わくば、神よ、私のこころざしだけはお汲みとり下さいますよう。善意の発露であったことだけはお認めいただけますよう。目を閉じたまま胸のところで力なく十字を切ったその瞬間、

「君を愛してる」

とロミオがもういちど言うのが聞こえた。

力強い声だった。

昨日の稽古でのそれとはぜんぜん違う響きを蔵していた。目をあけると彼はいつの間にかジュリエットに肉迫しており、これまで見たことがないほど大人びた顔つきをしている。口をひらいた。

「僕はいままで愚かだった。事あるごとに悪口を吐き、意地をはり、喧嘩をふっかけ、聞きわけのないことを言いつづけてきた。ひとりの紳士としても、君のそばに立つべき男子としても恥ずかしい振舞いばかりしてきた。なぜだろう？　とても安心していたからだ、君といっしょにいるときには。安心していたからこそ喧嘩もできたし、意地をはることもできたんだ。安心できるに決まってるじゃないか、幼なじみなんだから。むかしから勝手を知りつくした者どうしなんだから——なんて漠然とこれまでは考えてきた。けれどもそれは誤りだった。僕はほんとは甘えたかったんだ。甘えることによって君の気持ちを惹きたかったんだ。今日やっとそのことに気づいた。もっとも、気づくのがあまりにも遅すぎると君は非難するかもしれないし、だとしてもそれは当然だと思う。実際のところ、自分でも自分を非難したいくらいなんだもの。おまけに、甘えたいから喧嘩を売るなんて愛情のあらわしかたはじつに未熟だ。傍迷惑《はためいわく》だ。石のように鈍感だ。非難どころじゃない、自分の胸をこの剣でぷつりと刺し貫いてやりたいくらいだよ。けれども、遅すぎようと何だろうと、いまの僕はとにかく自分のなかの幼子《おさなご》とちゃんと向きあって、それを克服しようと努力しているつもりだ。そう。大人になるんだ。そうして君にふさわしい男に生まれ変わるんだ。……いや、やっぱりもう手遅れなのかもしれない。いまさら反省したところで仕方がないのかもしれない。迂闊な話だよ、君がほかの男のところへ嫁いでしまうと聞いたあとでこんな決意をするんだから。正直なところ、これまで思ってもみなかったんだ、君がほかの誰かを愛するなんて。これも甘えの一種なんだろうね。しかし、しかし、こうして自分のほんとの気持ちがどこにあるのかに気づいたからには、僕はすくなくともこの一言だけは伝えなければ気がすまない——君を愛してる、ジュリエット。ほかの男のところへなんか行くな。僕のもとに来てくれ。僕はかつて頑迷にも言ったことがある、君のような女と結婚するくらいなら『毒薬をあおって死ぬ』などと。いまの気持ちは正反対だ。一か所だけ訂正して言いなおそう、君のような女性と結婚できないくらいなら毒薬をあおって死ぬと。嘘じゃない。口先ばかりの口説き文句でもない。本当にそのつもりなんだ。だって、生きる価値などないじゃないか、君から遠く離れた人生など。ジュリエット！」

と絶叫するや、とつぜん抱きしめ、唇を唇に押しつけた。そのままふたりとも大理石の像みたいに固まった。しっかりと結びあわされた唇には絹糸《きぬいと》のように澄んだ流れが降りそそいでおり、きらきら輝きを発している。ロミオの目からあふれ出た涙だった。

客席はしんと水を打ったようになっている。

ただし実際のところ、彼のこの一連の云為《うんい》をはたして演技と呼んでいいかどうかは疑問かもしれない。何しろ身体の動きはぜんぜん私の教えを反映していないのだし、たとえそれを不問に付すとしても、せりふは私がもともと書いて渡したのより八倍ほども長かったのだから。意識的にか、無意識的にか。ゆうべ寝ないで考えたのか、それとも舞台の上でとつぜん口がなめらかに滑りだしたのか。それは本人以外の誰にも分からないことだけれど、いずれにせよ、劇作家兼演出家をこうもあっさり無視すること、それこそが当の劇作家兼演出家のいちばん強く求めていたものだったのだ。

ロミオがようやく彼女を解放した。顔をすこし離し、黙って見つめあうふたり。さあ、ジュリエットはどう出るか？　私は拳をぎゅっと握り、固唾をのんで見まもった。まるで私自身が返答を待つ少年ででもあるかのように。ジュリエットは顔をくしゃくしゃにして、

「私もあなたを愛してる！」

かと思うと今度はジュリエットのほうから顔を寄せた。荒々しく唇が重ねられた瞬間、劇場いっぱいの観客がどっと沸いた。大きな拍手がまきおこった。驚いて見まわすと、なかには涙ぐんでいる若い女の子もいるし、笑顔で何度もうなずいている男もいる。平土間のスペイン兵たちの反応も上々で、口笛を吹く者、からかいの大声をあげる者。となりの者とがっちり握手をかわしている連中すら二人や三人ではない。これほど大勢の人々に祝福された男女が、

『いったい世界のどこにあるだろう？』

そんな妬みをおぼえつつ、舞台のほうに目を戻した。熱烈なキスはまだつづいている。と、ロミオが腕にいっそう力をこめて抱きしめた。その拍子にジュリエットの着ていた白いドレスの袖がずれ落ち、玉のような肩がむきだしになってしまった。おお！　という中年男どもの歓声があがった。私は苦笑しつつ首をふった。やれやれ、ロミオめ。けしからんやつだ。そこまで濃厚にやれと命じたおぼえはないぞ。こんなのをロンドンで見せたりしたら、即座に役人にふみこまれ、上演許可を剝奪されること間違いない。あとで注意しなきゃな。ともあれこれでめでたしめでたしと思いきや、

「そこで何をしている！」

という怒声とともに五人の警吏がばらばらと現れてロミオをとりかこみ、恋人との甘やかなキ

スから力ずくで引きはがした。

「何をする！」

ロミオはそう叫んで抵抗しようとするが、しかし何しろ背後から三人がかりで取り押さえられているので、膝から先をじたばた動かすしかできないのが歯がゆげだった。

「静かにしろ、この野郎！」

警吏のひとりが大声をあげてロミオの正面にまわり、振りかぶって横面《よこつら》をはった。音高い一発を受けるとロミオはたちまち白目を剝いてぐったりした。このあたりの演技もなかなか悪くない。実際はもちろん殴ったふりをしただけ。彼らは元どおり物語をすすめているのだ。ちなみに私は、この小役人どもにぴったりの俳優を、オーシーノ公爵の屋敷から調達した。召使いのうち屈強そうな男を、特に頼んで五人ばかり拝借したのだ。恋人の危機をとつぜん目の当たりにして、

「何をするの！」

と横からジュリエットが割って入ろうとするが、しかし彼女もやはり警吏にがっちり腕をとらえられているので駆け寄ることができない。べつの警吏がすすみ出て、

「家宅侵入の罪により逮捕します。いや、それだけじゃない。嫌がるお嬢様をむりやり抱きすくめ、獣のような男の思いを遂げようとした。それも、パリス伯爵という立派な婚約者がいると知りながら。まこと許しがたい所業であります」

「嫌がってないわ」

「嫌がっているに決まっていると」

「誰が言ったの？」

「申し上げられません」

「お父様ね？」

「ご容赦を。申し上げるなとの命を受けておりますので」

「ロミオを放して」

「できません」

「ではせめて申しひらきの機会を」

「伺ってみます」

最小限の言葉だけで質疑をうちきると、警吏たちはロミオを引っ立てて、

「行くぞ！」

とか、

「きりきり歩け！」

とか乱暴に命じながら歩きはじめた。きりきり歩けと言われてもロミオはもうなかば失神した状態なので満足に脚も動かせない。丸太ん棒みたいに引きずられるまま舞台から消えた。彼らが退場してしまうと、ひとり残されたジュリエットは不安そうな表情を客席に向け、

「ああ、何ということ！　運命はいったい私にどんな結末を用意しているのかしら？」

そう一声のこして退場した。舞台の上に誰もいなくなったところで第二場はおしまいであり、

そして間髪を入れずに第三場がはじまる。このへんは急いで展開させたほうが効果があがるのだ。喜劇に悠長は似あわない。

第三場、王の部屋。

ここではじめて大道具がひとつ登場する。玉座だ。ただし残念ながら、舞台のまんなかに置かれたのは本物にはほど遠いしろものだ。すなわちオーシーノ公爵がふだん書斎で用いている執務用の椅子。いちおう大きな肘かけと細長い背板とが取りつけられているけれど、飾りけに乏しいクルミ製のそれはどれほど好意的な視線をもってしても王様の専用席には見えない。しかしこれも、椅子につづいて登場してきた三人の魔女が、

「おや、ご立派な玉座が空《から》だ。王様はきっと奥で休んでおられるのだろう」

と囁きあったとたんに姿を変じ、色とりどりの宝石をいくつも嵌《は》め込んだ絹ばりの神座《かみくら》となって観客の想像のなかにすべり込むのだから言葉というものは頼もしい。あるいは恐ろしい。それは千人の錬金術師が束になっても不可能なことを一瞬であっさりと実現してしまう人類最強の呪術なのだ。いや、それどころではない、無から有をいともたやすく生み出してしまう神に等しい業《わざ》なのだ。それは、中央ヨーロッパの山岳国ボヘミアに白砂きらめく海岸線を設けることすら容易にやってのけるだろう。ともあれ玉座には誰もいない。三人の魔女はめいめい訳のわからない歌を歌いながら舞台のなかほどへ進み出て、床にべたりと腰をおろす。正面から見ると、玉座の左側にふたり（ロレンス神父と乳母殿）が、右側にひとり（オーシーノ公爵）が、それぞれ座っていることになる。と、そこへ、

「王はおられるか？　我らの英明な王は？」

　と呼ばわりつつ、靴音をどやどや立てて右側から入ってきたのは先ほどの五人の警吏たちだ。魔女たちは口をそろえて答えた。

「見てのとおりのご不在だ。伝言があるなら承ろう。承ろう」

「お前たちは何者だ？」

　警吏1が不審げに尋ねると、

「賤しい者ではないぞ。王様じきじきの御用を務めておるのだからな。おるのだからな」

　彼はあっさり納得して、

「それでは申し伝えてくれ、王には公正な判決を言いわたして頂きたいのだと」

「王の判決はいつも公正だ。誰に？」

「おい、連れてこい」

　振り返ってそう言うと、同僚たちがロミオを引っぱってきた。ロミオは両腕をぴったり身体につけた状態のまま、胸から腹にかけてを麻縄でぐるぐる縛《いまし》められている。身もだえしながら、

「無礼者！　判決も出ないうちから罪人あつかいするな！」

　と声のかぎり訴えるが、

「静かにしろ、玉座の前だぞ！」

　と叱責されると大人しくなった。警吏3が、ふん、さしもの極悪人もいちおう場所柄は心得ているらしいな、とつぶやいてから、堂々たる口ぶりで、

「この男、モンタギュー家の嫡男ロミオという者なのだが、このたび神をも恐れぬ所業をなしたので、我ら一同、命を賭した大立廻《おおたちまわ》りの末ようやく召捕り、ここに引き立てた次第。何しろ皆の衆、聞いて驚くな、こやつはキャピュレット家のあの豪壮きわまる屋敷へこっそり侵入するなどという大盗賊すらよくしない罪に手をそめた上、ローズマリーの花のように可憐なひとり娘ジュリエットの寝室に闖入し、むりやり犯そうとしたのだ」

　魔女たちはいっせいに両手をあげて驚き、

「何ということ！　王様がどんなにお嘆きになることか。なることか」

　ロミオが急いで首を突き出して、

「違う。みんな出まかせだ。彼女はこの僕をほんとに愛しているのだ」

　魔女のひとり（オーシーノ公爵）が眉をあげ、

「それが真実なのか？」

　と問いただすと、ロミオは即座に、

「真実だ」

　と請けあったけれど、それと同時に警吏が反論して、

「強姦罪で捕らえられた者はいつもそう言う。犯したんじゃない、合意の上の契りなんだとな。薄汚れた言いわけだ」

「何ならジュリエットに聞いてくれ。彼女ならすべてを明らかにしてくれる」

　しかし警吏３はそっぽを向いて応じようとしない。ロミオは地団駄をふんで、

「話にならん。頼りになるのは魔女たちだけだ。いいか、王様にはくれぐれもお願いしてくれよ、僕をぎっしりと縛りつけるこの縄をどうか解いて下さいと。そしてもうひとつ、僕よりずっときつくジュリエットを縛っている婚約の縄をもどうか解いて下さいと」

「その言葉、たしかに伝えようぞ」

と魔女がうなずいた瞬間、

「ちょっと待て！」

と大声をあげながら駆けこんで来たのはパリス伯爵だ。セバスチャン様あ！　という女性の声がこんどは飛ばなかったのは、場面の緊迫をちゃんと理解しているからか。警吏どもが浮足だって、

「あれがパリス様だぞ」

とか、

「噂どおりの立派なご風采だ」

などと言いあうのを耳にすると、ロミオはきっと睨みつけ、

「貴様がジュリエットの簒奪者《さんだつしゃ》か！」

パリス伯爵は神妙な顔つきで手をふり、

「勘ちがいしないでほしい、ロミオ。君と争いたくはない」

と前置きしてから、魔女たちのほうに向きなおり、

「私からも王に伝えてほしいのだ。ロミオを放免してくれと」

警吏たちが驚きの声をあげた。ひとりが反論しようとするのをパリス伯爵は手で制して、

「お前たちの精勤ぶりに尊敬を払うことにかけては人後に落ちないつもりだ。しかし考えてみてくれ。役人としてではなく、ひとりの男として。もしもお前たちに幼なじみの女の子がいたとする。子供のころからずっといっしょに遊んだり喧嘩したりしてきた子だ。そしてその子がもう明日の朝になれば伯爵家へ嫁いでしまうのだということを、今日とつぜん耳にしたとしたら、どうだ、お前たちは動揺しないか？　取り乱さないか？」

「はあ、まあ」

と口ごもったきり沈黙してうなだれる警吏たち。パリス伯爵はなお語気を強めて、

「そんな情況に置かれた男なら、どうしてよいか分からなくなった挙句、さしあたり彼女の部屋を訪れて別れを惜しもうとするほうがむしろ当たり前だと私は思う。となればこのたびのロミオの行動がどうして責められよう？　ましてや、彼がちゃんとした分別の持ちぬしだということは万人も知るとおり。いくら何でもジュリエットの貞操まで奪うつもりだったとは考えがたい」

と言い切ってから、こんどは魔女のほうに向きなおり、

「というわけで、私はこんなふうに望むのだ——もちろん家宅侵入の罪はまぬかれないにせよ、強姦罪など間違っても適用しないでほしい、ごく少額の罰金刑ですましていただければ幸甚だと。献言は以上だ」

「何という心やさしい方なのだろう」

魔女のひとり（ロレンス神父）はそう言うと溜息をついて、

「警吏たち、ロミオ、それにパリス伯爵よ。この場でしばらく待つがいい。じつは王様はいま奥の部屋でお休みになっているのだが、これより私たちは、その貴い眠りを破るの僭《せん》をあえて犯し、汝らそれぞれの言いぶんを残らず申しあげ、公正な判決をあおいで来ることとしよう」

三人の魔女はゆるゆると立ちあがり、足を摺《す》るような禍々《まがまが》しい歩きぶりで舞台の上から姿を消した。あとに残された面々はそのままの姿勢で立ちつくす。空白の時間がやや経過したところで、警吏たちは顔をよせあい、何やら相談しはじめた。ひとりが、

「どうやら時間がかかるようだ。我々もいったん退出し、部屋のそとで待つことにしようではないか」

と提案すると、残りの四人がうなずいて賛同の意を示した。渡り鳥のように一列になって速やかに退場した。ロミオももちろん縄を引かれていっしょに出てしまったので、いまや舞台の上にはただひとり、パリス伯爵が残るだけだ。まわりに誰もいないことを確かめると、観客に向かって仁王立ちし、胸に手をあて、

「心やさしい？　私が？」

高らかに笑いだした。そうして長々とした独白をはじめた。

「とんでもない過大評価だ。狼をつかまえて羊だと言うよりも、乞食をつかまえて聖人だと褒めそやすよりも、もっとずっと愚かしい買いかぶりだ。何しろ私はロミオをまんまと奸策に落とし込んだのだからな。ロミオが若気の至りでバルコニーから侵入したと聞くや、私はすぐに通報し、警吏たちを呼びよせて逮捕させたのだ。もちろん彼らにはふだんから裏でたっぷり金貨を与

えているから、いざという時には、見ろ、このとおり、手飼いの犬とおなじように熱心に働いてくれたではないか。強姦者の薄汚れた言いわけだの何だのと頭ごなしに非難したのも悪くないアイディアだったしな。いや、彼らだけじゃないぞ、三人の魔女だってそれに劣らぬいい仕事をしてくれた。あらかじめ買収しておいてよかったよ。彼女たちはいまごろ、どこぞで昼寝でもしているはずだ。王にお伺いを立ててなんかいない。適当なころあいを見てここへ戻り、判決を言いわたす手筈になっているのだからな。そして判決の内容はもちろん前もって私から言い含めてある。すなわちロミオがどんなに弁舌さわやかな申しひらきをしようと最初から無駄だったというわけだ。あるいは私がどれほど弁護しても結果に変わりはないというわけだ。言うまでもないことだが、王にはこの件について何ひとつ知らせてはいない。陰謀はどこまでも闇のなかで行うのが上策というわけさ。ふん、王だと？　あんな男、英邁とか名君とかいろいろ呼ばれているけれど、私に言わせればただの騙されやすい一市民にしかすぎないね。いやいや、これは恩知らずな発言だったかな？　何と言っても、私がこうして計画どおりロミオといういちばんの邪魔者をほうむり去ることができるのは、いくばくかの金貨と忠実な協力者たちを除けば、ほかならぬその善良無能な王様のおかげなのだものな。実際、危ういところだったよ。ジュリエットに心から愛されている若者などにしゃしゃり出てこられては、私のほうの結婚話が台なしになってしまうから。何？　どうして台なしになるかだって？　知りたいのか？　教えてやろう」

　と、鼻の下の金色の付けひげをぱりぱりと毟《むし》り取って、

「ほんとは女だからよ」

客席から驚きの声があがった。そう、演じていたのはセバスチャンではなく、じつはその双子の妹ヴァイオラだったのだ。

『男装はお手のものでしょう？　はじめてじゃないんだ』

と心のなかでつぶやいた。彼女はまんざらでもなさそうな様子で（と感じられるのは作者のひいき目かもしれないけれど）客席の声に耳をかたむけて見せ、

「何ですって？　どうして女のくせに女と結婚しようとするのかですって？　決まってるじゃない、お金のためよ。名目だけでもジュリエットを妻としておけば、夫のものは夫のもの、妻のものも夫のもの、したがってあの富豪キャピュレット家の財産をごっそり奪う足がかりが得られるというものだからね。まあ、結婚が成立したらジュリエットは用済みになるわけだから、あとは飼い殺しにするほかないでしょうね。十年前の小麦といっしょに黴《かび》くさい地下蔵にでも押し込めておこうかな」

二階席のどこかから野次が飛んだのに敏感に反応して、

「うるさいわね！　考えてもみなさいよ、金持ちの出身じゃなかったら、あんな乳くさい娘をいったい誰が嫁にもらおうなんて思うわけ？」

憎々しげにやり返した。このへんの即興の巧みさ、さすがヴァイオラだ。それだけではない、ほかにも容姿の美しさといい口跡の鮮やかさといい、いずれロンドンへと拉致して座付の女優に仕立てようかしらん、などと女衒《ぜげん》じみた考えをなかば本気でめぐらしていると、舞台の左側から、

「判決が出たぞ！　王の公正な判決が！」

と呼ばわりつつ魔女たちがふたたび登場してきた。それに応じ、右側からもすぐに五人の警吏がロミオを連れて駆けてくる。ヴァイオラはあわてて付けひげを鼻の下に貼りつけ、男のパリス伯爵を装いなおした。魔女のひとり（オーシーノ公爵）が客席に相対して立ち、

「王いわく」

と前置きしてから深呼吸した。この瞬間、舞台の上の役者はもちろんのこと、平土間や桟敷席につめかける観客全員がさっと居ずまいを正したのを私はたしかに見てとった。あたかも本物の王様からの申し下しに接しているかのような雰囲気が支配したところで、魔女が口をひらいて、

「警吏たちの訴えを全面的に正しいものと認める。すなわち、モンタギュー家のロミオが家宅侵入および強姦未遂にあたる行為をなしたことと断定する。しかし実際のところ、それと同じくらい、いや、むしろそれ以上に罪ぶかいのは、土壇場に及んで見苦しい弁解をし、あまつさえパリス伯爵に保身の手助けすらさせたということだった。紳士の風上にも置けない卑怯な振舞いであると同時に、まこと、改悛《かいしゅん》の情をいちじるしく欠いた態度であると非難せざるを得ない。将来における善導も不可能と思われるため、余はここに極刑を申しわたすに躊躇せざるものである」

「極刑！」

ロミオは跳びあがってそう叫び、麻縄で縛られた身体をはげしく痙攣させたかと思うとあおむけに倒れて伸びてしまった。警吏たちはもはや気を失った哀れな少年など気にもとめず、喜びの表情で握手しあうばかり。桟敷席のどこかから小さな反論の声がもれた。魔女はつづけてパリス

伯爵に向かい、

「王はお前のことをたいへん褒めておられたぞ。前代未聞の悪人にさえ情けをかけようとする宏量はまことに天晴れであり、むしろお人好しの度がすこし強すぎるのが心配なくらいだが、いずれにせよお前のような男のところへ嫁ぐジュリエットが幸福であることは間違いないと」

魔女がにやりと笑って見せると、パリス伯爵もおなじ笑みを返して、

「肝に銘じます」

この陰湿なやりとりに対しては先ほどよりも大きな不満の声がそこここから投げられる。かなりの不評だ。しかし警吏たちはむろん意に介さず、死体のようなロミオをずるずる引きずって意気揚々と退場する。つづいてパリス伯爵も甲高く笑いながら三人の魔女といっしょに退場したので、舞台の上には誰もいなくなった。玉座もすばやく持ち去られた。これで第三場はおしまいだ。休むことなく第四場へと突入することになる。

『いよいよ』

身のひきしまる思いがした。第四場において喜劇はいよいよクライマックスを迎えるのだ。と同時にそれは私の作戦のいちばんの山場でもある。神よ、どうかお力を。

第四場、広場。

舞台のまんなかの、先ほどまで玉座のましましていた場所に、こんどは別の大道具がどんと置かれる。四本の角材を長方形のかたちに組んで立ちあがらせ、上から縄を垂らして輪のかたちに結んだ装置——絞首台だ。余談だが、これを調達するのには案外と苦労した。実物がどこにもな

いと聞いて唖然としたので、急遽《きゅうきょ》、船大工たちに頼みこんで拵《こしら》えてもらったのだ。何しろイングランドやスペインとは違い、この国ではこんな剣呑な刑具など使う必要がいちども生じたことがないのだという。そんなわけで私ウィリアム・シェイクスピアは、不名誉なことに、まことに不名誉なことに、イリリア史上、絞首台を用いた最初の人物ということになってしまった。
誰もいない舞台にひとりの男があらわれた。首の皮がたるんでおり、腹がでっぷりと突き出ている。聞くにたえない濁声で、

　ここは広場のまんなかだあ。
　まわりは黒山の人だかり、
　みんな死罪が大好きなのさ。

いいかげんに歌いながら歩いてきて、絞首台のかたわらに立つと、

　俺は死刑の執行人だあ。
　ロープを引くのは嫌だけど、
　誰かがやらなきゃいけない仕事。

男の顔はわからない。顔の上半分をすっぽりと覆う、謝肉祭《カーニヴァル》ふうの仮面をつけていたためだ。

極端に大きな鉤鼻《かぎばな》がそこからにょっきり突き出ている。仮面が悪魔のように黒々と塗りつぶされていたり、仮面のそとに曝《さら》された唇がやはり黒々としたひげで囲まれていたりするのが禍々しい気配をかもし出しているので、こんな格好で街へ出たらどんなお祭りもぶち壊しになることは間違いない。さっそく客席から、

「ひっこめ！」

とか、

「役人デブ！」

とかいう野次が飛ばされる。これにはちょっと驚かされたけれど、役柄といい姿立《いでた》ちといい、彼はここへ嫌われるために登場したのだから、こんな現象はむしろ歓迎すべきであるわけだ。おまけに、野次をすぐさま受けて立ち、

「うるせえ、金玉野郎！」

だの、

「貴様のぶんの縄もあるぞ！」

だのと、つばを飛ばして言い返したのも頼もしい。じつを言うと私はあらかじめこの役者に、客をうんと怒らせろと指示しておいたのだ。もっとも、何とか野郎だなんて下品な言葉づかいをしろとまでは口頭でも台本でも指示しなかったはずだが。彼はちょっと顔をうつむかせると、平土間のほうに向かって舌を出して見せ、

「お前らが何と言おうとロミオは死ぬんだよ、ほれ！」

　舞台の左側を指さした。すると先ほどの警吏たちがロミオを引っ立てて登場し、手際よく五人がかりで持ち上げて絞首台の上にころがした。ころがされた哀れな少年はいまや服をぼろぼろに破られ、顔じゅうに痣《あざ》をつくられ、猿ぐつわまで嚙まされて、悲痛な呻きのほかのどんな声をも発することができない。体軀のいちばん大きい警吏5ががっちりとロミオの頭をつかんで縄の輪っかにさしこんだ瞬間、桟敷席のどこか（二階席か）から若い女性の悲鳴があがった。刑吏は黒いリボンの結びつけられたロープに手をかけて、

「俺がこれをぐいと下げれば、そこの輪っかは罪人の首をぎゅうと絞めつつ空中へと跳ねあがるっていう仕掛けさ。便利なものが出来たもんだよ。せーの」

　と掛け声をかけつつ腕に力を込めようとしたそのとき、

「お願い、やめて！」

　ジュリエットが飛んできた。涙ながらに、

「その人を殺さないで！」

「もう諦めろ」

　という声とともにパリス伯爵がゆったりと胸をそらして登場し、ジュリエットの背後にそっと寄り添い、肩に手を置き、神妙な顔つきで、

「私もいっしょうけんめい弁護したのだが、許してほしい、しょせん王のご命令には逆らえぬ身なのだ。しかし、ほら、今日はめでたい婚礼の日ではないか。涙をお拭き。過去のことはきれいに忘れ、夫婦ともども輝かしい未来へ向かって歩み出そうじゃないか」

と優しい言葉でいたわってから、観客に向かって舌を見せ、

「ほんとうに輝かしいのは私の未来だけ」

そう独白した。刑吏がちょっと仮面のずれを直してから、

「奥方はどうやらこの処刑がお気に召さないらしいな。俺の仕事の邪魔だけはしないよう、しっかり捕まえておいて下さいよ」

「心得た」

パリス伯爵はそう言ってジュリエットの腕をがっちりと握りしめた。

「それじゃあ、せーの！」

と刑吏がふたたび怒鳴ってロープを引こうとすると、先ほどよりもいっそう大きな悲鳴がこんどは一階席から飛びだした。あわてて手をとめ、

「ずいぶん好かれてるんだな、死刑囚のくせに」

「何をしてる、とっとと殺しちまえ」

としわがれ声で呼ばわりながら、次に登場したのは三人の魔女だ。刑吏はロープから手を離し、首をかしげて、

「なあ、本当にあの英邁な王様がこんな判決を下したのか？」

「下したよ」

と即答して、魔女たちはこれ見よがしに不吉な歌をまた歌いだす。

　　きれいは穢ない、穢ないはきれい、
　　霧とけがれのなかを飛ぼう。

「俺はロープを引くべきか？　引かざるべきか？」

　刑吏はそう自問すると腕を組み、その場をせかせかと往復しはじめた。絞首台の上のロミオが何とか首だけでも輪から抜こうとして身もだえするけれど、五人がかりで取り押さえられているのでどうにもならない。猿ぐつわ越しに、む！　む！　という哀訴の声がむなしく響いた。罠にかかった仔鹿さながらのこんな無力な姿を見るや、ジュリエットが髪の毛をふりみだし、

「ロミオ！　私の愛する人！」

　と絶叫して駆け寄ろうとするけれど、やはり背後からパリス伯爵にがっちりと羽交い締めにされたので一歩も近づくことができない。

「離せ！　離せ！」

　ドレスの着くずれも気にせず獣のように吠える様子は発狂したも同然だ。魔女たちの厭わしい歌声と、ロミオの呻きと、ジュリエットの金切り声とが渾然とまじりあい、舞台の上は異様な雰囲気に支配されている。その禍々しくも痛ましい有様は、まさしく灰色にけがれた霧のようなと形容するにふさわしかった。

　物語は急所にさしかかっている。

『どうかうまく行きますように』

そう念じた。どうか劇場の空気がいっそう不穏になりますように。どうか観客の不満がいっそう高まりますように。どうかロミオとジュリエットの恋があたたかい同情を得ますように。その反作用として、どうか悪役たちが心の底から憎まれますように。そして何より、どうか観客が胸のうちを爆発させて劇中の物語に干渉してくれますように。どうか。どうか。

「ま、王の命令なら仕方がないな」

刑吏がいよいよ行動を起こした。すなわち、何《なん》にも考えていないような口ぶりで軽々しく自分にそう言い聞かせ、歩いて絞首台のかたわらに戻り、黒いリボンの結ばれたロープに手をかけたのだ。力のかぎり引き下げようとしたその瞬間、三度目の悲鳴があがった。いいぞ。刑吏は拳をふりあげ、地団駄ふんで怒号した。

「黙りやがれ、外野！　野次馬！　烏合《うごう》の衆！　お前らは一部始終を見てたんだろ？　なら分かるだろうが、手ばやくロミオをあの世へ送りこみ、それと同時にジュリエットを伯爵家へと送りこむのが王のいちばんのお望みだってことを。何か文句あんのか？」

客席からの反応はない。もういちど、

「ほら、どうした、何か文句あんのかよ？」

文句は出ない。

悲鳴もあがらない。

恐ろしい、あまりにも恐ろしい静けさが劇場ぜんたいを覆いつくした。

おお。最悪の反応だ。

『誰でもいい、挑発に乗ってくれ』
平土間のうしろから歯を食いしばって念じた。念じて念じて念じぬいた。頼む、静かにならないでくれ。怒りをおもてに表してくれ。ありったけの不満をぶちまけてくれ。悲鳴をあげろ。野次をあびせろ。劇の世界へ飛びこんで来い。

しかし悲願はむなしかった。

『どうして何も言わないのだ？』

焦りながらも頭脳をめまぐるしく回転させて理由を分析した。この沈黙の意味するところは要するに、ことさら何か言おうと思うほど観客はロミオとジュリエットに感情移入してはいない、ということに違いない。言い換えるなら、この劇はしょせん架空のお話にすぎないのさと見切りをつけられてしまったということだ。なぜだろう。役者の演技が下手くそだから？　物語が平凡だから？　せりふが面白くないから？　分からない。もちろん私はそんな批判を避けようとせいぜい努力したつもりだ。演じかたの基本はひととおり教え込んだし、ストーリーは上演時間の許すかぎり複雑なのを組みあげたし、ましてやせりふは劇の命だもの、台本をくりかえし読んでぎりぎりまで手を入れたことは言うまでもない。しかしいくら力をつくそうとも、結局のところ、役者が素人ばかりという厳しい条件をくつがえすのは無理だったのかもしれないと省みて思う。劇作家がどれほど机の上でせりふを練りこんだところで、それを客席に届けるのは彼ではない、舞台の上の役者なのだから。

いや、責任を転嫁しなくてもいい。そもそも総監督たるこの私が、努力したとは言いながら、無意識のうちに今日のお客さんを甘く見ていたのかもしれないのだもの。どうせ観劇なんてはじめて経験する連中ばかりだろう、見巧者《みごうしゃ》なんか一人もいないだろうと高をくくって臨まなかったとは断言できないのだ。私のせいかも……馬鹿な。もうやめよう。逆説的なことを言うようだが、原因の分析など結果論にすぎない。目の前の現実を更新するどんな力も持ちはしない。観客をこれ以上ゆり動かす方法はもう何ひとつ残っていないのだ。あらかじめ用意しておいた策はみんな繰り出してしまったのだから。今度こそ喜劇は悲劇へと変じたのだ。私にとっての悲劇に。イリリアにとっての悲劇に。そして何より、喜劇にとっての悲劇に。

胃がふたたび刺すような痛みを発した。思わず吐きそうになり、あわてて手で口をおさえた。心の緊張もどうやらクライマックスを迎えたらしいなと思うと自分がいっそう情なくなる。

『ロミオを笑えないな』

自嘲せざるを得なかった。開演直前、ロミオをこっそり舞台裏に呼びだして激励したとき、彼もおなじ状態におちいって苦しげだったのを思い出したのだ。あのとき私は、

「私にも仕事があるのだ！」

なんて大見得を切る資格はなかったのだ……いや、待てよ。

本当にないか？

資格が。仕事が。あるではないか。どうしてこんな簡単なことに気づかなかったのだろう？

派手な爆発がほしいなら自分で点火すればいいではないか。誰も口をひらかないのなら私が口をひらけばいいではないか。それが仕事だ。計算している暇はない。すぐさま両手で口もとを囲ん

で拡声器がわりにし、生まれてこのかた出したことのないほどの大きな声で、

「ロミオを殺すな！」

しーん。

変わりなし。

『やはり駄目か？』

と思いつつもういちど声をあげようとした瞬間、平土間のスペイン兵のひとりが立ちあがり、舞台に向かって、

「そうだそうだ！」

となりの男も立ちあがって、

「金の亡者！」

兵士というよりはむしろ純朴な農夫といった感じの大男のこの罵声がきっかけになった。まず残り二十二人のスペイン兵たちが同調し、総立ちになって拳をつきあげた。と同時に、まわりの桟敷席からも大きなどよめきが盛りあがり、結果として劇場ぜんたいが悪罵の巨大な波で占められることとなった。

「賄賂をもらってるくせに！」

「ひっこめパリス！」

「ほんとうは女なんだぞ！」

「嘘つき！」

「ジュリエットは騙されてるんだ！」

「結婚は財産めあてだぞ！」

右から、正面から、左から、平土間から、一階席から、二階席から、大波がつぎつぎと舞台に向かって叩きつけられる。魔女たちは歌をやめ、顔をまっ赤にして、

「黙れ、お前らに何が分かる？」

「散れ、愚昧な大衆どもめ！」

そこへ例の太った刑吏も参戦し、平土間のスペイン兵たちに向けて、あるいは桟敷席のイリリア島民たちに向けて、

「仕方ないだろ、命令なんだから！」

にはじまる反論を遠慮なく展開した。その言葉がまた聞くに堪えない呪いの文句だったり、品位を重んじる私としてはとてもここには記せないような卑猥な中傷だったりしたので、観客の悪罵もまた旧に倍して大きくなる。大きくなるから魔女たちは対抗のためますます盛んにやり返さなければならない。こんな悪循環はもはや舞台と客席のあいだの空気をとめどなく険悪にするばかりだ。娯楽性は完璧に無視され、国際親善の意図は徹底的に踏みにじられている。考え得るかぎり最悪の事態だった。私の目論見にとっては、

『最高の事態だ』

雀躍《こおど》りして喜んだ。

『成功！』

その百パーセントの確信を得た。胃の痛みなどどこかへ吹き飛んでいた。抗議の声がちょっと途切れる瞬間を狙って、

「王様に聞けよ！」

一声《ひとこえ》あげた。その瞬間、客席のあちこちから、

「そうだ！」

「王がいるぞ！」

「じかに尋ねてみろよ！」

などと声があがったので、刑吏は反論をやめ、ぽんと大げさに手を叩いて見せ、

「その手があったか」

と言うや否や、平土間のいちばん前に座を占めていた、ただし部下たちの手前があるのでいちおう起立するだけはしていた分隊長イアーゴに向かって、手をさしのべた。こんどは私がこっそり近づいて背後から手を貸してやる必要はなかった。イアーゴが、ふたたびお出ましを願われることを予想していたのだろう、誰の手も借りず舞台にみずから手をかけてよじ登ったからだ。たいへん結構、と私は思った。今回の私はもうすこし後になってから舞台の手助けをしたい。それまではこの場にとどまりたいのだ。

舞台のまんなかのいちばん目立つところに彼がすらりと立ちあがると、客席がいちだんと騒がしくなった。ことに平土間のスペイン兵たちの喜びようといったら大変なものだ。猿のように跳びはねたり、荒々しく拍手したり、数人して肩を組んで声をそろえて、

「王のお出まし！」

と熱い声をかけたりしている。舞台の上では、刑吏がイアーゴのかたわらに立ち、頭を低くして、

「お尋ねしたいんだが、王様、私はあの絞首台のロープを引いても本当にいいんですかね？」

しかしイアーゴはそんな質問になど耳をかたむけず、笑みを満面に浮かべたまま二階席からの声援に手をふって応えている。まるで当代一の俳優のように。刑吏は袖を引いて、

「ちょっと、ちょっと聞いて下さいよ、王様」

「ん？　何だ？」

「本当にロミオを処刑しろと命令なさったんですかい？」

王はもちろん、

「していない」

と即答する。そのとたん沸きあがる賞讃の声がイアーゴをほとんど失神せんばかりの陶酔へと導いたことは、赤みのさしたその顔つきからもはっきりと分かる。ちょうどそのころ、舞台のすみのほうではパリス伯爵および三人の魔女がひそひそ相談しあっていたのだが、この声明を聞くと血相を変え、声をそろえて、

「嘘だ。私たち一同、王のご命令をたしかにこの耳で聞いたんだ。聞いたんだ」

イアーゴは笑顔をひっこめ、声を荒らげて、

「何を申すか。お前らが勝手にこの王の名を騙《かた》ったのではないか」

また放たれる歓声。これに対して全面的に挑戦すべく、パリス伯爵、および魔女のひとりが進み出た。すなわち役者はヴァイオラとオーシーノ公爵であり、いまさら註するまでもなく、実生活では夫婦のふたりだ。考えてみると、いくら演技とはいえ、彼らはこの役を引き受けるのにかなりの勇気を要したに違いない。何しろ統治の対象である島民みんなの罵声をいちどきに浴びる役なのだもの。私はつくづく、この人たちと会えてよかったと思う。思いつつ、そろりと足をふみだし、舞台のほうへ近づきはじめた。いまこそ例の、船大工がガレー船のかたちに作りたてた木箱をがっちりと小脇にかかえて。

「王よ、あなたはどちらの味方なのだ？」

　舞台の上のパリス伯爵がほとんど非難するような調子でそう問いかけてから、わが胸を親指で指さし、

「私たちか？　それともこの」

　とこんどは客席のほうを手で示して、

「愚かな野次馬どもか？」

「愚かだと？」

　とイアーゴもおなじように客席を手で示して、

「よく覚えておけ、大衆ほど賢い存在はないのだ。民のこころは王のこころ」

　拍手がいっせいに噴きあがり、天空に浮かぶ白雲をまっすぐ穿《うが》った。パリス伯爵はたじたじとなり、刑吏に向かって、

「とにかくさっさとロープを引け。王はたしかに命令を下したんだ」

「下していない」

すっかり王になりきっているイアーゴがすぐさま断言すると、パリス伯爵も負けじと声をはりあげ、

「下した」

「下してない」

魔女たちも合流して、

「下した！」

「下してない！」

こんな激しい言葉が交わされるたび、刑吏はロープを握ったり、離したりを余儀なくされる。頭をかかえて、

「どっちが真実なんだ？　無学な俺には分からない……そうだ！」

いかにも名案がひらめいたというふうに膝をぽんと打ち、

「こんな情況を解決するいちばんいい方法があるじゃないか。おーい、ウィリアム！」

そうだしぬけに本名で呼びかけられるころ、計画どおり、私はすでに舞台の下へと到着している。足もとに置いた木箱の蓋をあけ、折目ひとつ刻まれていない紙を一枚、および黒のインクのたっぷり含まれた鵞ペンを一本、とりだして差し出した。頭上の刑吏がごとんと音を立てて片膝をつき、腰をかがめて受け取った。彼はすぐさま立ちあがってイアーゴのかたわらへ戻り、いそ

いそと書類を見せて、

「王様、ここにご署名を」

「何？」

「モンタギュー家のロミオが無実であること、したがって極刑の対象とはなり得ないことを王みずからの名で証明する旨、記されています。書式は完全、文章は満点。あとはお名前の直筆をいただければ、こんな水かけ論はみんな吹っ飛んじゃうというわけで」

　客席がふたたび火にかけられた鍋の湯のように沸きあがって、

「頭いいぞ！」

「お前は無学じゃない！」

「素晴らしい体格だ！」

　などと一転して刑吏を褒めたたえはじめた。王が――いや、イアーゴが、書類をざっと読みとおしたのだろう、驚きで目をいっぱいに見ひらいているのは当然だ。何しろ、客席からは判然としないけれど、その文面はじつはロミオの罪状うんぬんとはまったく関係ないことを証しようとしているのだから。本当はおよそこんな現実的なことが書かれているのだから。

　オーシーノ公爵殿
　私、スペイン帝国海軍地中海方面担当分隊長イアーゴは、過日、貴殿の統治にかかるイリリア国へと上陸いたしました。そうして貴殿の許可のもと、部隊を展開し、三名のイングランド兵を捕縛しかつ連行すべく、広域にわたって捜索してきたところであります。しかしこのたび、諸事情の変化を受け、この捜索活動の一切をただちに中止すること、および部隊をすみやかに撤収して貴国から退去することを約束いたします。

（署名欄）

実際の文章はこれよりもうすこし堅苦しい言いまわしを用いている。ちゃんとした代言人の検閲をへたからだ。もちろん本来ならば、スペイン側の分隊長がこんな書類にサインするなど断じて考えられない。それは任務の放棄であり、かつ主君フェリペ二世に対する紛れもない背任行為にあたるのだもの。しかし舞台の上でこんなふうにお膳だてが整えられてしまってはどうだろう？　それでもやはり書かないぞと断りきれるだろうか？

イアーゴはいまや顔をすっかり蒼ざめさせ、狼の前でおびえる兎のように唇をぶるぶる震わせている。心のなかではもう王様の役割など忘れて素《す》に戻り、ただの軍人として、罠にまんまと嵌められたことを悔やんでいるに違いない。劇のはじめにちょっとだけ出演して喝采をあびたのは、じつは単なる余興ではなかったのだと気づいて慚愧《ざんき》しているに違いない。もう手遅れだ。舞台の上ではいつの間にか、オーシーノ公爵や、ヴァイオラや、ロミオや、ジュリエットや、ロレンス神父や、五人の召使いや、そのほかすべての役者たちが彼をぐるりと取りかこみ、ペンを執るのを待ちかまえている。いや、それより何より、私のうしろに控える三百人の観客たちが、いまかいまかと待ちかまえている。彼らの期待はもはや最高潮にまで達しているのだ。おまけにイアーゴが、雰囲気にのまれて刑吏の手からようやくペンだけは受け取ったものの、なかなか署名しようとしないものだから、大衆はしだいに業を煮やし、

「早く！」

「何をぐずぐずしてるんだ？」

「命令なんか下してないって言ったじゃないか！」

などという激しい要求をあびせはじめた。やがて声はひとつに高まり、

「署名しろ！　署名しろ！」

三百人ぶんの声をそろえた一大号令と化した。

署名しろ！

署名しろ！

平土間のスペイン兵たちも、総立ちになったまま拳をつきあげてその声に加勢した。

もしここで王がサインせずに退場したりしたら、暴動へと発展することは間違いない。群衆はなだれを打って舞台へと殺到し、イアーゴを半殺しにしてでもサインさせるだろう。そんなふうに思わせるほどの迫力がたしかに劇場じゅうを支配していた。

　これが劇の力なのだ。これが観客という貪欲な怪物の真の姿なのだ。そして、そう、私はこの極度の興奮状態をつくりだすためにこそ、一昨日のお昼すぎ、台本をひととおり書きあげたあと、オーシーノ公爵の書斎へと押しかけて二つも無理難題をふっかけたのだ。すなわち上演の場所をこの中庭にしてくれと要求し、おふれを発してイリリアじゅうから観客を集めてくれと請願

した。深謀遠慮はみごとに的中した。もしも中庭で上演していなかったら観客の声はこんなに舞台へ集中しなかったに違いないし（たとえば前庭のような純然たる野外ではどんな声援もあっさり虚空へと散ってしまうだろう）、だいいち最初から大勢のお客がいなければ声そのものが貧寒として迫力を欠いたに違いない。したがって舞台の上のイアーゴがこれほど強い心理的圧力を受けることもあり得なかった。

もっとも、中庭や観客はたしかに私が用意したけれど、その中庭をこれほど沸かせ、その観客をこれほど熱々の雰囲気へと導いたいちばんの功績は、私ではない、公爵でもない、ひとえに分隊長イアーゴその人に帰せられるべきだろう。民のこころは王のこころ。名せりふじゃないか。あとでわが秘密のノートにもぜひ記入させてもらうこととしよう。

署名しろ！

署名しろ！

客席からの声はほとんど怒号へと変じている。進退ここにきわまれりと腹をかためたのか、イアーゴはやにわにペンをさらさらと動かしたかと思うと、

「サインしたぞ！」

右手をあげてそう叫んだ。

『よくある手だ』

舞台の下から見あげつつ私はそう思った。何も記していないのだ。書くしぐさだけ見せて「書いたぞ」と大げさに叫ぶのは、なるほど、書くことの表現としてどんな舞台においても普通にお

こなわれる一種のお約束には違いないけれど、それだけにこっちは想定ずみ。刑吏がすかさず客席に向かって書類をかざし、

「してませんよ、ほら！」

白くぽっかりと空けられた欄を指さして上下へ左右へとこれ見よがしに突き出した。観客はまた声をあげ、号令を繰りかえす。四方八方から砲弾の雨がふりそそがれるような狂騒ぶり。刑吏はにこにこ顔でもういちど書類をさしだし、

「ご署名を」

イアーゴは素直にペンを走らせ、

「今度こそサインしたぞ！」

両手をあげて絶叫した。

『小悪人め』

私はそっと首をふった。彼はたしかにサインしたのだ、自分自身のではない名前を。真下からだとはっきり見えるのだが、指定された欄にはマイケル・キャシオーとかいう別人の名が記されてある。どうせ気に入らない知りあいか何かなのだろうが、この土壇場でよくそんなつまらない知恵がはたらくなあと呆れざるを得ない。丸パンを買ったお釣りをちょろまかそうとする八歳の子供みたいに他愛ないこんな小細工ごときも当方は警戒していたので、刑吏はそれを細かくちぎり、ぱっと宙に散らしてから、またしても観客に向かって、

「お書き損じになった！」

私はすぐさま足もとの木箱からおなじ書類をもう一枚とりだして舞台の上にさしだした。刑吏は新しい書類をいそいそ受け取ると、舌なめずりせんばかりの楽しげな口ぶりで、

「ご安心くださいよ、王様、予備の書類は何十枚と用意してありますんでね」

署名しろ！

署名しろ！

客席からの号令はいっこう減じる様子がない。減じるどころか、声にあわせて足まで踏み鳴らしはじめたものだから、イアーゴどころか私まで耳がおかしくなりそうだった。にわか造りの舞台の板がびりびりと音を立てて震えていた。破られた紙片がそこに舞いおりると蚤《のみ》のように跳ねあがった。

劇場の興奮はもはや百年に一度の大洪水となって舞台にどっと押し寄せている。ノアの箱舟をさえ木端《こっぱ》微塵《みじん》に破壊するだろうその濁流は、額にみっしりと小粒の汗を貼りつけたまま恐怖のおももちで立ちつくすイアーゴを、棒きれでもなぎ倒すようにして呑みこんでいた。この事態を収拾する方法がひとつしかないことを彼はどうやら完全に理解したらしい。ことりと力なくつばを呑みこみ、三たび右手をさらさらと動かして——ついにサインした。正真正銘、本人自筆による、本人の名前を、くっきりと書きつけた。刑吏が手を打って喜び、

「これでロミオは助かった！」

その瞬間、怒号はそのまま喝采へと変わり、

「さすがは名君！」

「ありがとう！」

「男前だぜ、分隊長！」

次々とはじける絶讃の言葉に応じて左手はいちおう振りかえすけれど、その弱々しさは名君というより老君といった感じだ。刑吏はその場に片膝をつき、書類を私に手渡してから（あらためて目を通したが不備はなかった）、ふたたび立ちあがり、イアーゴの耳もとに口を寄せ、

「そしてロミオのほかにもうひとり、命を助けられた男がここにいるんだなあ」

平土間のほうからは見えないように一瞬だけ、黒い仮面をはずして見せた。その隠された正体は、何と——いや、もうとっくにご想像はついていることだろう。

「何者だ？」

イアーゴが尋ねると、刑吏はそっと名乗りをあげた。

「イングランド一の女たらし、サー・ジョン・フォルスタッフ」

そう。彼こそはイアーゴに追いかけられていた張本人、酒好きで女好きで猥談好きで、品位のかけらも持たないくせに女王陛下のあつい寵愛を一身に受ける騎士その人なのだ。俳優として起用するのはひじょうに危険なことだったが、しかし何しろ、刑吏役の人間にはまず何よりも下品な言葉のかずかずで観客を怒らせるという大任があったのだし、そして下品な言葉にかけては彼ほどの適任者はほかに考えられなかったから、一《いち》か八《ばち》か、あえて登場させたというわけなのだ。無謀と言えば無謀には違いないけれど、まあ事件のそもそもの発端がみずからの身の不始末なのだもの、本人にもこれくらいの危険は背負ってもらうのがむしろ当たり前というものだろう。な

お、私およびオーシーノ公爵の名誉のために、これはぜひとも附言させてもらいたいのだが、彼がはじめに舞台にあらわれたとき蛇みたいなガラガラ声で歌った歌（もしもあんな耳ざわりな音のつらなりを歌と呼べるならの話だが）は、一から十まで、彼自身の即興的才能の所産だった。したがって「ここは広場のまんなかだあ」だの「ロープを引くのは嫌だけど」だのいう間の抜けた文句は決して私の作詞によるものではないし、あの滅茶苦茶きわまるメロディも断じて公爵の作曲にかかるものではない。

　舞台の上のイアーゴは顎を落とさんばかりに驚愕し、顔をまっ赤にして何やら叫ぼうとしたけれど、しかし口をぱくぱくさせたきりで結局のところは何も言わず、そのままへなへなと座りこみ、うなだれて顔を覆った。そんな敗北者の脱力を、客席はむしろ成功者の感激ととらえたのに違いない、この日いちばんの拍手をもって報労とした。

　舞台の上にはいつの間にか、出演したすべての役者が横一列にならんでいる。もはや立ちあがることのできないイアーゴは無視することにして、一同、晴れやかな笑顔であちこちからの声援に応えている。ヴァイオラは手をふり、ジュリエットは投げキスをし、ロミオはそんな婚約者の様子を気づかわしげに横目で見ている。拍手はいつまでも鳴りやまなかった。

　何という素晴らしい光景だろう！　舞台の上の役者にとってこれほど嬉しいものがほかにあろうか。そしてもちろん、舞台の下の作者にとっても。もうおしまいだと思った瞬間もあったけれど、ともあれ『ロミオとジュリエットと三人の魔女』はこうして大団円をむかえた。華やかな喜劇にふさわしい幸福な結末をむかえたわけだ。おめでとう。ありがとう。

そして、私のイリリア島ですごす日々もまた、大団円をむかえなければならない。

第五幕

三たび海岸での夜あけ。ロレンス神父の旅行のほんとうの目的。ロミオとジュリエットの見送り。イアーゴとの交渉。大切な忘れもの。シャイロックの到着。オーシーノ公爵の見送り。ヴァイオラとの別れ。道化師フェステの闖入。出航。妖精パックとの約束。現実ばなれした空想。

翌朝、未明。

太陽の神はまだその神々《こうごう》しい姿をどこにも現していないけれど、しかしたぶんもう水平線のほんの下まで近づいているのだろうとは東の空のふんわりとした明るみからも容易に察せられるその時分、私はやっぱり例の海岸へと向かうべく、山のなかの小さな坂道をひとりで歩いて降りている。もはや格別、用事があるわけではないけれど、最後にもういちど眺めておきたい気がしたのだ。何しろこの島に滞在しているあいだ、夜と朝とのあわいに存するこの霊妙なひとときを私はそこで過ごすことが多かったのだし、したがって印象ぶかい思い出もいろいろ心にきざみ込まれているのだから。道化師用のまだら服をこっそり焼き捨てたこと。裸のジュリエットに誘惑されて逃げこんだこと。焼き捨てたはずのまだら服をさがして砂をあちこち掘り返したこと。恋に悩むロミオにあやうく斬り殺されそうになったこと。――突飛きわまる事件の現場を、あと一目だけでも見ておきたい。そんな感傷にとらわれたのだ。

けれども、浜辺へと降りた私がまず最初にしたのはもうすこし実務的なことだった。西のほうを向いて爪先で立ち、目を見ひらいて港の様子を確かめたのだ。あたりは暗いし港は遠いけれど、船のあるなしくらいは見て取れる。私が乗りこむべき帆船のシルエットは、どこにも浮かびあがっていない。

『乗り遅れたか？』

と一瞬ひやりとしてから、いや、まだ到着していないだけなのだと思い当たった。ほっとした。

『小心者め』

ひとりでに苦笑いが浮かんできた。出航時刻がまだかなり先であることは最初から知らされているのだもの、乗り遅れる気づかいなどまるで不要なのだ。それなのに不安のあまり早め早めにと行動を起こさずにいられないのは我ながら臆病だなあと呆れざるを得ない。私はときどき――南国の大らかな雰囲気のなかではことさら、自分のこんな性分が嫌になる。一種の北国根性なのだろう。

もっとも、それだけで話を片づけてしまうのは自分自身に対して不公平かもしれない。と言うのも、もし万が一、今日の船をのがしでもしたら、イリリアとヴェネツィアを往復する南北の定期船がこんど来るのは四日後なのだ。したがってヴェネツィアに到着するのも四日後になるし、徒歩で北上してアルプスを越えるのも、フランスを縦断した挙句カレーの港へたどり着くのも、そこからブリテン島へと渡るのも、みんな四日後になってしまう。それは堪えがたい遅れだ、私は一刻もはやく故郷へ戻らなければならないのに。けれどもまあ、出航時刻はきっちり決められているのだから焦ったところで仕方ないこともまた事実だし、私のいま立っているあたりからなら船が来れば間違いなく目にとめられることでもあるのだから、やはり当初の予定どおり、海でも眺めながら独りで感傷にひたることとしようか。

私は、砂浜を歩いた。ふたりの先客がいた。

「何という有様だ」

驚いて口に出した。海のほうを向いて並んで腰をおろしているのはいいとしても、そのまわりに素焼きの酒びんがごろごろ転がっていたり、肉や魚を焼いて食べるのに用いたと思われる木串がぽつぽつ撒かれていたりするのは眉をひそめさせるし、それより何より、

「おお、劇作家殿か」

振り向いて返事したのがロレンス神父だったのは予想外だった。神父のとなりに座を占めていたジュリエットの乳母もいっしょに振り返って私のほうを向き、欠けた前歯を誇示するみたいにして笑いかけつつ、

「飲むかい？」

酒びんを突き出した。手をふって断ると、ロレンス神父までもが、

「前もって酒酔いしていれば船酔いは免れるぞ。私の研究したところではな」

まじめくさって勧める。私はふたたび差し出された酒びんを突きかえし、神父に向かって、

「一晩じゅう酒盛りしてたんですか？　聖界の人間のくせに」

神父は照れくさそうにうなずいて、

「エレファント亭でふたりして飲んでたんだが、追い出されちまってな。無粋のきわみだよ、あんな早い時刻にもう店じまいとは。仕方がないから場所を変えてさらに飲んだ」

「こんなところで？　屋敷に帰ればよかったじゃありませんか」

「いろいろ事情があったのでな」

「乳母殿とデートでもありますまい？」

「まさか」

お前は悪魔に魅入られたと異端審問官から断じられでもしたかのように神父はあわてて否定した。となりの乳母が口をとがらせて、

「いつ押し倒してくれるんだろうと期待してるんだがね」

つぶやきながら焚火の灰をちょいちょいと木の枝でつつくのを無視して、

「デートでないなら、何のために？」

と聞いても神父は口をつぐむばかり。

「あなたはロミオの監視役なのでしょう？」

とさらに尋ねた口調がいっそうの厳しさ、ほとんど面詰《めんきつ》と呼んでもいいほどの非難がましさを含んでいたのは我ながら礼を失しているけれど、しかし私としては失望の感をどうしても拭いきれなかったのだ。宗教家としてはローマ法王をも瞠目せしめるほどの輝かしい業績を挙げており、なおかつ本草学者としても新しい有用植物をつぎつぎと発見しては迷える仔羊たちを実践的に救っているという高僧が、そうして私のような一介の旅人にすぎない人間のよごれた耳にすら届くような令名の持ちぬしが、実際はこんな不謹慎な男だったとは。こんな堕落した人間だったとは。

「違う」

とロレンス神父はすぐさま返事するけれど、私はそれを軽くいなし、

「否定なさらなくともよろしい。聞きましたよ、ロミオの父親にむりやり頼みこまれて旅行に同道したそうですね」

「そのとおりだが、ただし監視人としてではない。立会人としてだ」

「何の立会人？」

「結婚式の」

いきなり飛びだしてきた驚くべき言葉には絶句せざるを得ないけれど、神父がそれから明かした事実はもっと驚くべきものだった。そもそもヴェローナの名家の当主たちが可愛いわが子を、というのはつまりロミオとジュリエットを、旅へ出したのは、何かと相談したり協力したりの時間をいっしょに過ごせばおのずから互いの人格への理解も深まるに違いないと踏んでのことだっ

たのだが（そこまでは私もすでに知っている）、しかしじつは両親たちの思惑はそれだけに留まらなかった。すなわち彼らは、旅先のどんな辺鄙なところでもいい、どんな些細なきっかけでもいい、ロミオとジュリエットがわずかでも接近の兆候を見せたなら、すぐに手近な教会へと飛びこませて結婚式を挙げさせてしまおう、そうして後へ引けないようにしてしまおうという算段を立てていたのだ。こうなると思惑というより奸策と呼ぶべきで、私個人としてはずいぶん強引でせわしない話だなあと嘆じざるを得ないけれど、まあヴェローナの両親たちにしてみれば、

「挙式は故郷へ帰ってから盛大にやりましょう」

などとのんびり構えていたらまたぞろ若いふたりが喧嘩わかれしかねないと恐れたのに違いない。そして、ちょっと考えれば分かるとおり、こんな計画を実行しようとするならば当然、若者たちの旅には神父をひとり同道させなければならないし、しかもその神父はそうとう高名でなくてはならない。何しろ、旅先のどこにおいても、教会の軒先を借りて神聖な誓いの儀式をとりおこなうことが求められるのだから。私はかねがね、ロミオがいくらお金もちの御曹司とはいえ、単なる物見遊山にどうして余人ならぬロレンス神父をわざわざ伴うに至ったのか不思議だったのだけれど、これでその謎がすっかり解けたわけだ。そうして、

「私たちが一晩じゅうここで飲んでた理由もこれで分かったでしょ？」

と乳母が聞いてきたので、ついうっかり、

「はあ？」

と生返事してしまった。二人ともにやにや笑いながら私の戸惑いぶりを眺めている。私はよう

やく気づいて、

「あ」

と短く声をあげた。そうか。このふたりの真の目的はつまり飲むことそれ自体ではなく、むしろ屋敷を空けることにあったのだ。一晩じゅうロミオとジュリエットを二人きりにすることにあったのだ。昼にお互いの愛をしっかりと確かめあった若いふたりが、そうして夜ふけに同行の大人の目からとつぜん解放された若いふたりが、大きなベッドのついた部屋で何をするかは想像に難くない。大観客から無観客へ。つまり、そういう情況へと彼らを導くためにこそ、邪魔者たちは浜辺で夜をあかしたのだった。ロレンス神父があきれ顔をして言った。

「気づくのが遅すぎるぞ、俗界の人間のくせに」

「すいません」

私は頭を掻くほかない。いやはや、大したものだ。両親とか名僧とかいう連中はもっと若者たちの貞操について厳格な考えを持つものとばかり思いこんでいたし、実際のところ、ウィーンの街には、婚前交渉をおこなっただけで死刑を言いわたされた哀れな紳士もいると聞くが、そういう態度は、どうやら南の国では厳格というよりはむしろ無粋として受けとめられるものらしい。もっともこの場合は、モンタギュー家とキャピュレット家のほとんど異常なくらいの仲のよさに負うところも大きいのだろうけれど。

「ロミオ様はどんなふうにジュリエット様のお肌をお撫でまわしになったのかねえ」

乳母がそんな慇懃かつあけすけな言いかたをして目をほそめ、うっとりと、

「私が男ならまずあの愛らしい野いちごのような乳首を――」

「ちょっと、ばあや！」

背後から声がしたので振りかえると、ロミオとジュリエットが寄添いながらこちらへ歩いてくるところだった。砂をふみつける軽やかな音がはっきり聞こえるところまで近づいていたのにぜんぜん気づかなかったのは、単なる不注意のせいか、それとも話に夢中になっていたせいか。

「変なこと言わないでよ」

ジュリエットはいつもとおなじ言葉で叱りつけるけれど、その声があたかも蚊の鳴くようにかぼそかったり、顔がまるでトマトの果実みたいにまっ赤だったりと常にも似なかったのは、話題の性質をおもんぱかれば無理もない。もっとも、そのくせ両腕をひしとロミオの片腕にからませているあたり、正直と言うべきか、自己矛盾と言うべきかは判然としないけれど。

「見送りに来ました、ウィリアム」

ロミオが声をかけてきた。かつては剣をふりまわすことばかりに用いられていた彼の右腕は、いまもしっかりと鞘の上に置かれてはいるが、しかしそれはいつでも戦いに臨まんとする配慮の故というよりは、むしろ、美しい少女をぶらさげるという幸運を得た左腕があんまり羨ましいので自分もどんな相手にでもいいから無聊をなぐさめてもらおうという切願の故であるように見えた。とは言ってもその手はゆうべはずいぶんいい思いをしたはずで、いったい、

『どんなふうに』

とついつい具体的に想像してしまうあたり、私も乳母のことは責められない。

「あなたと会えてよかった」

ロミオが晴れやかに手をさしだしたので私はあわてて想念を現実世界へと戻し、ありがとうと返事しつつそれをしっかり握りしめた。握りながら、ふと、

「役者を卑しいと思うかな？」

と問いかけるオーシーノ公爵の声を思い出した。あれは……そう、ロミオがここに到着した日、晩餐の席において発せられた問いだ。これに対してロミオはたしか、

「卑しめ、と父には教えられました。しかし僕はまだ役者というものをこの目で見たことがないので、正直なところ、態度を決めかねています」

というような返事をしたのではなかったか。そうだ。この際だからその態度をこの場でちゃんと決めてもらおう。私はそんなふうに興を起こし、なかば冗談のつもりで、

「いまなら役者をどう評価する？　父親の言いつけを正しいと思うか？」

「とんでもない、自分もそのひとりなのに」

ロミオは大げさにかぶりを振って見せ、

「舞台の上では本当にいろいろなことを学びました。今後、僕自身はもう舞台に立つことはないだろうけど、いまの僕にとって、役者はあらゆる職業のなかで二番目に尊敬すべき職業です」

「一番は？」

私が尋ねると、ロミオはにっこり微笑んで、

「役者あがりの劇作家」

身体じゅうを温かい水でみたされたような気がした。胸がつまって何と答えていいか分からないまま時間がむやみと流れていった。本来ならば、こんな不自然な沈黙の壁をやぶるのは年上である私の役割なのに、このときばかりはロミオのほうが口火を切り、となりの恋人に向かって、

「ジュリエット、君も挨拶を」

と優しく会話の権利をゆずった。こんなふうに機転をきかして私を救うとは、そしてジュリエットの面目をも立てるとは、昨日までの彼にはとうてい考えられなかったことだ。男子はたった一晩ですっかり変わることができるのだ。

「お別れですね」

ジュリエットが握手しながら言った。身体つきから声色まで、何もかもひとまわり成熟したように感じられる。女もまた一晩ですっかり変わるものなのだ。けれどもそれは、私をむしろ嫉妬の情へと突き落としたこともまた認めなければなるまい。お別れですね。それだけ？　もっと情熱的なせりふは思いつかないのか？　私にあれほど夢中だったくせに。処女まで捧げようとしたくせに。いいか、私の目はその服の下にひそむ美しさを余すところなく知ってるんだぞ。そうぶちまけてやりたい衝動に駆られたけれど、そうしたところで彼女はしょせん私を恋していたことなんか忘れているわけだから、単なるいやらしい男のいやらしい妄想としか受け取らないに違いない。私は小さく溜息をついて、

「お別れだね」

と返事したが、しかしいくら何でもこれきりでは無愛想にすぎるなと思いなおし、ちょっとし

た冗談くらいは飛ばそうかと頭脳をあれこれ回転させた。けれども彼女ときたら海のほうを指さして、

「船が来ましたよ」

と努力をみんな台なしにする。海面にちょこんと浮かぶ一隻の帆船がこの白浜からもはっきりと見てとれるのは、もちろん太陽の神がその神々しい姿をすでに隈なく現しているからであり、したがってジュリエットが悪いわけでは決してないのだけれど、それにしても……ロミオよ知れ、恋とははかないものだと。船が来ましたよ。それが彼女からの最後のはなむけの言葉だとは！

ともあれ、船が来たからには私は港へと向かわなければならない。嬉しいことに、みんなで出航までお見送りしましょうということになったので、私たち五人はならんで歩きだしたのだが、歩くうち、胸のなかが何やら黒い霧のような違和感でじんわりと覆われはじめた。

大事な忘れものをしている。

何だろう？　荷物ではない。日記帳やら衣裳やらをいっぱい詰めこんだ長持《カツソーネ》ではない。出航時刻にあわせて運んで来てもらうよう、公爵の召使いたちとすでに話をつけているからだ。ならば何を忘れている？　身ひとつで乗船すればいいはずの私は、いったい何をイングランドに持ち帰らなければならない？　いろいろ探してみたけれど思い当たらないので、ロミオが、

「僕たちも帰国することにしたんです」

と話しかけてきたのを機に、いったんその件について考えるのを中断することにして、

「ほう。いつ？」

「四日後のヴェネツィアゆきで」

　有名な水の都からほんのすこし内陸へはいり込んだところに彼らの故郷はある。四日おくれで出発しても、私がストラトフォードへ着くよりはずいぶん早く到着するに違いない。それなのに、

「せっかちな話なんです。神父様はここで結婚式を挙げてしまえと」

　ロミオがそう打ち明けた瞬間、神父はロミオの向こうから、こっそり人さし指を唇にあてて見せた。黙っててくれよ。私はわずかに唇のはしを歪めて笑いを作り、それによって了解の意思を伝える。

「イリリアの聖職者とはもう話をつけてあるらしい。手際がいいなあ、神父様は」

　とロミオが苦笑しながら、しかし満更でもないような口ぶりで言う。するとロレンス神父は、

「イアーゴ氏ほどじゃないさ」

　港のほうを指さした。

　そう。手際のよさという点ではたしかに彼のほうが一枚上手と言えるかもしれない。何しろ、昨日までは港のまんなかを我がもの顔で占めていた堂々たる軍艦を、いまや魔術師のように跡形もなく消し去っているのだもの。このあたりを荒らしまわったという伝説の海賊バーガラスでさえこんな早業は不可能だったに違いない。もちろんこっちは、夜あけ前にイリリアを引き払えなどという血も涙もない要求をつきつけたわけではないのだが、しかしどうやらイアーゴは、よほ

ど早くこの忌まわしい島から足を抜きたかったらしい。無理もないことだ。

　昨日の午後、喜劇がハッピー・エンディングのうちに幕を閉じたあと、私たちはイアーゴを舞台の上からそのままオーシーノ公爵の書斎へと連れこんだ。連れこむというよりはむしろ、むりやり引きずりこむというほうが正しかったろう。何しろ、書類にサインしたあとの彼はもはやすっかり放心していたのだもの。その気の抜けぐあいときたら、舞台からの去りぎわ、配下の兵士たちに対して、

「ひとまず宿で待機せよ」

　と命じた声すらふわふわとして迫力を欠くほどだった。そんなわけだから、オーシーノ公爵が、

「まことに申し訳ない。私としてはこうするほかなかったのだ」

　書斎へ足をふみいれて執務机のうしろに立つや否や、そう言って頭をさげたときにも、イアーゴは茫然自失という名の淵からいっこう浮かびあがる様子を見せない。何とはなしに中空を見つめたまま、譫言《うわごと》みたいに、

「あれは……あの紙はどこに？」

「あなたの手の届かないところに」

「あんな書類に署名したことが本国にばれたら……私は……私は……」

　と切迫の度を深めるイアーゴのとなりに立ち、

「ま、クビだわな」

鼻の穴にぐいと人さし指をつっこみながら軽々しく洩らしたのはフォルスタッフだ。イアーゴは真蒼《まっさお》になり、胸ぐらをつかんで、

「お前のせいだ！」

「何しやがる！」

子供みたいに殴りあおうとする追跡者と逃亡者（いまとなっては立場がすっかり逆転してしまったけれど）を、私とセバスチャンがあわてて引き離した。私はフォルスタッフのほうを制止すべく背後から抱きついたのだが、しかし腹があたかも巨木のように迫り出していたため、両手を結ぶことができない。やむを得ず方針を変更して、彼のぶよぶよした太い両腕をとり、羽交い締めにすることにした。そのころには相手方のイアーゴもやはり伯爵にがっちりと羽交い締めにされて行動の自由を奪われている。

「落ち着きなさい！」

と背後からセバスチャンに一喝されたとたん、イアーゴはその場にがくんと膝をつき、

「帰れない。もうスペインには帰れない」

すすり泣きをはじめてしまった。

実際のところ、これは必ずしも取越苦労ではないと思う。考えてもみよ、これまで何度も述べたとおり、そもそも三人のイングランド兵をさがし出せというのはスペイン国王フェリペ二世じきじきの命令だったのだ。その貴い意思を、たかだか現地に派遣された一分隊長が、みずからの一存でくつがえしたばかりか、正式な書類まで置き残してきたというのは途方もない越権行為で

あり、ほとんど謀反と呼ぶに値する。その謀反を、イアーゴはしかもスペイン軍にひろわれて初めての任務でいきなり犯したわけだから、もしこれがマドリードの知るところとなればフォルスタッフの心ない言葉のとおりになる。いや、文字どおり首を飛ばされる。

「殺してくれ。ここで私を殺してくれ」

イアーゴは背後のいましめを解かれてもなお立ちあがらず、床につっぷして泣きながらそう訴える。訴えつづける。その光景はさすがに哀れをもよおした。いくら何でもかわいそうにすぎる。性格的に感心できない箇所があるとはいえ、彼はもともとイリリアに対して何らの害意を持っていたわけではなかったのだ。彼がここに来たのは、国家から与えられた任務を果たすという、軍人にとってきわめて当たり前の目的ゆえにすぎない。彼だけがこんな目に遭わなければならない理由などどこにもないのだ。

いや、そうした同情はいちおう抜きにして、冷静に損得だけを計算することにしたとしても、じつはこの状態はあまり好ましいものではない。あんまり窮地へと追いこみすぎたり、ましてや荷物をまとめてとっとと本国へ帰れと居丈高に命じたりするのは上策ではない。なぜなら第一に、追いつめられた軍人がヒステリックな決意を固めたりなどしたら、市街への侵攻、公爵邸への攻撃、野山への放火、どんな挙に出るか知れたものではないからだ。彼のうしろに控える二十四人の兵士というのがイリリア的尺度からすれば一大軍勢であることもここで忘れてはならないだろう。第二に、もしもイアーゴが自暴自棄のあまり、この身はどう料理されようともう結構、あの書類はどうぞフェリペ二世のところへ送りつけてくれ、などと開きなおりでもしたら当方としてはかえって困り果ててしまうからだ。書類を送ったりなどしたら、小イリリアが大スペインのご機嫌をほとんど致命的なまでに損ねてしまうことは目に見えている。第三に……いや、くだくだしいので以下は略すが、そんなふうに大局的に考えていくと、結局のところ私たちが取るべき方法はひとつしかない。

「命を縮める必要はありません」

オーシーノ公爵が口をひらいて、

「これから述べる提案にご同意くださるなら、あなたは悪い立場には立たされない。決して」

その穏やかだけれども断固たる口調に、イアーゴはおそるおそる顔をあげて、

「……本当に？」

「約束します」

そう。舞台の上でむりやりサインさせたのは、書類の内容そのものを呑み込ませるためだけではなく、むしろそれ以上に、これから述べることを呑み込ませるためだったのだ。いわば二段がまえの私たちの作戦のその二段目をくりだすべく、公爵はつづけた。

「提案というのは簡単です。一言で言うと、フォルスタッフほか二名はこのイリリアで死んだということにするのです。いいですか？　あなたがたは探索のために島の北東部の山林へと踏みこんだ。すると小川のへりの茂みにひっそりと身を隠すあやしい三人を発見した。尋問したところ激しく抵抗したので、やむを得ずみんな斬り捨てたが、所持品などを調べてみると、思ったとおり、例の逃亡兵だと判明した」

「証拠の品が必要です」

「そこで私が一筆したためましょう。私オーシーノ公爵は、イリリアにて潜伏生活を送っていたイングランド兵たちの死体を、この目でしかと確認しました、と。貴国の王はきっと信用なさるでしょう、中立国の統治者が保証するのだから。もちろん直筆のサイン入りで」

「直筆のサインなんかどんな手を使ってでももぎ取れるじゃありませんか」

「その疑いはもっともだ」

公爵はしれっとして同意すると、首を動かしてフォルスタッフのほうを向き、

「その剣には貴家の紋章が刻まれていますかな？」

太った老人は、気分を害したと言わんばかりに、

「当たり前だろ」

「よろしい。ならばそれをイアーゴ殿にお譲りねがいたい」

「何だって？」

目をひんむいて抵抗の意をあらわにしたが、しかし公爵はあっさり無視して、

「それと着衣の一部、および女王陛下の手紙もお譲りくださるように」

「冗談じゃない。どうして俺がこいつに施しをしなきゃならん？」

『迷惑料だよ。あんたは今回あまりにも人に迷惑をかけすぎた』

私はそう本音をぶちまけてやりたい気持ちに駆られたけれど、そこを抑えて表向きの理由を述べた。

「こうしないとあなたは円満に帰国できないんです。イアーゴがちゃんとした証拠品を持ち帰らなければ、あなたは永遠にお尋ねもののままなんですよ。分かるでしょう?」

「分かるよ。だけど」

とフォルスタッフは駄々っ子みたいに身をよじり、

「そんなら剣と布きれだけ差し出せばじゅうぶんだろ? エリザベスの手紙まで渡す必要がどこにある?」

「いちばん説得力があるんです。じきじきのご署名入りですし」

「彼女のサインなんかどんな手を使ってでももぎ取れる」

「あなただけです、それは」

私ががまん強く反論するのにオーシーノ公爵も加担して、

「彼女の筆跡なら、フェリペ二世もその側近もぜったいに真贋を誤らないという利点もあるのです。何しろ敵対国の元首どうしなのだし、おまけに、フェリペ二世はかつて彼女に結婚の申し込みまでしたこともあるのですから。外交上の野心からでしょうが」

「うーん」

「それに、手紙にはあなたの本物の血まで付着している」

私はそう指摘した。言うまでもなく、五日前、伯爵の屋敷でひさしぶりに顔をあわせたとき、彼がデカンターを打ち当てて唇のはしから血を流しはじめたこと、およびその血をハンカチではなく女王の手紙でぐいと拭い去って平然としていたことを思い出しての指摘だ。そうして次にイ

アーゴのほうに向かって、

「本国であなたはこう報告すればいい、『フォルスタッフは最後まで手紙を握りしめたまま討ち果てました。だから血がついているのです』。どうです？　真実味があるでしょう？」

と知恵をつけてから、ふと気づいて、

「血だけじゃなく、獣脂とか赤ワインのしみとかも付着してますからね、あの手紙には。だから食事中に乱戦になったとするほうがいいかも。すくなくともイングランド臣民がエリザベス女王のお手紙をそんなふうに無惨に扱うなどというのは真実味のない話ですし。真実だけど」

「なるほど。違いない」

とイアーゴがだんだんその気になってきたのは好ましい兆候だけれど、いっぽうのフォルスタッフが相変わらずむっつりと腕組みして、

「やっぱり手渡す気にはなれんなあ」

「考えかたを変えてみてはどうでしょう？」

「お前の考えはいつも変わってるからな、ウィリアム」

「人のことが言えるか」

とは言い返さないことにして、そのかわり、

「女王陛下はそもそも何のために手紙をお書きになったのか？　言うまでもない、あなたの命を救うためです。ということは、その目的はここにおいて完璧に達成されることになるんです。陛下もきっとご満足になります」

「何だか自己欺瞞めいてるな」

と太った老人はこんなときばかり正確きわまる批評の言葉を吐いて、なお首をかしげる。思いきりの悪い男だなあ。私はとどめを刺すべく、かねて考えていた殺し文句をここで発することにした。

「率直なところ、あの手紙はイングランドに持ち帰らないほうがいいと思いますよ。真筆をあんなに汚したことが陛下のお耳に届いたら、あなたの立場はまずくなりませんか？」

「それもそうだ」

と言ってから、両手をぱんと大きく叩いて、

「よし、セバスチャン、許可するぞ、ここへ手紙を持ってくるように」

「かしこまりました」

苦笑いしつつわざと慇懃に礼をする伯爵。フォルスタッフはがらがらと野良犬が含嗽《うがい》でもするみたいな笑いを放つと、膝もとのイアーゴに向かって、

「やいお前、これでウィリアムが書いた詞の意味が分かっただろ？　きれいは穢ない、穢ないはきれい。手紙をさんざん汚しておけば交渉はきれいに成立するっていうこころなのさ」

と、作者自身がびっくりするような新解釈をしてみせた。イアーゴがこんな暴言を甘んじて受けただけでなく、ようやくゆらりと立ちあがり、手の甲でぐいと涙を拭って、

「……分かった」

と答えたのは、もちろん歌詞に隠された意味を理解したという意味ではなく、オーシーノ公爵

から差し出された提案をひとつのこらず了承したという意味だった。そのことをフォルスタッフ以外の人間はすぐに察した。

「交渉は成立した」

と公爵がうれしそうに手を打った直後、

「で、二十四人の兵士たちの食費および宿泊費はどうなるので？」

と細かいことを気にするあたり、やはりこの分隊長はずいぶん器量の小さな男だと思わざるを得ない。公爵は、従前の約束どおりイリリア側で負担しましょうと即答した。滞在日数が少なければ財政的な負担には耐えられるとのこと。そしてイアーゴは、小さな器量にふさわしく、翌朝未明、すなわちいまから数刻前、夜逃げでもするみたいに兵をまとめてこそこそ引き上げていったというわけだ。スペインの軍艦が消えたぶん、

「海がひろびろとして気持ちいいなあ」

とロミオが洩らしてみんなの賛成を得たころ、私たち五人はすでに港へたどり着いている。港とは言っても何ぶん小さな島のことだから、幅のひろい桟橋が一本、にょっきりと海に向かって突き出ているだけの、ごく素朴な施設にすぎなかったのだけれど。

しかし帆船は沖にぽつんと停泊したままこちらへ近づこうとしない。喫水が大きすぎてここまで入って来られないのに違いない。そのかわり、たくさんの小さなボートがまるで兵隊蟻《あり》のようにせっせと帆船と桟橋のあいだを往復しては荷物を積んだり降ろしたりしている。朝日をたっぷりと浴びつつ洋上にたゆたう帆船は、ちょっと型は古めかしいけれどもしかし堂々たる三本マス

トを備えたカラベル船であり、したがって全長もなかなか大きく重厚な感じなのだが、考えてみれば、ヴェネツィア―イリリア間のさほど長くもない距離のためにあの規模の船をわざわざ仕立てるあたり、物資や人間の交流がいかに盛んかを示すひとつの証拠としていいに違いない。実際のところ、ひとたび岸のほうへと目を転じれば、貿易会社の事務所やら、荷駄《にだ》運びの詰所やら、いろいろな建物が肩をならべているのだ。そして私は、一つにはこんな風景をざっと眺めまわしたせいで、もう一つにはいまの回想のおかげもあって、先ほどから気になっていた忘れものが何なのかをようやく思い出したのだった。

　フォルスタッフだ。

　私はフォルスタッフたちを持ち帰らなければならないのだ。

　いったい何をしているのだろう？　定期船が着くころには俺たちはもう港で待機しているからな、くれぐれも遅れるんじゃないぞウィリアム、などと法王よりも偉そうに命令していたくせに、いまここで首を三百六十度まわしてみても姿がどこにも見えないではないか。あの馬鹿、肉だんご、脂《あぶら》身《み》のかたまり、酒ぶくれした革袋、体重をガロン単位で量る男、ぶうぶう鳴けば食用豚も同然のやつ！　心のなかで思いつくかぎりの悪態をついてやった。もちろん気分がそれで紛れるわけではないので、人々のざわめきが聞こえたのをきっかけに目を桟橋のほうへと転じてみると、ちょうど一艘のボートが到着して乗客をぱらぱら降ろしているところだった。ヴェネツィアから渡ってきた人々だ。

　と、そのなかにひとり、丸眼鏡をかけた瘦せこけた初老の男がいて、桟橋をゆっくりとこちら

へ向かってくる。背すじを伸ばし、足どりも確かに歩くその老人を、

『知っている』

と私は直感した。会ったこともない人間についてどうしてそんな確信が訪れたのかは自分でもよく分からないけれど、とにかく桟橋が陸へと接するあたりで歩み寄り、呼びかけてみた。

「失礼。シャイロック氏ですね、ヴェネツィアの金融業者の？」

老人は驚いて眼鏡をかけなおし、じっとこちらを見ながら、

「いかにも。……お目にかかったことが？」

「ありません。でもオーシーノ公爵からお噂はかねがね」

白髪の老人は表情を変えず、

「あの人はいい人だ」

「誰もがそう言う」

「私が言うのは、借金の保証人として認めるに足るという意味なんですがね」

悪びれもせずに言い放った。こんな不穏当なせりふを初対面の人間に対していきなり投げつけるあたり、いかにも金の亡者らしいだけでなく、そのことを悪いとはこれっぽっちも思っていないとはっきり分かる。一見したところは紳士然としているけれど、なるほどこれは聞きしにまさるおぞましい男だ。借金という言葉を聞くと私はついつい故郷ストラトフォードの父親を思い出してしまうのだが、父がこのユダヤ人に声をかけなかったことだけは不幸中の幸いだったかもしれない。もっとも、それだけに、借金のない公爵にはこれほど金の相談をするに適した男もいな

いのだろう。

「申し遅れました。私の名前はウィリアム・シェイクスピア」

　と言うと、相手はわずかに頬を動かし、

「おお、その名前なら私も存じている。公爵から手紙で聞きました。役者ですな？」

「劇作家です」

　おかしいな、というふうに首をかしげた。そのへんの事情を補足しようとして私が口をひらいた瞬間、砂浜のほうから、

「おーい！　置いてくな！」

　濁った叫びが飛んできた。フォルスタッフの声だ。振り向いて見ると、巨漢がもうもうと砂けむりを蹴立てながら、巨漢にも似あわぬ猛烈な速さで疾駆してくる。手下の二名もそのうしろから必死でついてきているようだ。やれやれ。

「すまんな、遅れちまって」

　私たちのところへ着くと、フォルスタッフは苦しそうに息をつきながら殊勝にもそう言う。私はしかし冷ややかに、

「すこしはイングランド人らしい北国根性を持ってほしいものですね。どうせ二日酔いで起きられなかったんでしょう?」

　とたんにフォルスタッフは顔をまっ赤にして、

「勝手に決めつけるな。セバスチャンの奥方を口説いてたんだ」

私は溜息をつきつつ、軽く手をふって目の前のユダヤ人を示して見せ、

「こちらはヴェネツィアから来られたシャイロック氏」

と紹介するや否や、フォルスタッフは痩せた紳士の両手をむりやり取って握りしめつつ、情熱的な口ぶりで、

「あんたが！　話はこの間抜け面からみんな聞いたよ。あんたが手紙でフェリペ二世のふところ具合をすっぱ抜いてくれたおかげで、そうしてイングランドをうんと持ち上げてくれたおかげで、俺はスペインに引き渡されずにすんだんだってな。ありがとう、この恩は忘れまいぞ、金の亡者の高利貸しよ！」

　相手はちょいと眼鏡をあげてから、数学的に正確きわまる返答をした。

「それは偶然です」

「謙遜するなよ。そうだ、感謝のしるしに、この肉を一ポンドさしあげよう。遠慮なく切り取ってくれ」

　とこれ見よがしに突き出した醜悪な下腹。ちらりと目をやると、シャイロックは、

「お断りします」

　と言って微笑んだ。この謹厳そうな老人がはじめて見せる笑顔だった。

「ユダヤ人は豚を食べませんので」

「このユダ公！」

　と叫びながらフォルスタッフが爆笑した。ちくしょう、失礼な、根性の腐りきった野郎だ、な

どと例によって口ぎたなく言い返すのを、高利貸しはこれも口をあけて笑いながら適当にあしらっている。何だ、冗談のわかる男じゃないか。そうと知ると急に親しみが湧いてきたので、

「お忙しい身と聞きましたが、どうしてイリリアへ？」

と聞いてみた。シャイロックはすこし背伸びして、浜のむこうの松林のへんに集まって陽ざしを避けているロミオたちを見やってから、

「あれだけのお歴々が揃ってると、何だか私もその列に加わらなきゃならないような気がしましてね」

と意味ありげな笑みを見せたあと、

「それと、公爵にこれをお見せしたくて」

と言って、ポケットから白い絹の包みを取りだした。手のひらに載せ、包みをそっと除《の》けると、なかから現れたのは小さな長方形の箱だった。

「あ」

思い当たった。私ははっきり憶えている。この高利貸しが手紙のなかでただひとつだけ、お金に関係のない話題をもちだしたことを。ローマの枢機卿から譲られたという日本《ジパング》産の手箱について触れていたことを。

「このへんの黒々とした艶を出しているのがウルシと呼ばれる木蠟でして」

とか、

「この松の木のつらなりはみな黄金の粉を吹きつけて描かれているんですよ」

とか、ひとつひとつ指さしながら説明を加えるシャイロックのうれしそうな声。それを聞いて私はとても感動したのだけれど、しかしそれは必ずしも手箱の美しさに対してではなかったような気がする。いや、もちろん美しいには違いないのだが、それ以上に、遠いとおい東の果てで誰かが精魂こめて作りあげたものが、風にのり、波を越え、こんなところまでたどり着いてひとりの老人の心をとらえるというそのこと自体にひどく胸を搏たれたのだ。人間のつくりだす作品は、ときどき距離を無にする。

「早くお見せしたいものだ」

とシャイロックが言うと、上からのぞき込んでいる私たちのうちの誰かが、

「もう見ている」

驚いて顔をあげた。いつの間にか私のとなりにはオーシーノ公爵が立っている。いたずら好きの男の子のように誇らしげな笑みを浮かべながら。

「お久しぶりです」

とシャイロックが弾けるような声をあげて右手をさしだした。公爵はそれをがっちり握りつつ、晴れやかな声で、

「よく来た」

それから少しのあいだ、ふたりは近況を述べあったり、共通の知人の消息をあれこれ教えあったりしていたが、

「ヴェネツィアゆきのお客さん、乗船して下さあい！　乗船して下さあい！」

という大きな声が桟橋のほうから聞こえてきたのを機に、公爵が、

「あとでまた話を聞こう、シャイロック。わが家の中庭でゆっくり食事でもしながら」

「まことに結構。私はあそこが大好きでして」

「いまはウィリアムを見送らなければならないのでな」

そう断ってから私のほうを向いた。最後まで人あしらいの上手な人だ。

「船出だな」

公爵がまじめな顔でそう言った。私はていねいにお辞儀をして、

「いろいろお世話になりました」

それきりぎこちない沈黙が訪れた。照れのせいか、それとも何かべつの原因でもあるのだろうか、男どうしの別れというのは得てしてこんな感じになりがちなのだ。そうして同時に、得てして当面の別れとは無関係なことを口走ってしまいがちなのだ。ちょうどオーシーノ公爵がこんなふうに切り出したように。

「イリリアにも、その……劇場をひとつ作ろうと思うのだ」

「ほう」

瞠目した。公爵はつづけて、

「島民がうるさくて仕方ないのだ。次の上演はいつですか？　とか、今度はどんな物語なんです？　とか。あんまり何度も尋ねられるので、調子にのるんじゃないぞ、上演のたびに屋敷の中庭を貸し出すわけにはいかんのだ、と廷臣のキューリオが叱りつけたら見事に逆襲されたそう

だ、あそこじゃなくても劇はできると。キューリオがそのことを私に報告したときの悔しそうな顔が忘れられんよ」

「劇団はどうするのです？　箱を作っても中身がなければ」

「さしあたり、市民の有志たちに素人劇団を結成してもらおうと考えている。人材はじゅうぶん集まるはずだ。何しろ昨晩はあちこちの酒場で、偽ロミオや偽パリスがおおぜい出没したそうだからな」

「オーシーノ公爵一座というわけだ」

「大げさな」

　と打ち消しつつも、しかしまんざら悪い気はしないと言わんばかりの得意げな笑みを隠そうともしない。この人ももう有志のひとりなのだ。

「劇場が完成したら、こけら落としは、ウィリアム、あなたの戯曲で行こうと思う。例の『ロミオとジュリエットと三人の魔女』でな」

　と上機嫌で言ったので、すかさず、

「私の作ではありません」

　やや強く念を押した。おっと、そうだったな、とつぶやいてから、公爵は、

「本当にいいのか、作者不明ということで？」

「もちろん。詠人《よみびと》しらず、イリリアにむかしから伝わる話をいつの間にか誰かが戯曲化したもの、ということにでもしておいて下さい。そのほうが私にはありがたいのです。スペイン兵を撃

退した戯曲を書いたのが紛争相手国の人間だったなどということが公になれば、私はお尋ね者になる。フォルスタッフにはなりたくありません」

「申し訳ないような気もするが」

「ご遠慮なく、後世にも遺すつもりはありませんので。将来、もし私の全集が編まれるとしても、この作品はどこにも収められないでしょう」

「もう全集のことまで考えてるのか？」

朗らかに笑いあった。演劇にたずさわる人間にとって、人々に演劇のおもしろさが伝わったという報せほど嬉しいものがほかにあるだろうか？　公爵がもちだしたこの話題は、そもそも挨拶に困って出されたものではあるけれど、結局はやはり、私との別れをいかにも華やかに飾ってくれる素敵な挨拶になってくれた。

最後の挨拶。

そうだ。私にはじつは先ほどから聞きたくて聞きたくてたまらないことがあったのだ。いま尋ねなければ永遠に手遅れになる。永遠に後悔することになる。

「公爵、あの……」

「何だ？」

「今朝は……ご夫人は？」

「申し訳ない」

頭をさげた。

「体調が悪いと言い出したのだ、急にな」

体調。

体調だと？　どうしてよりによってこの大切な朝に！　来たくない理由でもあるのか、ヴァイオラ？　来たくないからそんなありふれた口実を立てたのか？　許せない。それとも正真正銘、本当に気分がすぐれないのでベッドに伏せているのだろうか？　だとしたら……だとしてもやっぱり許せない。病をおしてでもここへ来て私を見送るべきじゃないのか？　ほかの男じゃない、私との別れなんだぞ。

「ヴェネツィアゆきのお客さん、もういませんかあ！」

桟橋の艀《はしけ》人夫がまた大声で呼ばわる。背後に立っていたフォルスタッフが、

「ここにいるぞ！」

と叫び返してから、

「もう行こうぜ、ウィリアム」

と苛立たしげに声をかけた。私はわざと返事しなかった。

行きたくない。

彼女の顔をあと一目見ないうちは。

私はもう人生の半分ほどを生きてしまった。この先ふたたびこの土地をふむ機会があろうとは思えない。これが最後の機会なのだ。なのに、なのに、

『会えない』

その恐ろしい考えが浮かんだ瞬間、ある種の宗教画のように、脳裡をつぎつぎと絵が流れはじめた。初対面で恐縮するロミオとジュリエットを楽にさせたヴァイオラ。少女のようないたずらで私を騙し、双子の兄のひげを思いきり引っぱらせて冷汗をかかせたヴァイオラ。落としたハンカチを拾った程度のことでお説教じみた弁舌をあれこれ並べたてるイアーゴに対し、機知あふれるせりふで復讐したヴァイオラ。舞台の上でパリス伯爵という悪役をいかにも憎々しげに演じたヴァイオラ。じゅうぶん親しみを感じさせつつしかも馴れ馴れしげでない口もとの微笑み。

「船が出ますよお！」

「行くぞと言ったら行くぞ、ウィリアム。時間にだらしない男は嫌いなんだ、俺は」

とフォルスタッフがふたたび急《せ》き立てて背中をどんと押す。

仕方がない。諦めよう。私は小さな溜息とともに心のなかの黒いわだかまりを吐き出すと、見送りに来てくれた人たちに最後の一礼をし、桟橋へと歩きだした。桟橋に繋がれたボートにまずフォルスタッフを乗せて喫水線をぐっと下げ、次にその二人の部下を乗せてさらに下げ、最後に私も乗りこむべく片脚だけを船につっこんだところでもういちど海岸のほうに目を向けた。白い砂浜の上では、公爵や、ロミオや、ジュリエットや、ロレンス神父や、乳母殿や、シャイロックや、ようやく現れたセバスチャン夫妻（フォルスタッフを追い出すのに時間をとられたのに違いない）が横一列にならんでおり、それぞれ曇りのない笑顔をこちらへ向けている。私もいっぱいの笑顔を向けた。さようなら、すばらしい人たち。私のこの島での日々を最高のものにしてくれた人たち。

いた。

彼らの列のうんと後ろのほう、先ほどロミオたちが集まって陽ざしを避けていた松林のあたりで、ひとりの美しい女性がこちらを向いて佇んでいる。遠目ながらもはっきりと見て取った——夏のオリーヴの実のように鮮やかなグリーンの目を。じゅうぶん親しみを感じさせつつしかも馴れ馴れしげでない微笑みを。

船から脚を抜き、全速力で走りはじめた。艀人夫が背後から、

「おい！　乗らねえのか？」

と声をかけたので、私は走りながら振り返り、

「三分だけ！」

「勝手なことをぬかすな。あばよ！」

と非情にも言い返したのへ、海岸に立つオーシーノ公爵がすかさず、

「公爵の命令だ、待て！　この方はイリリアの恩人なのだ！」

と押しとどめてくれたのには救われた。私は公爵の横をすりぬけざま松林のほうへとまっすぐ駆けた。駆けて駆けて駆けぬいた。

着いた。

目の前にヴァイオラが立っている。山から吹きおろす風にふんわりと金色の髪をなびかせながら。

言いたいことが山ほどあるはずだった。一晩かかっても語りつくせないはずだった。しかし実

際のところ、さまざまな思いが胸のなかを跳ねまわるばかりでいっこう口から飛び出そうとしなかったのは、全力疾走のあとの息ぎれのせいだけではなかったろう。いつまでも口を切ろうとしない私を見かねてか、ヴァイオラのほうが言葉をかけてきた。

「元気のいいこと」

「あなたも体調が悪そうには見えませんけれども？」

　私がそう応じると、彼女は変わらぬ口ぶり、変わらぬ微笑みで、

「ウィリアムと別れなければならない朝がどうして健康な朝かしら？」

　胸がつまった。ふたたび何と言っていいか分からなくなった。今度はヴァイオラも言葉を発しようとせず、私が言いだすのを待っている。けれども私は結局のところ、どうしても言いたかった一言、もっとも大切な一言だけしか発することができなかった。

「ありがとう」

　そう。すべては彼女のおかげなのだ。四日前、彼女がだしぬけに私から秘密の日記帳を奪いとり、ページを開いて突きつけたからこそ、そうして激しい口調でつめよって戯曲を書くことを強要してくれたからこそ、私はこうして新しい目ざめを得ることができた。劇作家になれた。いまはまだその見習いのようなものだとしても。

「どういたしまして」

　と受けたときには彼女ももう何に対するお礼なのかすっかり察したらしく、

「最高の作品だったわ。私もいいせりふを貰ったし」

と答えた。私は本心から、

「ヴァイオラの話術のすばらしさには及びません」

「そのすばらしい話術の持ちぬしに二度も失言させたのはウィリアムよ」

「その切り返しもいい」

「うぬぼれてもいいのかしら？」

「もちろん。社交の天才だ」

「そうじゃなくて、劇作家ウィリアム・シェイクスピアの生みの母だということを」

「それももちろん。あ、そうだ」

「どうしたの？」

「生みの母に、もうひとつご協力いただきたい」

「何かしら、かわいい息子よ？」

「あなたの物語を戯曲にしたいのです、国に帰ったら」

　ヴァイオラが目をみはった。私はつづけて、

「オーシーノ公爵とのなれそめは面白い。じつにユニークだ。公爵を好きになるあまり、何が何でもお仕えしたいと駄々をこねて男の格好をし、シザーリオと名乗ってお屋敷にもぐりこむなんて。ところがその男ぶりに別の女性がすっかり惚れこんでしまって、その別の女性がすなわちいまの伯爵夫人オリヴィア様だなんて。前代未聞の四角関係だ。こんな話、イングランドじゃ誰も聞いたことがない」

「嫌よ、ぜったい」

「低俗な好奇心で言ってるんじゃありません。私はまじめにお願いしているのです」

「困ったわね」

「あなたの名前を後世に遺したいのです」

ヴァイオラはうつむいて考えてから、顔をあげて、

「ひとつ条件をつけさせてちょうだい」

「どんな?」

私はつばを呑みこんだ。彼女が答えた。

「うんと明るい話にしてほしい。この国の太陽のように」

何という胸の躍るような条件だろう。まさしく私の望むところではないか。

「わかりました」

私は胸を叩いて断言した。

「喜劇のなかの喜劇にします。それこそ、十二夜のお祭りで上演するにふさわしいようなね」

「よろしい。そのためには」

ヴァイオラはうなずいて海のほうを指さし、普段どおりの口調で、

「あなたは船に乗らなければ」

それきり私たちは沈黙し、見つめあった。

風がふたたび吹いてきて彼女の前髪をやさしく揺らした。前髪の奥の瞳がうるんでいるように

見えるのは気のせいだろうか。それとも本当に涙を流そうとしているのだろうか。それとも……私自身の視界が熱い水の膜でぼんやり覆われはじめたことの単なる反映にすぎないのだろうか。

この人とだけは別れたくない。

胸のなかで何かが激しくこみあげてきた。と同時にめくるめくような衝動に襲われた。これは恋か？　ちがう。愛か？　ちがう。そんなのよりももっと気高い、厳粛な、あえていえば宗教心のようなもの。

神の導きを信じるごとく人を信じる心のかたち。私は、狂信者がよく聖母像をそうするように、力いっぱい抱きしめてしまおうとして両手をのばした瞬間、

「だめ」

ヴァイオラがきびしく機先を制した。

そのとおりだ。

その短い一声がたちまち全身の体温をもとどおりにした。いくら何でもそれは許されない。彼女は聖母像ではない。あたたかくやわらかな生身の女性なのだ。

それに私たちの様子はすっかり砂浜のほうから見られている。あらゆる下世話な誤解の材料になる。出ていく私はともかくとしても、残る彼女にとっては迷惑なことに違いない。狭い島のなかのこと、市民はみんな、公爵やその夫人の顔をよく知っているのだから。

「失礼しました」

と微笑んでから、私はヴァイオラの右手を取ってひざまずき、手の甲にごく軽く口づけをした。これなら誰の目にも形式的な挨拶としか見えないだろう、と心のなかで見積もりつつ、しかしそのいっぽう、けっきょく私とヴァイオラの間柄にはこれがいちばん似つかわしい別れなんだな、と少しさびしく感じたことだった。

「さよなら」

「さよなら」

私はボートへ戻るべくふたたび駆けだした。桟橋へ足をかける前にいったん公爵のところで立ちどまり、わずかに罪の意識をおぼえつつ、

「ありがとうございます。船をとめて下さって」

公爵の答えは尊敬すべきものだった。

「艀人夫を無慈悲だと思わないでくれよ」

「もちろん」

と請けあった瞬間、

「あ」

思わず声をあげてしまった。目を疑った。

あいつだ。

あの男だ。

公爵のうしろのほうの波打際に、べつの見送り客が六人ほど蝟集《いしゅう》しているのだが、その一団

からこころもち離れたところに、男がひとりぽつんと立ってこちらを見つめている。私とおなじ背格好、おなじくらいの年齢。忘れようにも忘れられない顔だった。

「おい、お前！」

と叫んで駆け寄った。駆け寄りつつ目を凝らした。顔よりもむしろ、着ているもののほうが重要だった。袖口のほつれ、首まわりの縒れぐあい、そして、左の脇腹のへんに当たって目立つ赤い特大の水玉模様。

間違いない。

まだら服を身にまとっている。

私がかつて道化師フェステを名乗っていたころ身につけていた、そうして失意とともに焼き捨てたはずだった、あの一張羅を。まるで大むかしから自分のものだったかのように平然として。

「お前は誰だ？」

至近距離で立ちどまり、切り口上で尋ねると、男は大げさに目をひんむいて見せ、

「聞きなさんなよ、知ってるくせに」

と言ってにたりと笑った。

「フェステ。道化師フェステ」

「馬鹿な！」

自然に声が荒々しくなる。つばを飛ばして、

「それは私がこしらえた架空の人物だ。俳優修業のための通り名だ。実在するはずがない」

「してるじゃないか、ちゃんとここに。そのうえお前があやまちを犯しそうになったところを救ってやりもした」

そこを衝かれると私としてはひじょうに弱い。この男がとつぜん部屋に侵入して来てくれなかったら、私があのとき全裸のジュリエットに対して取り返しのつかない獣行《じゅうこう》に及んでいたことは間違いないからだ。私はただ、

「それは、感謝する」

相手は大げさに振りかぶって手をぱんぱんと叩き、よくできました、と小馬鹿にするように褒めてから、いかにも道化師らしい鬼の首でも取ったような口ぶりで、

「ということはつまり、俺が実在の人間だと認めるってことだね？」

「それとこれとは話がべつだ」

「参ったねえ」

と天をあおいで、

「架空と現実のあいだには、人が思うほどの差があるわけじゃないんだけどな」

「知ったふうなことを！」

「おっと」

相手はぴょんと跳びしさって両手をつきだし、

「あんた自身もよく知ってるはずじゃないか、劇作家殿」

「ふん」

と鼻を鳴らして背中を向けた私へ、

「船が待ってますよ。早くお行きなさいな」

「言われなくてもそうする」

「私もそろそろ失礼しましょうか。この島での仕事があとひとつ残ってるもんでね」

思わず振り返って、

「何の仕事だ？」

彼の答えは先ほどとおなじだった。

「聞きなさんなよ、知ってるくせに」

そうしてもういちど、にたりと笑って見せると、踵を返し、両手を腰にあて、軽やかにスキップしながら市街へと通じる道のほうへと向かう。意味のない仕草だけれど、これも道化師らしいと言えば道化師らしい退場ぶりだった。引き止めようとも思ったが、

「ウィリアム、いいかげんにしろ！」

と海上にゆらゆら浮かぶボートからもう我慢できないというふうにフォルスタッフが叫んだので気を変えた。そのとおりだ。もう行こう。彼の背中はまだ視界からすっかり消えたわけではなかったが、しかし私はふたたび振り返って走りだし、桟橋を駆け、今度こそためらうことなくボートに乗りこんだ。足がイリリアの地を離れた瞬間だった。

ボートが沖に出たところで大きな帆船へと乗りかえた。乗りかえるとすぐに私は甲板にのぼり、船のいちばん後ろに立った。型の古いカラベル船はやがて帆をひろげて風をたっぷりと孕《はら》

み、船首を北へと向けてすべりはじめる。

島がだんだん遠ざかる。浜辺にならぶ見送りの人々の姿がただの黒い点々と化す。島の全景がそっくり視野に収められるようになる。そうして島そのものがやはり一個の黒い点と化してしまった。それを私はじっと甲板に立ったまま見つめていた。ゆうべの酒がやっぱり残っていたのだろう、フォルスタッフたちはどうやら船室にとじこもって惰眠をむさぼっているみたいだけれど、私は、

『ヴェネツィアに着くまで船尾《ここ》を離れるまい』

と固く決心していた。立ち去るのは恩しらずな行為であるように思われたのだ。いつしか、声にあらざる声で話しかけてすらいた。

イリリアよ、ありがとう。私はきっと有名になります、劇作家として。喜劇、悲劇、史劇、その他その他、意のおもむくところを片っぱしから物語に仕組んでやります。それを舞台にのせてイングランドじゅうの観客をとりこにして見せます。何しろ役者修業の旅に出たはずのウィリアムが劇作家になって帰ってきたのだから、ロンドンの連中はさぞかし驚くでしょうし、とりわけ大学出の才子たちは鼻白むことでしょう、学問のないやつに何が書けるかと。けれども彼らはいずれ地団駄ふんで悔しがることになるはずです。成り上がり者のカラスめと陰でこっそり悪口を言いながら、しかしそのカラスよりも優れたものを作ることができない焦りのために。そうして私はいずれお金持ちになり、劇団の株主になり、ニュー・プレイスの豪邸を買って、これまで苦労ばかりさせてきた妻アンへの罪ほろぼしを——

だめだ。

戯曲どころじゃない。

冷たい海水を頭から浴びせられたような気がした。

『落ち着いて考えてみろ』

と自らに言い聞かせた。私はロンドンよりも先にストラトフォードへ戻らなければならない身ではないか。私がイングランドに帰っていちばん初めにしなければならないのは戯曲を書くことなどではなく、妻を説得することではないか。しかしそれはいかにも微妙な仕事だ。ある種の火薬のようなもので、扱いをわずかでも誤ると、ウィリアム・シェイクスピアのどんな才能をもどんな自信をもいっぺんに吹き飛ばして無にしてしまう危険性をはらんでいる。何しろ劇団のほうにしてみれば、というのは要するに興行師のヘンズロウ氏にしてみればということなのだが、ぶらぶらと南のほうを旅したあげくやっと帰ってきたと思ったら離婚のごたごたで故郷にしばりつけになるような下っぱ団員など、捨て去ったところで何の痛みも感じないだろうからだ。

いや、そんな処世上の計算などどうでもいい。私はもっと純粋に彼女のことを惜しいと思うのだ。申し訳ないと思うのだ。たしかに別れを切り出されるだけの悪業はさんざん積み重ねてきたし、その点ではどんな弁解もできないけれど、その負担をそっくり帳消しにし、なおかつ大きく上積みしてやるだけの幸福を、私はようやく用意することができたのだ。

説得は無用だとあの忌まわしい手紙には記されていたし、実際のところ、あの断固たる書きぶりからすると、説得できる公算はきわめて低いと思うけれど、しかし私は何としても、どんな手を使ってでも、彼女とよりを戻したいのだ。妻の心を取り戻したいのだ。

何としても？

どんな手を使ってでも？

疾走する帆船がひきのばす長々とした白い泡の線をながめ下ろしながら、私ははたと思い当たった。

そうか。

その手があったか。私はすぐに空をあおぎ、白鳥《はくちょう》の首のかたちをした雲に向かって声のかぎり叫んだ。

「パック！　パーック！」

「何だい？」

かすかに声が降ってきた。上方も上方、何と後尾檣《ミズン・マスト》のてっぺんにちょこんと座って脚をぶらぶらさせている。小さな靴の裏側までもが、ちらちらと緑色に明滅していた。

「降りてこい！」

と大声をあげたけれど、周囲では風が空《くう》をきる音が、麻の三角帆《ラテン・セイル》のはためく音が、波が船体へと体当たりする音が、はげしく入り乱れて私の声をかき消してしまう。案の定、パックが首をかたむけ、耳のうしろに手をあてて見せるので、私のほうも、

「降りてこいったら！」

と叫んで、大げさな身ぶりで甲板の床を何度も指さした。まわりに乗客がひとりもいないのは

幸いだった。パックはようやく理解したらしく、ひらりと降りてきて私の足もとに立ち、

「何だい？」

「惚れ薬とその解毒剤はふたつで一組だと言ってたな？」

「恋の目ざまし薬だよ」

「どっちでもいい。ふたつで一組なんだな？」

「夜と昼みたいなもんだからね」

「ということは、惚れ薬がまだひとつ余ってるはずだな？」

「うん。いま持ってるよ」

思ったとおりだった。あの夜ふけ、私がちょうど戯曲書きに没頭していたとき、妖精はその一組の薬とともにアテネの森から舞い戻ってきたのだった。そうして私が頼んでおいたとおり、そのうちの解毒剤のほうを用いてジュリエットを恋の病から回復させた。つまりあと片方の薬には手をつけなかったわけなのだ。私は言った。

「イングランドで会おう」

「何だって？」

「妻のまぶたに塗りつけてほしいのだ」

聞いたとたん、パックは責めるような目つきをして、

「最低の亭主だな」

「人間にはいろいろ事情がある」

「どうしようかなあ」

愕然として、

「何だと？」

「貴重な薬なんですよ、これは。見つけるためには場合によっちゃ半年は探しまわらなくちゃいけないんですから」

とわざわざ馬鹿丁寧な言いまわしを用いて焦《じ》らすので、私はその場に両膝をつき、目線の高さを彼にあわせて、

「薬を！　薬を！」

「目が血走ってるよ」

「かわりに王国をくれてやる！」

「持ってないくせに」

「たのむ。たのむ」

「あれ？　おかしいなあ」

とパックは勝ち誇ったように、

「いつか言ってなかったっけ？　私は胸をはり、人格のすべてを投じ、正々堂々とくどいて見せるって。どんなに落ちぶれても、恋の薬などという愚かで、無価値で、効果のほども分からない、子供だましで、笑止千万で——いろいろ言葉をならべてたよね。じつに颯爽たるせりふだったなあ。さすが劇作家は違う」

私は心のなかで歯がみしながら、

「撤回する」

「それだけ？　謝罪の言葉がほしいね」

調子にのるなよと思ったけれど仕方がない。発言は事実なのだし、何と言っても、持たざる者はいつだって持てる者の前では膝を折らなければならないのだ。国家間の外交におけると同じように。

「申し訳ない」

神妙に頭をさげて見せると、

「分かればよろしい」

と満足そうに顎をつきだして、

「それじゃあウィリアム、現地で落ちあおう。あんたが到着するころを見はからって飛んでいくから」

「心配だなあ」

「大丈夫だよ。僕は妖精パック、地球をひとめぐりするのに四十分とかからぬ光の使いなんだぜ」

「惚れ薬をどこかで使ったりするなよ、くれぐれも」

「分かってるって。じゃあね」

ふわりと舞いあがったかと思うと青空のなかへと消えてしまった。これでよし。問題はすべて解決した。薬の力を借りるのは卑怯だけれど、私はもちろん生涯にわたって妻を薬づけにしようと考えているわけではない。揺るぎない名声を得たところでパックにふたたび解毒剤、いやいや、恋の目ざまし薬を処方してもらうつもりなのだ。青みを帯びた液体をまぶたに塗りつけられて安眠する妻を、私はやさしく揺り起こすだろう。その瞬間にこそ、ほんとうの彼女はほんとうの私と出会うことになるのだ。

そのためには、そう、書かなければならない。

力強い言葉を、魅力あふれる人物を、華やかに転変するストーリーを。清冽でありつつ猥雑な、高貴でありつつ下情《かじょう》に通じ、一流の鑑賞に堪えつつしかも万人をたのしませることのできる劇を。そのための材料はもうたっぷりと仕込んである。あのちっぽけな島で出会った愛すべき人物たちを登場させればいいのだ。先ほどヴァイオラから許可を得たおかしな四角関係の構成員のほかにも、たとえばフォルスタッフを主人公にすればそれだけで笑いがいくつも取れるだろうし、ロミオとジュリエットの恋愛はむしろ悲恋物語に仕立てたほうが興深くなりそうな気がする。

イアーゴの小悪党ぶりは思わぬところで有効に使えるだろうし、金銭を主題にした話の敵《かたき》役にはシャイロックがぴったりだ。彼らのせりふがしばしば例の秘密の日記帳から取り出されることは言うまでもない。まったく素晴らしいではないか――そんなふうにして数多くの戯曲をつくることができるなら。お客さんに喜んでもらうことができるなら。そのことによって後世にウィリアム・シェイクスピアの名を残すことができるなら。狭いイングランドに留まらず、フランス、ギリシア、トルコ……地球でいちばん遠いところまで文名をとどろかすことができるなら。
いちばん遠い？　そこは一体どこなのだろう？
日本《ジパング》。

その地名がすんなり思い浮かんだのは、先ほど見せてもらった蒔絵《マキエ》の手箱の美しさが頭に残っていたからに違いない。そこで作られた工芸品がこんなところまで渡来して、白髪のユダヤ人の心を搏つことができるのなら、その逆もあり得るような気がしたからだ。戯曲もまた言葉の工芸品なのだから。

私は、二十四歳になった。

アドリア海に浮かぶイリリア島では、二十四歳の男などは青年でも壮年でもない、もはやすっかり中年者の仲間なのだ。事によると老年の域とすら見なされるのではないだろうか？　などと僻みっぽい愚痴をかつて私はこぼしたことがある。あの土地の人々が——ことに女性たちが、みなたいそう早く成熟するものだから、ついそんな感想を抱いてしまったのだ。けれども私はいまこそ訂正しよう。二十四歳という年齢はやはり、幼年や少年ではないにしろ、青年ないし壮年の域に属していることは確かなのだと。老年などでは決してないのだと。

島はとっくに見えなくなっている。水平線ばかり眺めることにももう飽きた。あれはしょせん、ただの丸みを帯びた白い糸にすぎない。

早く帰りたい。

風よ吹け。お前の頬をやぶり抜くまで吹きまくれ。吹いて船の走りを速めてくれ。胸のなかでそう叫んだけれど、天候の神がそれに応じる気配はいっこう見られなかった。あんまり焦れったかったので、私はわずかでも故郷へ近づくべく、踵を返して船首のほうへと歩きはじめた。

エピローグ

本日は、
お集まりいただき誠にありがとう存じました。
ご覧いただきましたのは、
喜劇のなかの喜劇、
南の国のシェイクスピアの一週間です。
家路についた劇作家の、
その後の活躍はみなさんご存じのとおり。
女王陛下のおぼえもめでたく、
宮廷人士の受けも上々、
大衆はこぞって劇場に押しかけたとやら。
さようなら、
さようなら、
これで終わりでございます、

終わりよければすべてよし。
ありがとうございます、
ありがとうございます、
感謝の言葉もございません。
我ら一同、拙《つたな》いながら、
いっしょうけんめい相努めました五幕、
最後の最後までおつきあい下さり、
盛大な拍手まで下さった、
どれほど感謝しても足りない皆さんに、
いつまでも、
いつまでも、
神のご加護がありますようにと、
願うは道化師フェステでございます。

本作品は書き下ろしです。

門井慶喜（かどい・よしのぶ）

1971年群馬県桐生市生まれ。栃木県宇都宮市にて育つ。同志社大学文学部卒業。2003年、「キッドナッパーズ」でオール讀物推理小説新人賞を受賞しデビュー。'16年に『マジカル・ヒストリー・ツアー　ミステリと美術で読む近代』で日本推理作家協会賞（評論その他の部門）、同年咲くやこの花賞（文芸その他部門）を受賞。'18年に『銀河鉄道の父』で第158回直木賞を受賞。他の作品に『東京帝大叡古教授』『家康、江戸を建てる』『屋根をかける人』『定価のない本』『自由は死せず』『東京、はじまる』『地中の星』『なぜ秀吉は』などがある。近著は新書『東京の謎《ミステリー》　この街をつくった先駆者たち』。

ロミオとジュリエットと三人《さんにん》の魔女《まじょ》

第一刷発行　二〇二一年十一月二十四日

著　者　門井《かどい》慶喜《よしのぶ》

発行者　鈴木章一

発行所　株式会社　講談社

〒一一二-八〇〇一　東京都文京区音羽二-一二-二一

電話　出版　〇三-五三九五-三五〇五

販売　〇三-五三九五-五八一七

業務　〇三-五三九五-三六一五

装　画　高橋将貴

装　丁　岡本歌織（next door design）

本文データ制作　講談社デジタル製作

印刷所　豊国印刷株式会社

製本所　株式会社国宝社

定価はカバーに表示してあります。

落丁本・乱丁本は購入書店名を明記のうえ、小社業務宛にお送りください。送料小社負担にてお取り替えいたします。なお、この本についてのお問い合わせは、文芸第二出版部宛にお願いいたします。本書のコピー、スキャン、デジタル化等の無断複製は著作権法上での例外を除き禁じられています。本書を代行業者等の第三者に依頼してスキャンやデジタル化することはたとえ個人や家庭内の利用でも著作権法違反です。

N.D.C. 913　318p　19cm

ISBN978-4-06-525741-8

KODANSHA